「おっぱいよ、ダーリン！」
「イッセーさん！いくらでも触ってください！」
イッセーにいったい
何が起こったのか!?

「ほら、イッセー。おっぱいだ、おっぱい」
OPPAI!
「……は、は、破廉恥だ！　結婚前の男女が一緒にお風呂に入るなんて、卑猥すぎるよ！」

真ハイスクールD×D
SHIN HIGH SCHOOL D×D
決戦留学のキングダム
[4]

# 真ハイスクールD×D 4
## 決戦留学のキングダム

石踏一榮

ファンタジア文庫

2935

口絵・本文イラスト　みやま零

目次

奇跡《きせき》にも限界……終わりがある──。

そのとき、おまえたちはどうするつもりなのか──。

# Mystery Girl.

ヨーロッパ、某国《ぼうこく》――。

悪魔《あくま》の母であるリリスよりハーデスによって生み出された悪魔の少女――ヴェリネは、ハーデスから頼《たの》まれていた謎《なぞ》の存在……光沢《こうたく》を放つ銀色の人型の調査をしていた。

仲間の死神《グリム・リツパー》数名と行動を共にし、目標の出現報告のあった場所をしらみつぶしに回っていた。

調査中、件《くだん》の銀色の人型を捕捉《ほそく》することもあったが……ハーデスから「手を出すな」という命令を受けていたため、ただただ観察するだけだ。

奴《やつ》らは人型ではあるが、光沢を放ち、硬質《こうしつ》そうなボディをしている。一見、まるで機械のように感じられるが、体には生物のように滑《なめ》らかな曲線もあった。

奴らの後頭部は突《つ》き出ており、目らしきものは五つも存在している。遠目からでは、口と鼻は見受けられないが……。

――銀色の人型《アレ》と戦いたいのに、戦えない。

ヴェリネは退屈《たいくつ》を強《し》いられていた。

レーティングゲーム国際大会「アザゼル杯《カップ》」に参加していたものの、本戦の第一回戦で所属していたチームが敗北を喫《きっ》した。

生まれながらに超越《ちょうえつ》的な力を持っていたヴェリネにとって、まともに戦える相手が集中する大会は、良い経験でり、なかなかの楽しみであった。

それが、姉弟《きょうだい》ともいえる存在《バルベリス》の悪ふざけ（本人は真剣《しんけん》だっただろうが……）によって、終わってしまった——。

ハーデスたち地獄の盟主同盟の間でしか生きたことがないヴェリネにとって、いまだ価値観の劇的な変化、目標の見定めは出来ておらず、そういう点では唯一《ゆいいつ》ともいってよかった大会への参加を失ってしまったのは痛手だ。

いっそのこと、ハーデスのもとを離《はな》れてどこかで好きに生きていくということも考えたが……ハーデスへの恩義は感じており、何より姉弟であるバルベリスを置いていくのは忍《しの》びないと思っていた。

それにどうやら組織から離れると、この世界における最強の抑止力《よくしりょく》——テロリスト対策チーム『D×D《ディーディー》』に睨《にら》まれるというのだ。

『D×D《ディーディー》』を相手にしたモノたちは、現時点ですべて撃《う》ち倒《たお》されている。魔王《まおう》の息子、そして神ですら倒された。

自分もハーデスのもとを離れれば、『D×D《ディーディー》』に追われることになるかもしれない。それはそれで楽しそうだが……。どうせハーデスのもとにいても、そこと戦うことになるのだから、あまり変わらないようにも思えて……。

『おっぱいドラゴン』に夢中となってしまったバルベリスの件も含《ふく》め、それらのことがヴェリネをいまだにいまのポジションに繋《つな》ぎ止めていた。

ヨーロッパの某国、その田舎《いなか》町にある廃屋《はいおく》(現地の調査拠点《きょてん》)で仲間の死神《グリム・リッパー》たちと銀色の人型の調査を続けていたヴェリネの耳に報告がなされた。

《ヴェリネ、そこから北西の位置にある山中で謎の発光現象を確認した》

「——っ。了解《りょうかい》」

何やら、いつもと違《ちが》う報告にヴェリネは、少しは楽しくなるかもという予感を覚えて、その場所に向かうこととなった。

報告を受けた場所に足を運ぶと——山中の開けた場所に発光現象を起こす巨大《きょだい》な紋様《もんよう》が地面と、夜の空に同時に浮《う》かび上がっていた。

魔方陣《まほうじん》……と断定できなかったのは、まったくもって見覚えない紋様をしていたからだ。悪魔《ま》や北欧《ほくおう》の神々の使うものでも、魔法使《まほうつか》いたちが使うものでもない。

生まれてすぐに様々な異能の知識をたたき込まれたヴェリネだが……。いや、誕生してからの経験の無さも多分にあるため、知らないものがあってもおかしくない。

だが、周囲にいる死神《グリム・リッパー》たちも一様に、

《……なんだ、この紋様は？》

《人間の魔術師《まじゅつし》が新たに作ったものか？　それとも神器《セイクリッド・ギア》か？》

——と、警戒《けいかい》しているため、ヴェリネの思慮《しりょ》していたものは誤りでなさそうだ。

などと思っていると、夜の空と地面に浮かんだ紋様——魔方陣（としておく）の中央で一層まばゆい発光現象が巻き起こる。

目を覆《おお》いたくなるほどの光量が、周囲を照らしていった。

……10秒ほど経過したとき、発光していた天と地の魔方陣は消失し、代わりに空には淡《あわ》い光を放つオーラのようなものが浮かんでいた。

オーラがゆっくりと地上に降りてくる。

ヴェリネと死神《グリム・リッパー》たちは警戒しつつも、その淡い光を放つオーラに近寄っていった。

オーラはしだいに弱まり、そこに現れたのは——見慣れない衣装を着た少女だった。

気を失っているようだった。

見た目は人間の少女、歳《とし》は十六か十七ほどだろう。頭部にベールを着けていた。首からペンダントのようなものをかけている。……何かの宗教の聖職者に思える容姿だった。

ヴェリネがその少女を抱《だ》きかかえるが……目を覚ます様子はない。

——と、そのときだった。

死神《グリム・リッパー》の一柱《はしら》が言う。

《ヴェリネ。ここに例の銀色の人型らしきものが複数向かっているとの報告が入った》

それを受けて、ヴェリネはすぐに手に抱《いだ》く少女と奴らの関連性を疑う。

そう思うや否《いな》や、ヴェリネの返答は早かった。

「この子を連れて、一旦《いったん》この場を離れましょうか。上に判断を任せたほうがいいんじゃないかなって」

この意見に他の死神《グリム・リッパー》たちも応じて、彼らは謎の少女を連れて、この場を離れることにしたのだった——。

Team member.

○「明星《みょうじょう》の白龍皇《はくりゅうこう》」チーム・大会登録メンバー
・王《キング》――ヴァーリ・ルシファー
・女王《クイーン》――フェンリル
・戦車《ルーク》――ゴグマゴグ
・戦車《ルーク》――（現）猪八戒《ちょはっかい》
・騎士《ナイト》――アーサー・ペンドラゴン
・騎士《ナイト》――（現）沙《さ》悟浄《ごじょう》
・僧侶《ビショップ》――黒歌《くろか》
・僧侶《ビショップ》――ルフェイ・ペンドラゴン
・兵士《ポーン》『5』――美《び》猴《こう》
・兵士《ポーン》『3』枠《わく》分未登録

○『西遊記』チーム・大会登録メンバー
・王《キング》──闘戦勝仏《とうせんしょうぶつ》（初代孫悟空《そんごくう》）
・女王《クイーン》──哪吒太子《なたたいし》
・戦車《ルーク》×2──浄壇使者《じょうだんししゃ》（初代猪八戒）
・騎士《ナイト》──未登録
・騎士《ナイト》──未登録
・僧侶《ビショップ》×2──金身羅漢《こんしんらかん》（初代沙悟浄）
・兵士《ポーン》『5』──玉龍《ウーロン》
・兵士《ポーン》『3』枠分未登録

# Life.0

俺こと兵藤一誠《ひょうどういっせい》は、仲間たちと共に冥界《めいかい》――旧首都ルシファードにある「ルシファー・スタジアム」を訪れていた。

理由は――。

《この「ルシファー・スタジアム」で衝突《しょうとつ》する両雄《りょうゆう》！　『西遊記』チームと「明星《みょうじょう》の白龍《はくりゅう》皇《こう》」チームの一戦は白熱の様相を見せておりますッ！》

会場に響《ひび》き渡《わた》るアナウンサーの声！

『わぁぁぁぁぁぁぁああああああああっ！』

沸《わ》き上がる大きな歓声《かんせい》！

そう、俺たちはレーティングゲーム国際大会「アザゼル杯《カップ》」の本戦第8試合であるヴァーリチームと『西遊記』チームの一戦を観戦しに来ていた！

専用のＶＩＰ用観戦室にて、俺やリアスたち、仲間の皆《みな》で試合の行く末を興奮しながら観《み》ていた！

俺にとって、同じ二天龍《にてんりゅう》としても、乗《の》り越《こ》えたい戦友としても、宿命のライバルであるヴァーリの試合は絶対に観なければならない大事なものだ。

観戦室のモニターに映し出されているのは、ゲームフィールドでの様子だ。

ヴァーリたちと初代孫悟空のじいさんたちは、巨大な蓮《はす》の花と葉が無数に生える大規模な水面バトルフィールドで戦っていた。『西遊記』チームは仏教と関係していて、仏教と蓮の花も関連性があるからか、それを反映してのバトルフィールドのように思える。

巨大な蓮の花が咲《さ》き乱れる水面フィールドを縦横無尽《じゅうおうむじん》に飛び回るのは――ヴァーリと、『西遊記』チームのエースである少年のような神仏――哪吒太子だ。身につけている服が蓮の意匠《いしょう》を持っていた。

ヴァーリはもちろんチームの『王《キング》』枠だ。対する哪吒太子はチームの『女王《クイーン》』枠だった。

ヴァーリはすでに白銀と黒を基調とした鎧《よろい》――魔王化への変身を果たしている。

ヴァーリが手に濃密《のうみつ》なオーラを滾《たぎ》らせると、哪吒太子目掛《めが》けて莫大《ばくだい》な波動を放っていく。

同時にヴァーリの周囲に浮かんでいた飛龍《ワイバーン》（白龍皇版）の群れも、主のオーラに呼応して、砲口《ほうこう》からオーラを撃っていく！

白銀と漆黒《しっこく》が混じり合うオーラは、鮮《あざ》やかな耀《かがや》きを放つ。

十二体の飛龍《ワイバーン》が放つオーラは、その一発一発すら並の悪魔《あくま》が放つものよりも強大で強烈《きょうれつ》だ。

ヴァーリ――白龍皇による斉射攻撃《せいしゃこうげき》を哪吒太子は宙で舞《ま》うように軽やかに躱《かわ》していく。

オーラ砲撃《ほうげき》を躱した先では、特大の爆発《ばくはつ》が複数巻き起こり、フィールド全体を大きく震《ふる》わせた。

かまわずにヴァーリは自身の手から生み出されるオーラ攻撃と、十二体の飛龍《ワイバーン》が繰《く》り出す連射を哪吒太子に放出させていく。一発一発に本当にバカげた威力《いりょく》が込められており、一撃《いちげき》で並み居る強者を屠《ほふ》れるだけのものだった。

特に飛龍《ワイバーン》は、宙を飛び回り、あらゆる角度から放射するため、気が抜《ぬ》けない。完全に死角を突《つ》いたオーラ砲撃を何度も放っていた。

そう、何度も放っているのだ。

にもかかわらず、哪吒太子にはまったく当たらない！

哪吒太子は、風火二輪《ふうかにりん》という車輪型の神の武具に足を乗せていて、それが火を噴《ふ》きつつも神速を生み出していた。ヴァーリの攻撃を、宙で弧《こ》を描《えが》きながら、あるいは螺旋《らせん》を描きながら、火の軌跡《きせき》を生み、躱していく。

まるでそれら一連の攻防《こうぼう》が演舞《えんぶ》のように感じられるほど、美しい回避《かいひ》行動だった。

　ヴァーリも歴戦の猛者《もさ》であり、天才の中の天才だ。ある程度、手数《てかず》を合わせれば相手の出方、攻撃の癖《くせ》を見抜《みぬ》くだろう。

　それでもヴァーリの攻撃は当たらない──。

　おそらく、ヴァーリの認識の範疇《はんちゅう》を現時点で超《こ》えているのだと思う。

　……それって、とんでもないことであって、相手が超越《ちょうえつ》した存在であることを意味している！

　……哪吒太子は単純な速さも凄《すさ》まじいけど、それよりも勘《かん》の鋭《するど》さというか、攻撃の先読みめいた回避行動を取っているように思えた。

　隣《となり》の席で試合を見ているリアスがぼそりと言う。

「曹操《そうそう》と同じで相手の僅《わず》かな所作で先を読むタイプでしょうけれど、こちらは神。まさに神がかり的な読みと体捌《たいさば》きでヴァーリの攻撃を躱していわ」

　リアスはそう評していた。

『当たれば大きなダメージは与《あた》えられるだろうがな』

　俺の内でドライグはそう言っていた。

　そう、ヴァーリの──魔王《まおう》化の攻撃力は、本大会参加者のなかでもトップクラスだ。神クラスの上位陣《じょういじん》でも、当たればただでは済まない。

しかし、ヴァーリは現状哪吒太子に決定打を与えていなかった。

哪吒太子側も手に持つ火を噴く槍《やり》——火尖鎗《かせんそう》でヴァーリを穿《うが》とうとする。神の武具である火尖鎗《かせんそう》もまたヴァーリに当たらない。ヴァーリもまた回避に関しては卓越《たくえつ》した目と勘の鋭さを持つ。

そのヴァーリはというと——。

『さすが須弥山《しゅみせん》の最大戦力、初代孫悟空すらも超える神仏と称《しょう》される存在だっ！』

自分の攻撃がまるで当たらないことを嬉々《きき》として受け入れるほどだった。

哪吒太子のほうは、逆になんとも言えない表情で息を吐《は》く。

『……ルシファーの子孫で、白龍皇という冗談《じょうだん》のような存在だとは知っていたが、本当に冗談のような少年だ。神話の伝承を塗《ぬ》り替《か》えるだけの者たちが、近年に頻出《ひんしゅつ》していて怖《こわ》い限りだ』

そうつぶやきながらも、哪吒太子は両腕《りょううで》につけていたブレスレットに闘気《とうき》を送る。すると、ブレスレットが大きくなり円環《えんかん》状の武器——チャクラムのようなものとなった。

太子はそれをヴァーリのほうに勢いよく放った！

あれは神の武具のひとつ——乾坤圏《けんこんけん》だ。

ヴァーリは高速で飛んできた乾坤圏《けんこんけん》を容易に避《よ》ける。——が、避けたはずの乾坤圏《けんこんけん》は、意思を持つように軌道《きどう》を変えて、再度ヴァーリを狙《ねら》う。

ヴァーリはそれすらも避けるが、乾坤圏《けんこんけん》はすぐに軌道と挙動を修正して、何度も何度も執念《しゅうねん》深く追いかけていく！

『はっ！』

ヴァーリは莫大なオーラを放って、追いかけてくる乾坤圏《けんこんけん》を吹《ふ》き飛ばそうとするのだが、神の武具は現白龍皇の撃《う》ったオーラのなかを貫《つらぬ》いてきた！

ヴァーリのオーラ砲撃を難なく突っ込んでいきやがったっ！

『くっ！』

高速で突っ込んでくる乾坤圏《けんこんけん》に対して、ヴァーリは『半減』の力を使う！

『Compression Divider《コンプレッション　ディバイダー》!!!!』

音声と共に圧縮領域が展開して、乾坤圏《けんこんけん》の勢いを殺そうとする。しかし、神の武具は、勢いを多少落としても、狙いをヴァーリに定めたまま、前進していく。

ヴァーリが迫《せま》り来る乾坤圏《けんこんけん》をいなそうとしているなかで、哪吒太子は風火二輪《ふうかにりん》で火の軌跡を生みながら、神速で向かってきていた。

ヴァーリは、乾坤圏《けんこんけん》とは別の角度から迫ってくる太子に飛龍《ワイバーン》を飛ばす。飛龍《ワイバーン》の群れはヴァーリの前方に位置し、あいつを守るように力を放つ。

『Half《ハーフ》 Dimension《ディメンション》!!』
『Half《ハーフ》 Dimension《ディメンション》!!』
『Half《ハーフ》 Dimension《ディメンション》!!』

飛龍《ワイバーン》の群れが、同時に『半減』領域を展開させ、向かいくる哪吒太子に強烈な圧縮を幾《いく》重《え》にも重ねていく。

超広範囲《ちょうこうはんい》に空中で展開された凶悪《きょうあく》な圧縮能力は、神速で飛んでいた哪吒太子を捉《とら》え、その動きを徐々《じょじょ》に重くさせ、行動を封《ふう》じていこうとしていた。

自身の動きが遅《おそ》くなれば、そこにヴァーリはダメージ覚悟《かくご》で乾坤圏《けんこんけん》を食らいながらの一撃を放ってくるだろうと太子も察したのか、それをさせまいと次の手を出す。

手に持っていた火尖鎗《かせんそう》をヴァーリのほうに放ってきた！

強力な火のオーラが漲《みなぎ》る神の槍は、『半減』領域を越えてヴァーリのほうに迫る！　そこに同じく圧縮領域を突き抜けてきた乾坤圏《けんこんけん》も向かってくる！

挟《はさ》み撃ちの格好となったヴァーリ！

ヴァーリは十二の翼《つばさ》を羽ばたかせてルシファーの耀《かがやき》を全身から放ち、その能力を解放する！

あいつが羽ばたくだけで眼下の水面フィールドが荒《あ》れていく！

『『『LLLLLLLLLLLLLLLLLLLLLLLLLLLLLLLLLLLLLLLLLLLLLLLLL《ルルルルルルルルルルルルルルルルルルルルルルルルルルルルルルルルルルルルルルルルルルルルルルルルル》L《ル》!!!!!!!!!!!』』』

エラー音みたいなものが白龍皇の宝玉から発せられた。

『『『Satan Compression Divider《サタン コンプレッション ディバイダー》!!!!!!!』』』

白銀と漆黒が混じった絶対の耀《かがやき》のオーラが、あいつの全身から解き放たれた！　見ているだけで震えてしまうほどの圧倒《あっとう》的な攻撃力、暴力めいたオーラがゲームフィールドに広がる！

ヴァーリに向かってきていた神の武具――火尖鎗《かせんそう》と乾坤圏《けんこんけん》は、あまりの圧縮オーラによって、破壊《はかい》されるまではいかずともひしゃげてしまい、鋭い勢いも完全に殺されて、ついには眼下の水面のほうに落下していってしまった。

自身の持っていた神の武具をふたつも壊《こわ》されたことで、さすがの哪吒太子も目を見開き、驚《おどろ》いていた。

その太子にも飛龍《ワイバーン》の群れによる『半減』領域が降りかかっている。そこにヴァーリは容《よう》赦《しゃ》なくルシファーの耀《かがやき》に満ちたオーラ砲撃を何発も撃ち出していく！

『ハッ！』

哪吒太子は瞬時《しゅんじ》に全身に莫大な闘気を発生させて、手から闘気で作りだした球を飛龍《ワイバーン》に

向けて撃っていった。

太子の放つ闘気の球は強烈で、ヴァーリの飛龍《ワイバーン》をひとつ、またひとつと一瞬《いっしゅん》に吹っ飛ばしていった。

ヴァーリの放った耀《かがやき》に満ちたオーラ砲撃が、太子に降り注ぐときには飛龍《ワイバーン》の群れが作りだしていた『半滅』領域は崩壊《ほうかい》していた。解放された哪吒太子は、身にまとっていた赤い布を手に取って、ひらりと展開させた。

「――っ！　混天綾《こんてんりょう》ねっ！」

「はい、太子がお持ちになられている神の武具のひとつですわ」

リアスとレイヴェルが哪吒太子の行動に対して、そう口にしていた。

神の気を放つ赤い布は、水のオーラを漂《ただよ》わせながら、向かいくるヴァーリの莫大な耀《かがやき》のオーラ砲撃を――正面から促《うなが》すように軌道をズラしてしまうっ！

あくまで自然に、あくまで流麗《りゅうれい》に、ヴァーリの凶悪なオーラ攻撃を逸《そ》らしてしまった！

――けど、オーラの余波までは受け流すことができなかったようで、太子はそれを食らい、水面に吹っ飛ばされていく！

直撃《ちょくげき》ではないとはいえ、あの哪吒太子を吹っ飛ばしやがったッ！

ザバァァァァァァァンッ！　――と、水面に大きな水柱が立つ。水が波打ち、浮《う》いていた多くの巨大《きょだい》な蓮《はす》の葉を揺《ゆ》れさせる。

――と、さらに太子の布によって逸らされたヴァーリの凶悪極《きわ》まりないオーラ砲撃も、フィールドの遥《はる》か向こうに飛んでいき――。

ゴォォォォオオオオオオオオオオオオオオオオオオオオオオオッッ！

超《ちょう》大規模な爆発《ばくはつ》が巻き起こり、フィールド全体を揺らし、映像も乱れに乱れて、モザイクのようなものが映ってしまうほどの影響《えいきょう》を与えていた。

あれ、ゲームフィールドを壊す勢いだよな！

『相棒や俺もヒトのことを言えんがな』

そ、それは確かに！　俺やドライグ、ヴァーリ、クロウ・クルワッハ、それに神クラス上位ともなると、必殺に近い技を繰《く》り出すだけで強固とされるゲームフィールドに多大な影響を与える。

映像が元《もと》に戻っていくなかで、宙に浮かぶヴァーリが、水の中に落ちていった哪吒太子を確認しようと近づいていく。

そのときだった！

水中から、鋭く何かが飛び出していき、虚《きょ》を衝《つ》く格好でヴァーリに下から襲《おそ》いかかる！

見れば――先ほど、ヴァーリの攻撃《こうげき》でひしゃげてしまったはずの火尖鎗《かせんそう》だった！

強烈《きょうれつ》な火のオーラをまとわせながら、神の武具がヴァーリへ一直線に飛んでいった！

ヴァーリはすんでのところで、向かってきていた火尖鎗《かせんそう》の直撃は避けたのだが——全身鎧《プレート・アーマー》の左半身の部分を槍によって、大きく縦に抉《えぐ》られていった！

兜《かぶと》も壊され、顔の左半分が露出《ろしゅつ》してしまっていた。見えている口からは、赤い一筋の血が流れる。

……火尖鎗《かせんそう》による火のオーラの余波で、鎧の中身——生身にダメージを受けたのだろう。

神の武具による攻撃は、直撃でなかろうとも受ければ激痛に違《ちが》いない。

見れば鎧から見える体の部分からは、ダメージゆえの煙《けむり》が上がっていた。魔王化をしてようとも、これだけのダメージを受ける……。

ヴァーリが一点に視線を送る。

そこには水中から、浮き上がりながら姿を見せる哪吒太子の姿があった。

水面に立ち、水に触《ふ》れている足のつま先——風火二輪《ふうかにりん》から火と風を吹き上げながら、上空のヴァーリを見上げる太子。

太子の衣服はボロボロになっており、全身に傷が生じていた。

……大会の試合でもいままで無傷といっていいほど、ダメージを受けてこなかった哪吒太子が、ついに傷を負う！

太子が手を横に出すと、そこから水中に落ちていったはずの円環状の武器――乾坤圏《けんこんけん》がふたつ、飛び出してくる。やはり、ヴァーリの攻撃によって、ひしゃげていたが……太子が神の気を漂わせると――なんと、乾坤圏《けんこんけん》が元の状態に戻ってしまう！

そこに先ほどヴァーリを襲った火尖鎗《かせんそう》も飛来してきて、太子の手に戻る。

……おそらく、自身が水中に落ちたとき、ひしゃげた槍《やり》を元の状態に戻したのだろう。それを不意打ちとして、水の中からヴァーリに向けて撃った。

ヴァーリが不敵な笑いを漏《も》らして眼下の水面に立つ哪吒太子に言う。

『――強い。クロウ・クルワッハと戦ったときとは違う感触《かんしょく》での強敵だ。これでも全勢力のなかでも大分上のほうにたどり着いたと思っていたんだがな』

太子は髪《かみ》をかき上げながら、冷静な表情で息を吐《は》く。

『……私に単独で挑《いど》んできて武具をすべて使わせた者は、いつ以来だろうか。現赤龍帝《せきりゅうてい》もこのような調子なのだろうな。いや、不可思議な力を使う分、余計厄介《やっかい》か』

『強いドラゴンと戦うのは、嫌《いや》か？』

ヴァーリはそう訊《き》きながら、破損した鎧の部分をオーラで再構築させた。同様に太子に壊された飛龍《ワイバーン》も再生させて、再び自分の周囲に飛ばせる。

太子は火尖鎗《かせんそう》をくるくると器用に回しながら、自身の傍《そば》に一対の乾坤圏《けんこんけん》を漂わせつつ、こう答えた。

『玉龍《ウーロン》以外の強いドラゴンは大歓迎《だいかんげい》と言っておこう』

そう言い、ヴァーリのほうに飛び出していく！　ヴァーリも迎《むか》え撃《う》つ格好となった！

強者二人の戦いは苛烈《かれつ》になっていく――。

一方では――、

『のわぁぁぁぁあああああああああああっ！』

悲鳴をあげ、鼻水をたらしながら必死に宙を飛び回る、長細いボディの東洋型ドラゴンこと玉龍《ウーロン》の姿を映す映像もあった。

五大龍王《ごだいりゅうおう》の一角たる彼がそのような状況《じょうきょう》に追い込まれているのは、背後から迫り来る存在にあった。

伝説の魔獣《まじゅう》――神喰狼《かみくいおおかみ》のフェンリルと、古代兵器《ゴーレム》ゴグマゴグの二体に追われていたからだ。

『西遊記』チームの『兵士《ポーン》（５）』枠《わく》である玉龍は、開始早々にヴァーリチーム側の陣営《じんえい》に突貫《とつかん》してきて、『兵士《ポーン》』の特性であるプロモーションで『女王《クィーン》』に昇格《しょうかく》し、巨大な火炎《かえん》をヴァーリたちにひとつ吐いてから颯爽《さっそう》と離脱《りだつ》していった。

ヴァーリはとりあえず、フェンリルとゴグマゴグのタッグに追うよう指示を飛ばしたのだが……。

この玉龍の行動を奇襲《きしゅう》と見るか、奇行《きこう》と見るかで話は変わるんだけど……。

『西遊記』チームはヴァーリチーム同様にチームワークよりも個の行動を大事にするきらいがあった。とはいえ、チームの連携《れんけい》も卓越《たくえつ》している。初代孫悟空、猪八戒、沙悟浄のじいさん三人組は常に三名で動いているしな。

というか、相手はじいさん三名、玉龍、哪吒太子の五名しかいないチームだったりする。だが、その五名だけで伝説の神、魔物《まもの》、英雄《えいゆう》という強豪《きょうごう》ひしめくレーティングゲーム国際大会の予選を突破《とっぱ》してきたのだから、ぶっ飛んだパワーを持ったヒトたちであるのは確かだ。

実は、開始早々の『西遊記』チーム陣営のミーティングで、じゃんけんで負けた奴《やつ》が相手チームの出方をうかがう意味で突貫するという、とうてい作戦とはいえないものをおこない、結果的に玉龍がその行動に出たのであった。

……悪ふざけといえばそれまでだけど。じいさんたちは俺たちよりも大会を楽しんでいるようで、割とノリを大事にしながらエンジョイしているようだった。

ということで、玉龍は伝説の魔物&ゴーレムに追われていたのだった。

水面——水の上を高速で駆《か》けるのは、十メートルはあろうかという大狼フェンリルだ。灰色の毛並みを持つ、神をも喰《く》らうと北欧《ほくおう》神話に記されている最凶《さいきょう》の魔物！

去年、俺たちもこの巨大な狼と死《し》に物狂《ものぐる》いで戦ったもんだ。いまはヴァーリチームの一員として、在籍《ざいせき》している。

ルフェイのお兄さんで最強の聖剣《せいけん》——聖王剣《せいおうけん》コールブランドの持ち主、アーサー・ペンドラゴンが持っていた支配の聖剣《エクスカリバー・ルーラー》の力で、フェンリルは創造主たる北欧の悪神ロキのもとを離《はな》れ、力の大半も封《ふう》じられた。

けど、大会に参加する頃《ころ》から、力は大部分を解放し、現在は本来の八割ほどを扱《あつか》えるようになった。元がめっちゃ強いんで、八割でも無茶苦茶な強さだ。

何せ、全勢力のなかでトップ10に入るほどの実力を持つ魔物だからな！

そのフェンリルは水面を駆けながら、時折、宙を飛ぶ玉龍目掛《めが》けて、嚙《か》みつこうとしたり、爪《つめ》で引き裂《さ》こうとする。

——が、それらは玉龍が体をくねらせながらうまく回避《かいひ》していた。必死になりながら。

『ぬぁあああああああああああああああっ！　おっかねぇぇぇぇぇっ！　フェンリルの爪、当たったら、超痛《ちょう》ェって聞くぞ！』

涙目《なみだめ》で逃《に》げまくる玉龍。

追っているのは、フェンリルだけではなく、十メートルはあるだろう古代の兵器ことゴグマゴグが、背中とふくらはぎからバーニヤを盛大に噴かして、うしろから飛んできていた。

ゴグマゴグは、目を光らせる。刹那《せつな》、目から怪光線《かいこうせん》——ビームを玉龍目掛けてぶっ放す！

玉龍は『ぎょえええええっ！』という悲鳴をあげながら、体を『S』字のようにくねらせた。ビームは、くねらせたところを高速で過ぎ去っていく。

ビームが水面に突き刺《さ》さると、どデカい爆発音と共に巨大な水柱が立った。直撃を浴びれば、そりゃ龍王でもただでは済まないだろう。

『クソッ！　白龍皇めっ！　よりにもよって、オイラにだけ、こんなのを二体もよこしやがってよ！』

毒づきながらも、玉龍はフェンリルとゴグマゴグに口から莫大《ばくだい》なオーラの塊《かたまり》を吐き出していくっ！　プロモーションしていることもあり、オーラの質量は桁違《けたちが》いに上がっていた。

フェンリルとゴグマゴグはうまくそれらを避《よ》けるが、ゴグマゴグのほうが一発受けてしまい、水面に墜落《ついらく》していった。

『ハハハッ！　それ、見たことか！』

喜ぶ玉龍だったが――。

ザバァァァァアンッ！

水中から、何事もなかったかのように飛び出してくるゴグマゴグ！　再び目からビームを放ってきた！

『やっぱクソ硬ぇな、あのゴーレム野郎《やろう》っ！』

文句を言いつつも、玉龍は緑色に輝《かがや》くオーラを口から吐き出して、ゴグマゴグのビームを相殺《そうさい》する。

そこにフェンリルが容赦《ようしゃ》なく襲いかかってくるが、これも身をくねらせて回避してみせた。

なんだかんだ言いつつも、玉龍もまた龍王の一角――。最凶の魔獣と古代のゴーレムという二体が相手でも龍王の名に恥《は》じない強さを見せてくれた。

『ぬあああああっ！　きっつ！　死ぬ死ぬ！　早く来てくれェエッ！　悟空ゥウッ！』

……鼻水を流しながら叫《さけ》ぶ姿はなんとも言えなくなるが、まあ、俺だってフェンリルとゴグマゴグを二体同時に相手をしたら、泣きたくなるわな。

なんだか、玉龍を応援《おうえん》したくなる戦いの組み合わせだった。

そして、もう一方では——、

ゲームフィールドの端《はし》にある岩場、そこに流れる滝《たき》の周辺で初代『西遊記』の三人組と、美猴《びこう》たち現三人組を中心としたヴァーリチームが戦っていた。

『西遊記』チームは闘戦勝仏《とうせんしょうぶつ》こと初代孫悟空のじいさんが、チームの『王《キング》』だ。浄壇使者《じょうだんししゃ》こと初代猪八戒のじいさんが『戦車《ルーク》』×2枠、金身羅漢《こんしんらかん》こと初代沙悟浄のじいさんが『僧侶《ビショップ》』×2枠だった。

話では、全員「儂《わし》、この枠がいい」「んじゃ、こっちかな？」って具合でほとんど適当に枠決めをしたという。

適当でも長年のチームワークがあるからこそ、大会の本戦まで来られるほどの実力を発揮できるのだろう。

実際、映像に映し出されている戦闘《せんとう》場面でも——、

『ほれほれ、どうした若造ども！』

『儂らを楽しませてみぃ！』

『ガッハッハッ！』

初代孫悟空のじいさん、猪八戒のじいさん、沙悟浄のじいさんが若者との戦いを楽しむ

ように三者三様で暴れていた。

対するヴァーリチームは、孫悟空の子孫たる美猴《びこう》、当代の猪八戒と同じく沙悟浄、聖王剣使いのアーサー、黒歌《くろか》、ルフェイというメンバーの大半という構成だ。

アーサーは、ルフェイの兄であるアーサー・ペンドラゴン。イギリスの名家「ペンドラゴン」家の嫡男《ちゃくなん》で、金髪《きんぱつ》イケメン青年。スーツにメガネという紳士《しんし》的な風体《ふうてい》をしている。そして、聖剣のなかでも最強とされる聖王剣コールブランドの持ち主で使い手だ。『最強の人間』候補の一人と数えられている。

美猴は、野性的な雰囲気《ふんいき》と格好を持つ妖怪《ようかい》の青年だ。お話に出てくる『西遊記』孫悟空のような古代中国の鎧《よろい》や、頭には輪っか——緊箍児《きんこじ》そっくりなものも身につけている。手にもじいさんと同じ如意棒《にょいぼう》を持っていた。この美猴も強者であり、ヴァーリの相棒的な存在だ。ただし、「孫悟空」の称号《しょうごう》は襲名《しゅうめい》していない。

でっぷりとした体格で頭部が豚《ぶた》の獣人《じゅうじん》めいた者は、人型の妖怪であり、初代猪八戒の子孫でもある当代の猪八戒。こちらは美猴と違《ちが》い、「猪八戒」を襲名している。

朱色《しゅいろ》の髪がふわっとしている美少女は、当代の沙悟浄ちゃん。こちらも妖怪だけど、現役の女子中学生でもある。

ヴァーリチームには『西遊記』初代三弟子の若い子孫三名も所属するという珍《めずら》しさがあ

った。

そんな猛者《もさ》揃《ぞろ》いで、曲者《くせもの》揃いで、個々が独断的なヴァーリチームが、六名も集《つど》って、初代三弟子に当たっている。

それだけの相手だからだろう。

何せ、この初代三弟子が揃《そろ》えば、テロリスト対策チーム『D×D《ディーディー》』を総動員してようやっと勝負できるぐらいに強いと称《しょう》されているのだから。

ただし、レイヴェルの意見は違った。

レイヴェルは以前にこのようなことを口にしていた。

『以前の「D×D《ディーディー》」であれば、そうだったのかもしれませんが、イッセーさまをはじめ、「D×D《ディーディー》」に属されている方々は日々成長されていますわ。これからの「D×D《ディーディー》」であれば、たとえ三弟子の方々が揃ったとしても、あるいは——』

そう、俺たちも日々訓練と実践《じっせん》を積んでいる。

俺やヴァーリは、龍神《りゅうじん》化、魔王《まおう》化と新たな形態にもなったし、ドライグも復活した。リアスだって、ギャスパーとの合体技を習得したし、皆《みな》も強くなっている。

それなら、下馬評だって、覆《くつがえ》すことは——可能だと思う。

——と、俺が心中で思うものの、映像で繰《く》り広げられる戦いは残酷《ざんこく》だ。

初代孫悟空のじいさんが美猴とアーサー、ヴァーリチームの前衛二人組を相手にしていて、美猴による如意棒の連打と、アーサーによる聖王剣の斬戟《ざんげき》を軽々と舞《ま》うように回避していく。

美猴は棒を振《ふ》るう際にフェイントを入れたり、棒自体を伸《の》ばしたり、太くしたり、奇策《きさく》的な方法と正直な攻撃《こうげき》とあらゆる攻《せ》め方をするものの、初代のじいさんは体捌《たいさば》きで避けるか、自身の如意棒で軽く小突《こづ》いて弾《はじ》いてしまう。

アーサーの聖王剣は、雄《お》々《お》しい聖なるオーラをまといながら振られるが、じいさんはすでに聖なるオーラの届く範囲《はんい》を熟知しているのか、余裕《よゆう》をもって避けてしまう。正面からの斬撃も美猴のとき同様に最小限の如意棒の動きだけで、弾いたりなどして捌《さば》いてしまう。

聖王剣の技のひとつとして、空間に穴を穿《うが》ち、そこに剣を入れることで、相手の死角にも生じた空間の穴より切っ先が伸びてくるというものがあるが、これもすべて見切られており、完全に隙《すき》を突《つ》いた格好でも回避されてしまっていた。

空間を飛び越《こ》えてきた死角からの聖王剣の攻撃も一度の回避ならば偶然《ぐうぜん》かと思うが、連続して避けられてしまうと、もはや初代のじいさんの神業《かみわざ》を疑わずにはいられない。

この結果にアーサーが苦笑いする。

『……まったく、この大会に参加してから、私の攻撃が通じない方々と遭遇《そうぐう》して驚《おどろ》くばかりですよ』

聖剣使いのなかでもトップクラス、人間の領域すら超《こ》えているとされるアーサーだけど、それでも上には上がいる。

以前にも試合でヴァスコ・ストラーダ猊下《げいか》と戦い、黒星をつけられた。

最上級悪魔《あくま》クラスや魔王クラスにも届くであろうアーサーの剣技《けんぎ》と聖王剣だけど……全勢力が参加するレーティングゲーム国際大会は、それ以上の化け物がひしめいている。最強の剣士《けんし》アーサーでさえ、現状で届かない世界があるってことだ。

同じ剣士であるゼノヴィアとイリナが試合を観戦しながら言う。

「……この大会は、才能のある者や実力、実績がある者でさえ、自信を失ってしまいそうになるな」

「……天才中の天才でも単独では届かない相手がいるんですものね、本戦の選手って」

最近、キリスト教会出身の女性剣士コンビは大会で実戦、観戦、共に経験するたびにショックを受けることが多いようだ。もちろん、負けないように燃え上がって訓練する半面で、自身の不甲斐《ふがい》なさに悩《なや》むこともあるという。

……いや、ゼノヴィアとイリナも十分強いと思うんだけど、俺たちや仲間が相手にする奴《やつ》らって、近年だと魔王クラス、神クラス、トップクラスと全勢力でも上のほうにいる者ばかりだからさ。そりゃ、力不足を感じても仕方がない。俺だって、そういう奴らと出会うたびにまだまだ力が足りないって感じるぐらいだしな。

そんなトップクラスのヴァーリチームのメンバーでも、初代三弟子のお三方の対応は難しいようで、美猴とアーサーは孫悟空のじいさんにダメージを与《あた》えられずじまい。

ルフェイと現猪八戒も初代猪八戒のじいさんに攻撃が当たるものの――、

『ぶふー、まだまだじゃな』

でっぷりとしつつも、筋肉質な体にルフェイの魔法《まほう》も、現猪八戒の得物――釘鈀《ていは》（九本の歯を持つ熊手《くまで》のような武器）も、決定打を生まない。逆に初代猪八戒のじいさんが口から妖力が濃密《のうみつ》にこもった火炎《かえん》の球を吐《は》いて、ルフェイと現猪八戒のガードを打ち破るほどだった。

黒歌と現沙悟浄ちゃんの組み合わせも、黒歌の放つ魔力《まりょく》、妖術《ようじゅつ》、魔法、仙術をミックスした攻撃も、現沙悟浄ちゃんの滝の水を用いた妖術も、初代沙悟浄のじいさんが生み出す水の妖術による防御障壁《ぼうぎょしょうへき》を打ち破れなかった。

『まだまだじゃな、当代ちゃん』

初代沙悟浄のじいさんの水技は、現沙悟浄ちゃんのよりも規模も精度も遥《はる》か上である。

美猴が髪《かみ》の毛を抜《ぬ》き、妖力を込めてからふーっと息を吹《ふ》きかけると――無数の分身が生まれ、初代孫悟空のじいさんに襲《おそ》いかかる。そこに美猴も交ざって、一斉《いっせい》に攻撃するという美猴の得意技だ。

しかし、初代孫悟空のじいさんは大きく息を吸うと、全身に闘気《とうき》をまとわせながら――、

『破ッ!』

気合いの一喝《いっかつ》! 闘気のこもった声は、美猴の作りだした分身を消し去っていく!

いや! 何体か消されずに済み、そのまま初代孫悟空のじいさんに如意棒で殴《なぐ》りかかっていった! 初代孫悟空のじいさんは、分身が何体か残ったことに軽く驚いた表情となりながらも、その美猴の分身の攻撃をひょいひょいと体捌きで躱《かわ》す。

『カカカッ! 美猴。儂の声で分身が残るなんてよ。おまえ、随分《ずいぶん》、鍛《きた》えたようじゃの』

美猴は如意棒に妖力と闘気をまとわせながら、初代孫悟空のじいさんに連打で打ちだしていく。

『うるせぇッ! こちとら、ヴァーリの付き合いでクソ強ェ奴らと戦ってばかりなんだ! そりゃ、故郷を出た頃《ころ》よりは強くなってるってなっ!』

互《たが》いに如意棒をぶつけていく。

その隙を突くようにアーサーも聖王剣《せいおうけん》を繰り出していく。初代孫悟空のじいさんがそれすらもひょいひょいと避《よ》けていくものの、しだいにアーサーは動きを修正していき、じい

さんの身軽な動作に剣の切っ先を合わせていくようになった。

ついには——初代孫悟空のじいさんが回避《かいひ》ではなく、如意棒でコールブランドを受け止めた。

互いの得物を合わせながら、初代孫悟空のじいさんが言う。

『……事前に儂らの対策をしていたとしても、この一戦で儂の動きをある程度捉《とら》えるようになるなんてのぉ。儂の知っとるアーサー・ペンドラゴンは才能に溢《あふ》れ、自信に満ちた戦い方をし、自分の剣技に疑問を抱《いだ》かない動きをするはずなんじゃがな』

『そのようなもの、この大会ですでに砕《くだ》かれましたよ』

俺の脳裏《のうり》に大会の予選で繰り広げたアーサーとストラーダ猊下の戦いが思い返される。あのとき、アーサーの惨敗《ざんぱい》だった。

アーサーが言う。

『私の剣技はまだまだです。自分のことも、相手のこともよく見ないといけません。ですので、この試合でひとつ、戦いを通じてご教授いただきますよ！』

アーサーの剣は、いつものように見事な剣技を見せつつも、孫悟空のじいさんの動きに合わすように、時に繊細《せんさい》に、時に大胆《だいたん》に、相手の所作に応じて対抗《たいこう》していた。

これに木場《きば》が唸《うな》る。

「……アーサーさんの動き、大分柔軟《じゅうなん》になっているね。以前は才能とコールブランドの掛《か》け合わせで戦っていたけど……いまはアーサーさん自身が思い描《えが》く戦い方にコールブランドを付き合わせようという動きだ」

なるほどな。だから、見たこともない動きもするようになったのか。回避《かいひ》ざま、空中で横回転するという曲芸めいた体捌きからの斬撃も出しているからな。

初代孫悟空のじいさんも若手の成長に笑《え》みを見せながら、髪の毛を抜き、ふーっと吹く。

すると、じいさんそっくりの分身体が何体も現れた！

『さーて、ここからじゃな！』

じいさんも乗り気だ！

分身のじいさんたちに美猴とアーサーも翻弄《ほんろう》されるが、それでもなんとか食い下がり、防戦一方というわけでもない。

そんな初代孫悟空のじいさんに初代沙悟浄のじいさんが戦いながら、話しかける。

『ところで、悟空！』

『なんじゃい、悟浄！』

『玉龍、助けに行かんでいいんかな！』

『確かに、狼《おおかみ》とゴーレムに追いかけられてちゃ死ぬぞい！』

悟浄のじいさんの言葉に初代猪八戒のじいさんもうなずく。

『死ぬな。まず死ぬな』

初代孫悟空のじいさんが、そう言った。

『まあ……儂《わし》らがこいつらをこらしめるまでは保《も》つじゃろ。じゃが、そろそろ儂らもやっておかないといかんか。豚《ぶた》、河童《かっぱ》。――やるぞい！』

初代孫悟空のじいさんがそう促《うなが》すと、同じく初代猪八戒と初代沙悟浄のじいさんが身にまとっていた闘気が膨《ふく》れあがる。

『豚使いの荒《あら》い猿《さる》じゃい』

『河童っていうな！　沙悟浄は河を拠点《きょてん》にしとる妖怪仙人《ようかいせんにん》――って、何万回悟空に突っ込めばいいんじゃろな！』

文句を言いながらも応じる初代猪八戒と初代沙悟浄のじいさんたち。

初代猪八戒、初代沙悟浄のじいさんが同時に得物である釘鈀と半月状の刃《は》が付いた杖《つえ》をそれぞれで振り上げる。武器に闘気がこもり、莫大《ばくだい》な波動を生み出す。

まずは初代猪八戒のじいさんが呪文《じゅもん》を唱える。

『天道、獄炎《ごくえん》をもって鳳凰《ほうおう》の翼《つばさ》へと送れ。宙を舞《ま》え』

唱えたあとに大きく息を吸う。強烈《きょうれつ》な吸い込みのせいか、ルフェイが引き寄せられないように現猪八戒が巨体《きょたい》を盾《たて》にしていた。

滝《たき》周辺の空気をすべて吸い込んだのではないかという勢いのあと、初代猪八戒のじいさんの腹部は十倍ぐらいに異様なほど膨れあがっていた！

そして、それを一気に吐き出していく！　――炎《ほのお》として！

初代猪八戒のじいさんが吐き出す炎の量と規模は、顕現《けんげん》したドライグを思わせるほどの質量であり、滝一帯を飲み込まんばかりのものだった！

『上がれッ！』

美猴の掛け声が響《ひび》き渡《わた》り、ヴァーリチームの皆《みな》が一斉に各々《おのおの》で宙を跳《と》んだ。魔法や術に覚えのあるものは、魔《ま》方陣《ほうじん》を展開してそれを足場に宙へ。

美猴は、

『觔斗《きんと》雲《うん》ッ！』

――と、足場に金色の雲が生み出され、それに乗って上空に退避《たいひ》する。

アーサーも足場用の魔方陣ぐらいは自前で展開できるのか、それを使って空中にやり過ごしていた。

ヴァーリチームの眼下にこの一帯を埋《う》め尽《つ》くすばかりの火炎が燃えさかる！

そのなかで、初代沙悟浄のじいさんも呪文を唱えた！

『天道、清流をもって霊亀《れいき》の背へと滴《したた》り落とす。水を掬《すく》え』

それを口にした途端《とたん》、滝壺《たきつぼ》の水が激しく波立ち、意思を持つように宙へうねりだしていった。滝壺に二メートルほどの真円の水が無数に発生した。

その瞬間《しゅんかん》に初代猪八戒のじいさんは口から火炎を吐くのを止《や》める。

それを受けて、初代沙悟浄のじいさんが無数の真円の水を上空に放った！　炎から逃《に》げたヴァーリチームを狙《ねら》い撃《う》つ格好だ！

真円の水は個々で意思を持つように空中にいるヴァーリチームの面々を狙い、そちらに高速で向かっていく。

『ちっ！』

美猴が如意棒《にょいぼう》を吹き飛ばそうとするが――棒に水が引っかかってしまい、中に吸い込もうとしてきた！

あの水、中に入れられてしまったら、相当マズい類の術に違《ちが》いない！

美猴を助けようと現沙悟浄ちゃんと現猪八戒が、如意棒についた水を剝《は》がそうと四苦八苦している。

ルフェイや黒歌も魔法や術で向かい来る真円の水に対抗しようとするものの、丸い水は術すら飲み込み、何事もなかったかのようにしてしまう！

魔法や術まで内部に入れてしまうのかよ！　しかも中に入れたら、魔法も術も発動しなくなってる！　そのうちに魔法と術が効果を失い、消滅《しょうめつ》していってしまった。

『はっ！』

アーサーがコールブランドで斬《き》ろうにも水はぐにゃりと弾力《だんりょく》があるごとく、ゴム鞠《まり》のように飛んでいくだけで、剣で真っ二つにすることが叶《かな》わない。

弾《はじ》き飛ばされた真円の水は、再び狙いを定めてアーサーに向かってくる。

魔法も術も効かなくて、コールブランドでも斬れないなんて！

これを見て木場が言う。

「……斬ることに特化している魔帝剣《まていけん》グラムやデュランダルであればあるいは……。けど、聖剣の王たるコールブランドでもあれでは、簡単には破壊《はかい》できないかもね」

初代沙悟浄のじいさんの術をそう評していた。

意思を持つように動いて襲ってくる真円の水に苦戦しているうちに、ついに犠牲者《ぎせいしゃ》が出てしまう。

とぷん、という音を立てながら、黒歌が死角から飛んできた真円の水に全身を捕《と》らわれてしまう！

『なんてこと！』

内部から妖術《ようじゅつ》、魔法《まほう》などで破壊を試みるが、術の効果でゴムのように伸《の》びるものの、壊《こわ》すことができない。

これを待っていたのか、眼下から初代孫悟空のじいさんが如意棒を構えた。

『それ、伸びろぃ』

初代孫悟空のじいさんの持つ如意棒が、伸びに伸びて、水に捕らわれる黒歌のもとに向かっていった！　完全に黒歌を仕留める気だ！

『そうはさせませんっ！』

現沙悟浄ちゃんがご先祖さまと同様の半月状の刃が付いた杖で、高速で伸びてくる如意棒を弾こうとするが——。

如意棒がぐにゃりと曲がって、現沙悟浄ちゃんをやり過ごしていく！

美猴が吼《ほ》えた！

『わかってらぁっ！　ジジイの棒は自由自在だってよっ！』

美猴も対抗しようとしたが、その子孫すらも飛び越《こ》えて、如意棒は黒歌に向かう！

じいさんの如意棒は直進だけではなく、ここまで自在だ！

アーサーが黒歌にとっての最後の盾となり、聖王剣に莫大なオーラを載《の》せて、向かいくる如意棒に一気に斬りかかる！

聖王剣の勢いに伸びてきていた如意棒は――なんと、斬られた！　如意棒が斬られたぞ！　聖王剣、さすがだぜ！

――と、俺が心中でそう思っていたときだ。

折れてあらぬ方向に飛んでいった如意棒の先が――伸びた！　さらに下から伸びてきている如意棒も伸びてきて、二方向から、黒歌を狙い出す！

――折れて飛んでいったほうの棒も伸びるのかよッッ！

俺は驚愕《きょうがく》しかない。観戦室の皆もこの現象に仰天《ぎょうてん》していた！

二方向から伸びてきた如意棒にアーサーも一瞬呆気《いっしゅんあっけ》に取られてしまい、黒歌への攻撃《こうげき》を許してしまった。

水に捕らわれていた黒歌の体に如意棒が二本、背中と腹部にぶち当たる。

黒歌は、あまりの衝撃《しょうげき》に『かはっ！』と息と共に苦悶《くもん》の声を出す。その瞬間に真円の水が崩《くず》れるものの、黒歌はリタイヤの光に包まれていた。

『うっそ。最悪……にゃん！』

悔《くや》しそうにしながら黒歌がそう漏《も》らす。

『黒歌さんっ！』

ルフェイが悲鳴をあげるが、黒歌は意味深な笑みを浮《う》かべた。

『……けど、いいタイミングにゃん』

そう言うと、消える直前に何かの魔方陣を発動して、眼下の滝壺一帯に放っていった。

その瞬間に黒歌の体がフィールドから消えていく。

《「明星の白龍皇」チーム、『僧侶《ビショップ》』一名のリタイヤを確認》

黒歌のリタイヤを告げるアナウンスが飛んだ！

姉の退場を受け、小猫《こねこ》ちゃんが立ち上がる。

「……医務室に行ってきます」

俺たちに一礼してから、観戦室をあとにした。

リタイヤした選手は自動的にスタジアムの医務室に転移されるからな。小猫ちゃんは心配で見に行くつもりなのだろう。

空中で悔しげに美猴が叫《さけ》んだ。

『くっ！　ったくよ！　クソジジイども、年甲斐《としがい》もなく張りきりやがって！』

ヴァーリチームが眼下を見やる。

そこには——黒い霧《きり》が発生しており、滝壺一帯を覆《おお》い尽くしていた。

これは……黒歌がリタイヤ寸前に放った術か？　霧？　あいつ、この手の霧を発生させることもできるからな。

しかし、この色合い……ただの霧じゃない。

俺の脳裏《のうり》に黒歌と初遭遇《そうぐう》したときのことが思い返されていた。

初めて会ったときも黒歌は俺たちに向けて、こういうのを――。

『――天道、雷鳴《らいめい》をもって龍のあぎとへと括《くく》り通す。地を這《は》え』

初代孫悟空のじいさんの呪文が聞こえたと同時に、ドス黒い濃霧《のうむ》も斬り祓《はら》われて、一気に晴れていく。

じいさんが去年京都でも使った、この手の術を解呪《かいじゅ》する呪文だ。

じいさんは自身の肩《かた》を手でもみながら言う。手の如意棒も元の長さと姿に戻《もど》っていた。

『よっしゃ、八戒、悟浄。もういっちょ、あれするぞい』

『休憩《きゅうけい》入れさせろいっ』

『疲《つか》れるわい！』

初代猪八戒、初代沙悟浄のじいさんは文句を垂れていた。

そんなやり取りをしているときだった。

《『西遊記』チーム、『兵士《ポーン》』のリタイヤを確認》

――というアナウンスが告げられた！

『西遊記』チームの『兵士《ポーン》』……つまり、玉龍のことだ！　見れば、玉龍がフェンリルとゴグマゴグの攻撃でやられてリタイヤしていく記録映像が繰《く》り返し流れていた。

玉龍、さすがにやられたか！　伝説の魔物《まもの》とゴーレムの相手だもんな！　キツいよね！

これを受けて、初代のじいさんたちが口々に言う。

『あ、玉龍の奴《やつ》、やられたんかい』

『まあ、玉龍じゃからな』

『玉龍だしのぅ』

散々な評価だなっ！　じゃんけんで負けて突《つ》っ込んだ割にはがんばったと思うぜ！

初代孫悟空のじいさんが息を吐《は》きながら言う。

『ってーことは、早めにこやつらを仕留めんと狼《おおかみ》とゴグマゴグがここに来るっちゅーことになるのぅ。それは面倒《めんどう》くさくなりそうじゃい』

うなずく初代猪八戒、初代沙悟浄のじいさん。

『太子のもとに行かれるのも厄介《やっかい》じゃな』

『ちゃちゃっと若造どもをやっちまうかいな』

お三方《おもちゃ》が再び術の発動をする構えとなった。

それを見て美猴が叫ぶ。

『ジジイども！　後進に道を譲《ゆず》るって精神はねぇのかよっ！』

『甘えるなってーの。年寄り倒《たお》せん子供らが悪いってな』

初代孫悟空のじいさんは懐《ふところ》から煙管《キセル》を取り出し、一服してからそう返していた。

だが、美猴は負けじと言い返す。

『大体、ヴァーリや赤龍帝や「D×D《ディーディー》」の奴らを鍛《きた》えるとか言っておいて、あんま顔を出してなかったっていうじゃねぇかい！』

そうそう、初代孫悟空のじいさんに俺やヴァーリなど、『D×D《ディーディー》』のメンバーは鍛えてもらうことになっていたんだけど、数回ぐらいしか見てもらえてないかも。

そのことを美猴は言っているのだろう。あるいはヴァーリが美猴に愚痴《ぐち》を漏らしていたとか？

初代孫悟空のじいさんは頬《ほお》を指でかく。

『それに関しては悪かったと思っておるわい。ただなあ、儂《わし》だって忙《いそが》しいんじゃい。つーか、おまえは修行をすぐに逃げ出すじゃろ！』

『俺っちのときだけ、鬼《おに》のような課題を突き出すからだろっ！』

『子孫には厳しくするってーのが、一族のしきたりじゃい』

『ジジイだけだ、そんなことをすんのはよッ！』

『今日の試合もある意味で、修行みたいなもんじゃい！』

そう返す初代孫悟空のじいさんだった。

初代孫悟空のじいさんは煙管をしまうと、気を取り直して、初代猪八戒、初代沙悟浄のじいさんに告げる。

『というわけで、次の手に行くぞい』

『ほいほい』

『まったくのぅ』

初代沙悟浄のじいさんが構えて、再び呪文《じゅもん》を唱える。

『天道、清流をもって霊亀《れいき》の背へと滴《したた》り――』

そこまで唱えたときだった。

『うっ！』

という声をあげる。すると、初代沙悟浄のじいさんが体をぷるぷるとさせて、その場にへたり込んでしまう。

腰《こし》に手をやりながら言った。

『……すまん、腰をやった』

『…………』

『…………』

仲間の言葉に一瞬《いっしゅん》初代孫悟空のじいさんと初代猪八戒のじいさんは呆気《あっけ》に取られるが……理解するなり叫んだ。

『『な、なんじゃとぉぉぉぉぉっ!?』』

異口同音に目玉が飛び出るほどに驚《おどろ》き、悲鳴をあげた。

初代沙悟浄のじいさんが、腰をやったのかっ！

これを見ていたリントさんが言う。

「いやー、歳《とし》は取りたくないってやつですかねぇ」

うん、まさにそれだろう！　老体に鞭打《むちう》ちすぎて、ついに限界が来てしまったんだ！

ここ最近、試合だけじゃなくて邪龍戦役《じゃりゅうせんえき》、地獄《じごく》の盟主たちへの調査及《およ》び戦闘《せんとう》をしてきていたもんな！

これには初代孫悟空のじいさんも額に手をやり、「あちゃ～」という顔だ！

――と、その初代孫悟空のじいさんにも異変が起こる。

『――っ』

ふらりと体がふらつきだして、足もたたらを踏《ふ》む。

ついには如意棒《にょいぼう》にしがみついて、立っているのもやっとの状態となっていた。

『…………こ、こりゃ、どうしたことじゃい……？』

自身の変化に驚くようにしている初代孫悟空のじいさん。

俺たちもその変化に驚くしかない！　じいさんの身に何が⁉

ヴァーリチームの面々が滝壺《たきつぼ》──じいさんたちの前に降り立つ。

美猴が意味深な笑《え》みを浮かべながら言った。

『へっ、ようやく効いてきたんかよ。黒歌の置き土産《みやげ》だぜぃ』

初代孫悟空のじいさんが震《ふる》える手を見つめながら言った。

『……痺《しび》れる。こりゃ、毒……か。なるほどのぅ、さっきの霧は黒猫《くろねこ》のお嬢《じょう》ちゃんの毒ってわけかぃ』

うなずく美猴。

『ああ、対孫悟空専用の毒霧ってやつさ。ジジイが相手でもちったぁ効くと思ってな』

黒歌の毒霧！

……黒歌と最初に出会ったときも俺たち毒くらったもんな。

「……なんだか、懐《なつ》かしいわね」

苦笑しながら、そう言うリアス。リアスは、去年の夏休みに黒歌から毒くらってたもんね。

あの頃《ころ》の黒歌はすげえ怖《こわ》い顔とオーラをしてた。いまじゃ、考えられないほどだ。

その黒歌がまた毒の霧を発動させた。

今度の相手は——初代孫悟空のじいさんだ。しかも対孫悟空専用と美猴は口にしていた。

初代孫悟空のじいさんが言う。

『……儂に効く毒なんぞ作れるとはのぅ』

この効果に美猴は体をぷるぷると震わせていた。

『………そうさ。作ったのさ。子孫である俺っちを実験台にしてよぉぉぉおおおおおおおおおおおおおおおおおおおおおおおおッ！』

美猴は——涙《なみだ》を流しながら訴《うった》える。

『ある日のことさ！　黒歌のやつが俺っちに言ってきやがった！　猿《さる》のじいさんに勝てる方法を思いついたから、協力しろってよっ！　その日から、俺っちは怪《あや》しげな術や薬や呪《まじな》いやらをこの身に受けてよっ！　ある日は術で鼻毛がボーボーになったり！　またある日は毒薬としか思えねぇ薬で尻《しり》から火が出たりィ！　女の子が全部雪ゴリラにしか見えない呪い……いや、呪《のろ》いを受けたこともあった！　はたまたある日は——』

『び、美猴さん、そろそろ決めたほうが……』

現沙悟浄ちゃんが恐《おそ》る恐る美猴にそう助言した。

美猴はふーっと大きな息を吐いたあとで、笑みを見せる。

『……これもそれも全部、大会で当たったときのための準備さ。ようやく報われたってな！』

美猴と黒歌の二人は、孫悟空の子孫たる美猴の体を用いて、メタ対策をしてきたってことだ！

まさか、美猴自身がその提案を受け入れて、実験台になるなんてさ！　あの涙から察するに……黒歌の実験は相当だったんだろうな。

この手のことを拒否《きょひ》しそうな美猴がＯＫを出すなんて！

美猴は正面から初代孫悟空のじいさんに言い放つ。

『じいさん。俺っちは——ダチのヴァーリを勝たせるぜぃ。まだ個人でじいさんに勝てねぇかもしれねぇけど、チームで戦えば、最強と称《しょう》されたあんたでも倒せると今日！　ここでッ！　証明してやらァァァァァッ！』

『——ッ！』

美猴の宣言に初代孫悟空のじいさんも驚いている様子だったが、すぐにニンマリと笑みも見せた。

……美猴の奴、ヴァーリのために、友達のために、嫌《いや》がりそうな実験にも付き添《そ》ったってことか。

個人での戦いも捨てて、チームで強者と戦う――。

美猴が如意棒を振《ふ》り上げ、現相方二人に言った。

『行くぜぃ！　八戒！　悟浄！　ニュージェネレーション・パゥワーを、ジジイどもに見せつけっぞっ！』

『ほいよ！』

『はいっ！』

現猪八戒と現沙悟浄ちゃんも気合いを入れて、三人組で初代孫悟空のじいさんに向かっていく。

『世話が焼けるわい！』

初代猪八戒のじいさんが、毒で痺れる初代孫悟空のじいさんのもとに行こうとするが――そこにアーサーが立ち塞《ふさ》がる。

聖王剣《せいおうけん》と釘鈀《ていは》がつばぜり合う！　初代猪八戒のじいさんが言う。

『一人で儂に向かってくるたぁ、さすがはコールブランドの使い手じゃい！』

アーサーはニヒルな笑みを見せた。

『ええ。闘戦勝仏《とうせんしょうぶつ》さまを倒せば、私たちの勝ちですからね。何も私があなたに勝てなくともいい』

『──っ。……チームの「王《キング》」である猿狙《さるねら》いってことかいな。たとえ、自分がやられたとしても』

『はい。私も色々と思うところがありましてね。才能の限界を超《こ》えるには、個の限界をも受け入れることが必要だと』

『──いい剣士《けんし》じゃい』

アーサーの一言に初代猪八戒のじいさんも満足そうな笑みを浮《う》かべた。

初代孫悟空のじいさんを倒《たお》せば、この試合はヴァーリチームの勝ちだ。それを狙《ねら》うのはレーティングゲームとしては当然のことだ。

でも、それをヴァーリチームがするなんて！

リアスがうなずく。

「……大会を通じて、彼ら、変わりつつあるわ」

うん。以前の美猴やアーサーは個を大事にしていた。自分たちが暴れつつも結果的にチームが勝てばいいと。

けど──いまのあいつらは個を磨《みが》きながらも、仲間を勝たせるためにも戦えるようになってきている。

レイヴェルが言う。

「……この大会でヴァーリさまのチームは、大きな成長を遂《と》げそうですわ」

ああ、その通りだ。あいつら、まだ成長するのか。体だけじゃなくて、心も――。

『猿と豚《ぶた》に迷惑《めいわく》をかけさせるわけには――』

腰をやってしまった初代沙悟浄のじいさんが無理に体を起こそうとするが――。

ルフェイが立ち塞がり、捕縛《ほばく》の術を初代沙悟浄のじいさんに放つ。複数の魔方陣《まほうじん》から魔《ま》法《ほう》の縄《なわ》が無数に現れて、立ち上がれない初代沙悟浄のじいさんの体をぐるんぐるんに巻いてしまった！

ルフェイが言う。

『わ、私一人ではあなたに勝てませんが、美猴さんが勝負を決めるまでは必死の抵抗《ていこう》をさせていただきます！』

初代沙悟浄のじいさんが一度解呪《かいじゅ》させても、ルフェイは再度魔法の縄で縛《しば》っていく。今度は、先ほど以上に初代沙悟浄のじいさんの体をぐるぐる巻きにしていった。

その隙《すき》に美猴、現猪八戒、現沙悟浄ちゃんが毒で痺れる初代孫悟空のじいさんを追い詰《つ》めようとしていた。

しかし、初代孫悟空は伊達《だて》じゃない。

毒で体が自由に動かなくとも、美猴の如意棒と術を回避《かいひ》し、現猪八戒が口から吐《は》く莫大《ばくだい》な火炎《かえん》も『破ッ！』と気合い一閃《いっせん》で吹《ふ》き飛ばす。

現沙悟浄ちゃんが滝壺の水を用いて、術で作りだした数え切れないほどの槍《やり》を初代孫悟空のじいさんに向けて放つ。

それでもじいさんは、如意棒で水の槍を弾《はじ》きつつも、うまく避《よ》けていった。

この見事な回避行動に美猴も舌を巻く。

『——っ！　黒歌のメタ毒でもまだ動けるんか！　さすが最強の孫悟空だぜぃ！　けどよ！』

美猴、現猪八戒、現沙悟浄ちゃんは、互《たが》いが互いの攻撃《こうげき》をフォローする立ち回りをしていき、三体で一体の妖怪《ようかい》のごとく、あまりに見事なフォーメーションを見せた。

美猴が打撃《だげき》を繰《く》り出し、現猪八戒が横合いから得物を振り、足下を狙うように現沙悟浄ちゃんが武器を繰り出す。

ついには美猴たちの攻撃が初代孫悟空のじいさんに当たり出した！

《わああああああああああああああああッ！》

会場割れんばかりの大歓声《だいかんせい》！　あの初代孫悟空が子孫の新生『西遊記』三人組に追い詰められていく——。

これほど劇的で見応えのある戦いは、そう見られない。もしかしたら、これっきりしかないかもしれない。

俺も美猴たちの想《おも》いの強さと、勝利への渇望《かつぼう》によって、あの初代孫悟空のじいさんが追い詰められている姿に興奮してしまっている！

『……ちぃ、焼きが回ったぜぃ！　カッカッカッ！』

黒歌の毒によって、苦しげにしながらも初代のじいさんは――笑っていた。美猴たちが自分を追い詰めるのがとても楽しそうだった。

そのじいさんに三人組は一直線に並んで直進していく。

巨体《きょたい》である現猪八戒の背後に美猴と現沙悟浄ちゃんがいるため、一見ではうしろの二人が確認できない。現猪八戒が口から火炎を吐く。

如意棒《にょいぼう》を回転させながら炎《ほのお》を振り払《はら》う初代孫悟空のじいさん。現猪八戒の背後から、左右に跳《と》んでくる影《かげ》があった。

『わかりやすいわいっ！』

初代孫悟空のじいさんが、如意棒を右に伸《の》ばして、すぐに切っ先を左にも曲げて、左右から飛び出してきた者を迎撃《げいげき》した。

――が、左右から迎撃した者は、美猴の分身であり、如意棒で撃《う》ち落とされた瞬間《しゅんかん》に煙《けむり》のように消えていく。

囮《デコイ》の分身！　そう思っていたら、初代孫悟空のじいさんの背後から、美猴と現沙悟浄ちゃんが同時攻撃を仕掛《しか》けていた。

『――っ！　やるのぅ！』

初代のじいさんが痺《しび》れる体を無理矢理動かして、背後に振り返りざま、如意棒に闘気《とうき》を込めてから振るう。美猴と現沙悟浄ちゃんの同時攻撃を吹き飛ばして――。

棒が振るわれた瞬間、美猴と現沙悟浄ちゃんが煙のように消える。

これも――っ！

『こいつも分身かい！』

驚《おどろ》く初代孫悟空のじいさん！　――と、そのとき、じいさんの足下が盛り上がり、地面を突《つ》き破って何かが出てくる！

――現猪八戒だった！

初代のじいさんの目の前にいる現猪八戒は――偽者《にせもの》か!?　本物は地面の中に隠《かく》れていた！

完全に虚《きょ》を衝《つ》かれたのか、初代孫悟空のじいさんは体勢を崩《くず》してしまう。それを現猪八戒がガッチリとホールドした！

『いまだっ！』

現猪八戒がそう言うと、じいさんの目の前にいた現猪八戒の偽者の術が解けて、そこから美猴と現沙悟浄ちゃんが出てくる！

じいさんの目の前にいた現猪八戒の偽者は、美猴と現沙悟浄ちゃんが化けていたものだ！　そこに分身に分身を重ねて、初代のじいさんの認識を騙《だま》した！

なんつー、連係プレイだ！　毒で体の動かないじいさんが相手でも一切《いっさい》の油断をせずに術を重ねやがった！

『ジジイッ！　今日ぐらいは勝つぜェェェェッ！』

『いきますッ！』

現猪八戒がホールドする初代のじいさんに美猴と現沙悟浄ちゃんが同時に攻撃を繰り出していく――。

初代孫悟空のじいさんは――満足そうな、本当に満ち満ちた笑《え》みを見せていた。

《『西遊記』チームの『王《キング》』、リタイヤ。『王《キング》』のリタイヤによって、ゲーム終了《しゅうりょう》となります！「明星の白龍皇」チームの勝利ですっ！》

そして、そのアナウンスが、フィールド全域に響《ひび》き渡《わた》った――。

ようやく玉龍を倒したフェンリルとゴグマゴグが、初代『西遊記』三名のもとにたどり着いたが──そのときにはちょうど勝敗は決していた。

フィールド全域にアナウンサーの声は響き渡る！

《おおおっと、互いのエースが健在のまま、勝負が決まってしまった！　アザゼル杯《カップ》第8試合を制したのは──「明星の白龍皇」チームッッ！》

ヴァーリと哪吒太子が戦う映像を見れば、試合が終わったことで、互いに攻撃を止《や》める二者という格好だった。

哪吒太子はボロボロの顔と服装だ。

空を見上げながら言う。

『……へぇ、悟空が負けたか』

『ふっ、どうやら子孫が意地を見せたようだ』

そう言うヴァーリの鎧《よろい》も大分砕《くだ》かれていた。はあはあと肩《かた》で息をしており、相当スタミナを消費しているようだった。

哪吒太子が薄《うす》く笑みを見せて言う。

『世代交代の時期、なんだろうね。これもまた時の流れかな』

そう感想を漏《も》らす太子にヴァーリは──握手《あくしゅ》の手を突き出す。

『次があれば、またぜひとも手合わせをしたい』

『巡《めぐ》り合わせがあればね』

応じる哪吒太子。

これを受けて、会場はスタンディングオベーションのままで拍手《はくしゅ》を両チームへ盛大に送った。

こうして、「明星の白龍皇」チームと『西遊記』チームの試合はヴァーリ側の勝利ということで幕を閉じた。

ヴァーリが勝ち進んだ――。

俺はそれを見届けただけで、内側から熱いものがこみ上げてきていた。

――ヴァーリ、俺は、俺たちは次も必ず勝つぜ。勝って、先に進むぜ。

だから、おまえも……いや、おまえたちも必ず――。


―○●○―

ヴァーリチームと『西遊記』チームの一戦を見届けたあと、リタイヤして医務室に運ばれたであろう黒歌の様子を見に行ってから、俺たち新旧オカ研メンバーはフォーマルな格好に着替《きが》えて旧首都ルシファード内にある某《ぼう》高級ホテルに赴《おもむ》いた。

その最上階にある超《ちょう》高級レストランで、冥界《めいかい》の上役の一角とされる大物政治家（ルシファー派）との会食を行った。

なぜ、大物政治家と俺たちが会食したかというと……実は、さらなる昇格《しょうかく》の話が出てきているというのだ……っ！

今年に入ってから、冥府《めいふ》の神であるハーデスとそれに呼応する神々——地獄《じごく》の盟主連合（と俺たちは呼んでいる）の襲撃《しゅうげき》が多発しているのだが、それを打ち砕いた功績が認められ、俺や仲間たち——テロリスト対策チーム『D×D《ディーディー》』に属する悪魔《あくま》たちの昇格の話が浮上《ふじょう》してきた。

若手悪魔たちがタナトス、ニュクス、エレボス、タルタロスと、連続して名だたる神を撃破《げきは》したのは、冥界の功績基準から鑑《かんが》みても、歴史的に類を見ないものらしい。

俺は以前に憧《あこが》れの上級悪魔に昇格したばかりだから、「リアスたちが昇格するんだろうな」と主《あるじ》や仲間たちのランクアップだと思っていたら……。

会食を終え、俺とレイヴェルとロスヴァイセさん、アーシア、ゼノヴィア、イリナ、リントさんの教会カルテットにイングヴィルドはホテルのラウンジでくつろいでいた。

リアスや他のメンツは、まだお偉《えら》いさんたちと話をしており、先に行ってもいいと送り出された。

俺がソファに深く座りつつ、フォーマルスーツの首元を少し緩《ゆる》めながら横に並ぶレイヴェルにぼそりと言う。

「……俺が、最上級悪魔か……」

会食用のドレス姿のレイヴェルが言う。

「イッセーさまは、驚かれているようですけれど、私は案外妥当《だとう》とも思っていますわ」

「マジか。てか、上級悪魔になって一年も経《た》っていないのにさらなる昇格なんて、荷が重すぎるというか、上流階級の世界的にもどうなんだって思えるぞ」

格式高く、歴史と誇《ほこ》りを重んじる貴族社会でも最上級悪魔ってのは数えるほどしか存在していない階級だ。

そこに元人間の俺がひょっこり入るなんてさ……。上級悪魔としての振《ふ》る舞《ま》いも出来ないままに上に上がるってのが想像できない。

レイヴェルは答える。

「ですが、イッセーさまはタナトス、ニュクス、エレボス、タルタロスを撃破したとき、主力として中心にいましたわ。というよりもほとんど直《じか》に撃破しました。さらに申し上げるのならば、冥界で絶大な支持と人気を得ています」

「冥界の生きるヒーロー、『おっぱいドラゴン』だものな」

ゼノヴィアの一言にレイヴェルはうなずく。

「政府としては、実力と功績、それにプロパガンダ的な意味でも最上級悪魔にしたいのでしょう」

レイヴェルがそう言った。

……まあ、今夜の会食もそんなふうな雰囲気《ふんいき》は高校生の俺でも感じたさ。お偉いさんたちが俺たちを取り込みたい、俺たちの人気を派閥《はばつ》政党の一翼《いちよく》にしたいんだろうなって。

……サイラオーグさんも、上を目指して偉いヒトたち——政治家とパイプを持ったからな。俺たちが上を目指すだけ、強くなるだけ、政治家も接触《せっしょく》してくるってことだな。って、お世話になっているサーゼクスさま、アザゼル先生、レヴィアタンさま、ベルゼブブさまもお偉いさんで政治家であることには変わりないんだろうけど……。

ロスヴァイセさんが言う。

「冥界政府のルシファー派は、イッセーくんとヴァーリさんをどうしても取り込みたいようですね。何せ、イッセーくんは将来のサーゼクス・ルシファーの義弟で、ヴァーリさんは前ルシファーの子孫ですから。ルシファーに関係している二天龍《にてんりゅう》を派閥に取り入れればバアル派をも押し返せるかもしれないと。それに――」

ロスヴァイセさんの視線が、ソファでうっつらうっつらやっているイングヴィルドを捉《とら》えていた。

「……イッセーくんを取り込むということは、レヴィアタン派を合流させることも不可能ではないと考えている方々もいると、噂《うわさ》で聞きました」

……イングヴィルドの存在は、セラフォルー・レヴィアタンさま派の政治家と、真のレヴィアタンを支持するお偉いさん方が注目しているというしな。

二天龍を後押しするという点で、新旧のルシファー派（サーゼクスさま派と真のルシファー派）が、前代未聞で合流できるかもしれないと冥界の政財界も盛り上がっていると聞いた。

俺は天井《てんじょう》を見上げ、大きく息を上げた。

「……上級悪魔になってハーレムを作るのが、夢だったんだけど……突き進めば突き進むだけ、面倒《めんどう》な大人の世界も深く絡《から》んでくるってか。ハーレム王って、ハーレム考えるだけじゃダメなのか……」

「ダメですわね。『おっぱいドラゴン』をしながら、ハーレムもするということは、修羅《しゅら》の道ですわ」

レイヴェルは紅茶を飲みながら、そうハッキリと言った。

俺のマネージャーは手厳しい！

……まあ、そんなに人生……いや、悪魔生は甘くないってことかな。

しかし、俺が最上級悪魔……。一年前の俺には想像もつかなかったな。なれたとしても相当先――それこそ、百年、千年単位かもって。

イリナが疑問を口にする。

「ところで最上級悪魔になると冥界の社会ではどんなことができるの？　上級悪魔より上の位ということは、いまのイッセーくん以上の権限がそこにあるということだと思うんだけど」

あー、それな。一応、以前にリアスやレイヴェルからも習ったことがあった。

レイヴェルが言う。

「基本的に最上級悪魔になられる方は、冥界での貢献度《こうけんど》、認知度、人気度が高い方ばかりです。そのため、発言と行動に強い影響力《えいきょうりょく》を持ちますわ。上流階級――元七十二柱《はしら》を始めとした生まれながらの純血悪魔の家々をも動かすことも可能です」

最上級悪魔の者が、生粋《きっすい》の貴族悪魔に「ああして欲しい」「こうして欲しい」と願えば、貴族悪魔も無視はできなくなるってことだ。

……出自が上流階級じゃない成り上がりの上級悪魔だと、同じ階級であるはずの生粋の貴族悪魔と比べると発言力や権威《けんい》がどうしても一段劣《おと》る。

という側面があるため、最上級悪魔の権限ってのはデカい。

「その分、責任も大きくなりますけれど」

レイヴェルはそう付け加えた。

最上級悪魔になるってことは、有事の際に上級悪魔以上の活躍《かつやく》を求められるってことだからな。

説明を受けて、イリナは「そうなんだ……」と得心するようにあごに手をやりながら、何度もうなずいていた。

俺がイリナに言う。

「イリナにも昇格の話が出てるんだろう？」

そう、イリナも俺たちと共に戦ってきたため、功績が認められて天使としての階級が上がるという話が出ていた。

イリナは首を傾《かし》げる。

「――ということらしいんだけど、詳《くわ》しくはまだ聞いてないのよね。私もイッセーくん同様に実感湧《わ》かないわ。ただ、天使は数が少ないから、戦績が重なった者を上に上げたいようなのよね」

そうか。転生天使は、転生悪魔と比べても少ない。有望な人材は上に上げて、次代のエースや新たなまとめ役に据《す》えたいんだろうな。

「優秀《ゆうしゅう》な若手をどんどん取り上げるというのはいいことだと思います」

話を聞いていたロスヴァイセさんはそう述べた。

「とはいえ、やっぱ最上級悪魔になるとしても、実感湧かないな」

俺が天井を見ながらそうぼそりと言う。

アーシアがそれを受けて、微笑《ほほえ》む。

「でも、どの階級になってもイッセーさんはイッセーさんのままだと思います」

ああああああああああああああああっ！　アーシアちゃんっ！　なんていいことを言ってくれるんだ！

俺はついつい愛《いと》しい将来の嫁《よめ》さんの一人でもあるアーシアを抱《だ》きしめる！

「もちろんだよ、アーシア！　俺は俺のままでアーシアをとことん愛するからな！」

「はい、わかってますよ。うふふ」

抱き合いながら、ラブラブになる俺たち。

これを傍《そば》で見ていて、ゼノヴィアとイリナが「熱々だな」「ええ、いいことだわ」と微笑ましく見ていた。

リントさんも、「うーん、ラブっスね」と興味深そうに視線を送っていた。

——と、レイヴェルが腕時計《うでどけい》を確認しつつ、俺に言う。

「イッセーさま、そろそろお時間です。例のか」

「あ、例のか件な」

それを確認すると、俺はアーシア、ゼノヴィア、イリナ、リントさんと一旦《いったん》別れ、レイヴェルとロスヴァイセさん、イングヴィルドと共にホテル上層にあるバーに向かうことに。

バーで個人的な会合があったからだ。

エレベーターの前で待つ俺が、レイヴェルに言う。

「ルフェイとの契約《けいやく》の内容を再確認、か」

「はい、イッセーさまの昇格の間隔《かんかく》が想像以上にハイペースですからね」

レイヴェルがそう答える。

俺とルフェイ・ペンドラゴンは、「悪魔と魔法使《まほうつか》いの契約」をしている。

ほら、古来から魔法使いって悪魔を呼びだして契約とかするだろう？　魔法使い的に有名な悪魔や将来有望な悪魔と契約できればステータスになるし、悪魔としても優秀な魔法使いと契約して有益な研究成果や代価を得られればおいしい。

てなこともあり、俺（仲間の悪魔たちも）は魔法使いと契約を交わしていた。俺の場合はその相手がヴァーリチームのルフェイだ。

ルフェイとは、俺が中級悪魔のときに契約を結んだのだが……その後、上級悪魔に昇格《しょうかく》、さらにランクアップの話も出てきたために契約内容の再確認をすることとなった。

ちょうど、冥界《めいかい》でヴァーリたちは試合、俺たちはお偉方《えらがた》との会食という日程なこともあり、互《たが》いに落ち着いた頃合《ころあ》いにホテルのバーで話し合おうということになっていた。

せっかく、高級なホテルに来ているんだし、そこで契約について話そうってね。

本来なら俺とマネージャーのレイヴェルでルフェイに対応できるんだが、バーを使うなら年上のロスヴァイセさんがいたほうがいいかもって。

てか、ロスヴァイセさんが、

「バーに行くなら私が引率します」

——って、先生モードで付いてくることに。

……ここは人間界ではなく、冥界なので、上級悪魔である俺とレイヴェルが店に話を通せば、未成年でもバーは使えるそうなんだが……年上的にも、魔法《まほう》を使う者としても俺とルフェイの話し合いが気になったんだろう。

ま、お酒を飲むつもりなんてないけどさ。一応、未成年だしね。逆にロスヴァイセさんがバーでお酒を飲まないようにしなきゃな。

イングヴィルドを話し合いの場に連れて行くのは、「悪魔と魔法使いの契約」を間近で見てもらうためだ。

イングヴィルドも将来魔法使いと契約することになるだろうから、直で見てもらったほうがいいってレイヴェルからの意見だった。

「……ふわぁ」

とうの本人はエレベーターを待ちながら、あくびをしているが……。

到着《とうちゃく》したエレベーターに乗る俺、レイヴェル、ロスヴァイセさん、イングヴィルド。上階を目指して上がっていく。

ガラス張りのエレベーターは、冥界旧首都の夜景を見せながら上がる。多少の建物の造りに違《ちが》いはあれど、並び立つ高層ビルや煌《きら》びやかな人工的な灯《あか》りは人間界の都市風景とあまり変わらないよな。すげえキレイだ。

——と、予定ではない階層にエレベーターは止まった。

開いた扉《とびら》から、ローブを羽織り、フードを深く被《かぶ》った怪《あや》しげで小柄《こがら》なヒトが入ってきた。

狭《せま》いエレベーター内だけど、俺たちとちょっと間を空けて、そのヒトは位置する。

背丈《せたけ》からすると、女性か小柄な少年ってところかな。ま、多分、悪魔だろうから、年齢《ねんれい》と格好が人間のように比例するってこともないだろうけど。

俺たちとその怪しげな小柄なローブのヒトを乗せたまま、エレベーターが上がっていく。

無言のエレベーター内だったが……ふと、ローブのヒトが声を発する。

「兵藤一誠さん。──いまの自分は好き？」

妙《みょう》な質問が、俺にふいに投げかけられた。声は女性──。

きょとんとする俺だったが、俺の内にいるドライグが皆《みな》に聞こえる声で叫《さけ》ぶ。

『相棒！　気を付けろ！』

そう警戒《けいかい》を促《うなが》されたとき、レイヴェルもエレベーターの外を見て驚《おどろ》きの声をあげる。

「──ドラゴンっ！」

そちらに視線を送れば──ガラス張りのエレベーターの向こうに巨大《きょだい》な赤いドラゴンが宙に浮《う》かびながら、こちらに敵意あるオーラを全身から滾《たぎ》らせていた。

──っ⁉

俺は赤いドラゴンの姿に声を失うっ！
ド、ド、ドドドドド、ドライグじゃねぇかぁぁぁぁっ⁉
驚愕《きょうがく》するしかない！　俺の目の前に顕現《けんげん》時のドライグの姿があるのだから！

『ああ、俺も驚いた。そっくりだな』

俺の内にいるドライグもそう言う！

同時に俺の脳裏《のうり》にとある情報が蘇《よみがえ》る！

——とんでもないニュースは飛び込んできているわ。そのイギリスで、『赤い龍』と『白い龍』、二天龍《にてんりゅう》が確認されたのよ。

……先日、リアスがそう口にしていた！

『赤い龍《ウェルシュ・ドラゴン》』赤龍帝ドライグと、『白い龍《バニシング・ドラゴン》』白龍皇アルビオンの偽者《にせもの》らしきドラゴンが現れたというニュース！

——こいつかっ⁉

けど、ここは冥界だ！　現れたのはイギリスのはず！

とはいえ、エレベーターの外にいる偽者のドライグは敵意満々で俺たちを睨《にら》んでいるんだから、ただ事ではないよな！　身にまとうオーラをガラス越《ご》しに感じるだけでも背筋が凍《こお》るほどにプレッシャーを感じる！　で、でも、ドライグに完全にそっくりって、オーラの質ではないな。僅《わず》かながらに感じ取れる禍々《まがまが》しいオーラは——。

レイヴェルがエレベーターの非常用ボタンを押そうとしたときだった。

ローブの怪しげなヒトが、右腕《みぎうで》に魔方陣《まほうじん》を多重に展開していく。さらに手のひらから、まばゆい光を発生させながら、細長いものを出現させる。

聖なる波動に満ちた、釘《くぎ》状のオーラだった！　ナイフほどの長さだ。

この類い希《まれ》な聖なる波動には、覚えがある！　曹操の持つ神滅具《ロンギヌス》『黄昏の聖槍《トゥルー・ロンギヌス》』、あるいは『紫炎祭主による磔台《インシネレート・アンセム》』――神器《セイクリッド・ギア》の聖遺物《レリック》が放つオーラだっ！

ローブのヒトが聖なるオーラで作った釘をこちらに向けた。

警戒する俺たちだったが、それと同時にエレベーターの外にいる偽者ドライグも口を大きく開けて、炎《ほのお》を吐《は》く格好となって――。

「危ないっ！」

ロスヴァイセさんが、魔方陣を展開する準備となり、エレベーター内にいる俺たち全員を守ろうとする！

ロスヴァイセさんのその行動よりも少しだけ早く、ローブのヒトが聖なるオーラで作った釘を――俺のほうに投げてきた！

俺も刹那《せつな》の対応で左腕《ひだりうで》に『赤龍帝の籠手《ブーステッド・ギア》』を出現させて、釘をはじき返す構えを取ろうと――。

「イッセーさま！　気を付けてくだ――」

レイヴェルの悲鳴もあがるなかで、偽《にせ》ドライグが口から絶大な火炎《かえん》球を吐き出してきたっ！

ドォォォオオオオオオオオオンッッ！

莫大《ばくだい》な爆裂《ばくれつ》音が周囲一帯に鳴《な》り響《ひび》き、爆煙《ばくえん》が広がる。

俺たちは――それをホテルの上空から見下ろしていた。ロスヴァイセさんが、瞬時《しゅんじ》に短《たん》距離《きょり》転移用の魔方陣を展開させて、俺たちをエレベーター内からホテル上空まで転移させた。俺たちはロスヴァイセさんが宙に展開させた足場用の魔方陣の上に避難《ひなん》していた。

ロスヴァイセさんは偽者のドライグの火炎に対して、防御《ぼうぎょ》ではなく回避《かいひ》を選んだ。偽ドライグが『透過《とうか》』の技を使って火炎を吐いた場合、防御型の魔方陣を突破《とっぱ》されると思ったからだろう。

……一瞬《いっしゅん》の出来事だったけど、的確な判断を出したロスヴァイセさんはさすがだ。

眼下のエレベーターは、ホテルの一部ごと吹《ふ》っ飛んでおり、跡形《あとかた》もなく、大きな爆煙と炎をあげている。

そして、俺たちの眼前には宙に浮かぶ偽者のドライグの姿！

偽ドライグの手には、先ほどのエレベーター内にいたローブのヒトが乗っている。

ローブのヒトが、俺のほうに指を向けた。

……わかっちゃいるさ。そう、俺の籠手《こて》には弾《はじ》いたはずの聖なる釘が突《つ》き刺《さ》さっていた。

……釘を弾けなかった。実体がないかのように籠手に触《ふ》れた瞬間《しゅんかん》、融《と》け込むように刺さりやがった！

抜《ぬ》こうにも聖遺物《レリック》ゆえ、悪魔だからうかつに触れないってね。

そうこうしているうちに聖なるオーラを放つ釘は――ふっと消えていく。

……不気味なほどに静かに消えやがった！
ド、ドライグ、大丈夫《だいじょうぶ》か⁉　ドライグや神器《セイクリッド・ギア》に悪い影響《えいきょう》が出てないか⁉
『俺は大丈夫だ。神器《セイクリッド・ギア》もな。……てっきり、相棒の腕《うで》ごと赤龍帝の籠手《ブーステッド・ギア》を壊《こわ》すつもりなのかと思ったが……』

こ、怖《こわ》いこと言わないでくれ！　けど、ドライグが無事なら上々だ。

それを見ていたロスヴァイセさんが、不安視したのか、攻撃《こうげき》用の魔方陣を宙に無数に展開していく。

ロスヴァイセさんが偽者のドライグとローブのヒトに訊《き》く。

「何が目的です⁉　それと、イッセーくんに何をしたのか、答えてもらいましょう！」

ロスヴァイセさんが後方で構えるレイヴェルに言った。

「……レイヴェルさん、一応、イングヴィルドさんを最優先で守りましょう」

「……ロスヴァイセさま、あの方がエレベーター内で展開した術式は――」

レイヴェルがそう口にすると、ロスヴァイセさんは難しい表情となっていた。

「……施錠《せじよう》系の術式でした。いわゆるセキュリティー方面の魔法です。だからこそ、あの釘との組み合わせが不穏《ふおん》なんです」

セキュリティー？　施錠系？　……俺、あの釘を打ち込まれて、何をやられたってんだ？

見る限り、体に異変はまだ出ていないし……。

ドライグ、『赤龍帝の籠手《ブーステッド・ギア》』の具合はどうだ？

『能力は問題なく使えると思うが。禁手《バランス・ブレイカー》にもなれるだろう』

……じゃ、じゃあ、いったい何を仕掛《しか》けられた？　聖なるオーラで出来た釘とはいえ、悪魔《あくま》の俺に必殺のダメージってわけでもないし……。

セキュリティーの魔法《まほう》……ってことは、魔法使《まほうつか》い。魔力《まりよく》を使う悪魔ではない？

ま、まあ、魔法を使う悪魔もいるけど……基本、悪魔種族は「悪魔の力」――魔力を使うからな。

とうのローブのヒトは、ロスヴァイセさんが攻撃用の魔方陣を展開したことで、自身も攻撃態勢となり、魔法力を高め、手を前に突き出して魔方陣を展開していた。

呼応するように偽者のドライグも攻撃のオーラを全身にまとう。

……こ、こんな街中の上空で戦うなんて！　なるべく、派手な攻撃は避《さ》けたほうがいい！

眼下には騒《さわ》ぎを聞きつけて野次馬が続々と集まっているし、ホテルのほうも動揺《どうよう》が大分大きくなってきているだろう。

まずは人気のないところまでどうにか引っ張って、そこで戦うしかないな。

とにかく、俺も禁手《バランス・ブレイカー》の鎧《よろい》を着込んで——。

意を決したときだった。偽ドライグの後方から、巨大な手が飛んでくる！

ロケットパンチ！　ゴグマゴグの攻撃手段だ！

そのロケットを噴射《ふんしゃ》する大きな手が、偽ドライグに飛んでくるが、偽者は空中で横合いに飛び出して回避行動を取り、直撃《ちょくげき》を躱《かわ》す。

「皆さん！」

声をあげて現れたのは、箒《ほうき》に乗ったルフェイだった。

同時に背中からロケット噴射しながらゴグマゴグも到着《とうちゃく》する。飛ばしたパンチが元の腕にハマる。

偽ドライグの手に乗るローブのヒトは、箒に乗って空を飛ぶルフェイに視線を向け——

一瞬、攻撃の態勢が緩《ゆる》んだように感じた。

「……この術式と魔法力の波動……どこかで」

ルフェイも何かを感じ取ったようで、ローブのヒトが気になるようだった。

――と、そこに、

「イッセー！　大丈夫なの⁉」

「イッセー、無事か！」

ホテル上層階からはリアスたちが、下層階からはゼノヴィアたちが宙を跳《と》んで駆《か》けつけてくれる！

偽ドライグと、その手に乗るローブのヒトを視認して、リアスたちも驚愕していた。そりゃ、ホテルを襲《おそ》ったのが一見ドライグなら、驚《おどろ》くしかないよな。

しかし、リアスはすぐに得心する。

「例の偽者の二天龍？　確認されたのはイギリスのはずよね。どうして、冥界《めいかい》に……」

訝《いぶか》しげなリアス。

一方のゼノヴィアはイリナと共に聖剣《せいけん》を取り出して、攻撃の構えとなっていた。

「偽者ならば容赦《ようしゃ》なく戦えるな」

「で、でも、赤龍帝の偽者だし、超《ちょう》強いわよ、きっと！」

木場も聖魔剣《せいまけん》を構えながら言う。

「イッセーくんとドライグ、僕たちもいるし、この都市にはヴァーリチームと『西遊記』

チームもいるから、いざとなれば……。ただ、ここでの戦闘《せんとう》は不味《まず》いね」

木場は眼下に集まってきている野次馬を見ながら、そう言った。

やっぱ、それが最優先だよな。

さて、どう出てくるのか、それともこちらがどう出るのか——。

偽ドライグも莫大なオーラを身にまとい、戦闘態勢に入る。

俺もオーラを高めて、真紅《しんく》の鎧を着込もうとした、そのときだった。

ローブのヒトは、偽ドライグの胸をポンポンと手で叩《たた》く。

すると、偽ドライグは戦闘態勢を解き、少しずつ俺たちから距離《きょり》を取り始める。同時に
ローブのヒトは天に向かって手を突き出す。

次の瞬間、ローブのヒトと偽ドライグの足下に珍《めずら》しい紋様《もんよう》の巨大《きょだい》な魔方陣が展開する。

ロスヴァイセさんが言う。

「あの紋様は……ゾロアスター形式の魔法です！」

ゾロアスター！　三つ首の邪龍ことアジ・ダハーカや、それを創造したというゾロアスター最大の悪神アンラ・マンユの名前と情報が頭の中に浮《う》かぶ。

「逃《に》がすかっ！」

ゼノヴィアがデュランダルとエクスカリバーの聖なるオーラをクロスして、偽ドライグ

のほうに放つ。木場も無言で聖魔剣より斬撃のオーラを偽ドライグに放っていた。

――が、偽ドライグは絶大な火炎を吐いて、ゼノヴィアと木場の放ったオーラをものともせずに吹き飛ばしてしまう！

偽者《にせもの》だとしても、天龍《てんりゅう》は天龍ってことか！　仲間内でも屈指《くっし》の剣士《けんし》であるゼノヴィアと木場の攻撃を難なくあしらうなんて！

いまのが「燚焱《いつえき》の炎火《えんか》」だったら大変だったが、通常の火炎だった。

「もう一丁！」

イリナが隙《すき》を突いて聖剣オートクレールのオーラを飛ばす。

それも偽ドライグの火炎に防がれ、軌道《きどう》をずらされてしまった。飛んでいったオートクレールのオーラは、ローブのヒトの頭部のちょっと上を鋭《するど》く飛んでいく。

オーラによって生まれた風圧で、ローブのヒトのフードが取れていった。

――っ。

フードの下に隠《かく》れていたローブのヒトの素顔は、整った美しい顔立ちに、赤みのある茶色――鳶色《とびいろ》の髪《かみ》（ロープ編み込みにしているように見えた）、碧眼《へきがん》という外国の美少女だった！　歳《とし》も見た目、ひとつかふたつ下ぐらいか？

「――っ！」

フードのヒト――鳶色の髪の美少女を見て、ルフェイの顔色が変わる。

偽ドライグは腹部を膨《ふく》らませて、口から吐《は》く火炎の量を増大させた。

膨大《ぼうだい》な量の火炎が俺たちの眼前に広がり、それが止《や》む頃《ころ》には――偽ドライグとその手に乗っていたローブのヒトは、この場から完全に消えてしまっていた。

……逃げられた、か。

あいつら、ゾロアスターの術式を利用したってことは――。

『なるほどな。偽者から俺に似たオーラの他に邪龍特有のオーラも僅《わず》かに感じ取れたのはそういうことなんだろうな』

俺の内でドライグがそう言う。

そうだよな、俺も邪龍っぽいオーラをちょっとだけ感じ取れた。となると、偽《にせ》ドライグは邪龍……?

「いったい、何があったの？」

「実は――」

思慮《しりょ》する俺の横で、リアスが事情を聴《き》き、レイヴェルが答えていくことに。

事情を知ったリアスが俺に問う。

「体に変化はない？」

「……う、うん、釘《くぎ》の直撃を籠手《こて》で受けたはずなのに、体のほうは問題はなさそう……かな。ドライグも大丈夫だよ」

『ああ、俺も問題ない。偽者と戦いたかったぐらいだ』

ドライグも声を出して俺の返事に続き、リアスにそう答えていた。

リアスが眼下に視線を配らせる。

「……かなりの数に見られたわね。ドライグは、試合ですでに姿を見せているから、この事件を見ていたら、暴走したのだと思われてしまうかも」

朱乃《あけの》さんが言う。

「ベルゼブブさまに報告して、諸々配慮《もろもろはいりょ》して頂いたほうがいいかもしれませんわ」

確かに。ドライグはレーティングゲームの大会で活躍《かつやく》しているから、冥界どころか、各勢力でも姿と実力を知られている。

この一連の出来事を見かけた一般《いっぱん》のヒトに誤解されるようなことを流布《るふ》されてしまったら、大変なことになるな。

ベルゼブブさまや政府のお偉《えら》いさんに早めに報告して、対策をしてもらったほうがいい。

俺たちはそれについて意見を合致《がっち》させ、まずはホテル内と近隣《きんりん》にいたヒトたちを安全なところに避難《ひなん》させ、事件を落ち着かせることに終始した。

そして、終わったあとで、俺にリアスが言う。

「あなたも何かされたようだから、グリゴリの研究所で見てもらいましょう」

その提案に俺も皆《みな》も合意して、俺はそのまま一旦《いったん》グリゴリの研究所に直行し、体と神器《セイクリッド・ギア》を見てもらうことになった。

詳《くわ》しい結果は後日ということで、『D×D《ディーディー》』のメンバーは起きてしまった事件の報告と後処理に回った。

偽ドライグとゾロアスターの術式……。邪龍っぽいオーラ。ゾロアスターの悪神アンラ・マンユは、伝説の邪龍の一角——アジ・ダハーカを創りだしている……。

そのアンラ・マンユは冥府《めいふ》の神ハーデスの思想に呼応して、「地獄《じごく》の盟主連合」の一翼《いちよく》を担《にな》っている。

……となると、あのフードの美少女は——。

よくないことが繋《つな》がっていくなかで、

「…………あの子だわ」

ルフェイはフードのヒト——美少女を見てから様子がおかしかった。そのことについても彼女は上に報告したようだが……。

何はともあれ、それも含《ふく》めての話し合いは後日ということになったのだった——。

偽ドライグ襲撃《しゅうげき》事件を終え、ホテルから兵藤家に帰り、ひと休みすることになった俺たち。

―○●○―

その夜、俺はひとっ風呂《ぷろ》浴びるために大浴場で体を洗っていた。

慌《あわ》ただしい一日だったぜ。

ヴァーリたちと『西遊記』チームの一戦を観戦したあと、お偉方《えらがた》との会食、んでもって偽ドライグに襲われる……。

まったく、毎度のことながら、敵の勢力はこっちの都合なんてお構いなしだよな。

とはいえ、襲撃された以上は原因を調べて、今後の対応を考えるしかない。

……ま、どうせ、ハーデス一派の思惑《おもわく》なんだろう。すでに冥府自体はチーム『D×D《ディーディー》』や協力関係の勢力によって抑《おさ》えられていて、ハーデスたちもうかつには踏《ふ》み入れられなくなっている。本気になった各勢力の上役とチーム『D×D《ディーディー》』は、徐々《じょじょ》に奴《やつ》らの活動範囲《はんい》を狭《せば》めていっていた。

それだけ先日京都で起こったエレボス及《およ》びタルタロスの襲撃事件は、各勢力のVIP陣《じん》と俺たちを本気の本気にさせたってことだ。

あとは奴らがどこに潜《ひそ》んでいるかを探って、とっちめるだけだ。

……地獄の最下層ことコキュートスにハーデス一派――「地獄の盟主連合」のアジトがあるんじゃないかって話なんだけど……。

でも、まずはルフェイの実家ことペンドラゴン家からの依頼《いらい》だな。イギリス王室に関連した事件だ。なんでも新規神滅具《ロンギヌス》のひとつ「深潭の蓋世王冠《アルフェッカ・タイラント》」のせいで、英国の内側は大混乱になっているそうだ。

同様にイギリスに現れた偽の二天龍……。

冥界のホテルで偽のドライグに襲撃され、そこで使われた術式は「地獄の盟主連合」とかかわりがある……。

つまり、全部繋がっているとみていいんだろう。

ハーデスの奴ら、今度はいったい何をイギリスで企《たくら》んで……。

俺はふと聖なる釘を打たれた籠手――左腕《ひだりうで》を見る。


――いま、の、自分、は好き、き？

ローブの美少女は俺にそう言ってきた。

あの娘《こ》が出した聖なるオーラでできた釘、諸々の説明ではどうやらあれは、新規神滅具《ロンギヌス》「深潭の蓋世王冠《アルフェッカ・タイラント》」の――。

そう思慮する俺だったが、ふいに大浴場に誰《だれ》かが入ってくる気配を感じ取る。

そちらに視線をやれば――。

「お、イッセーか」

「ダーリン、入っていたのね」

「イッセーさん、お背中を流しましょうか？」

ぜ、全裸のゼノヴィア、イリナ、アーシアの姿ががががががっ！

……………………。

………………。

…………な。

なななななななななななななな！　なんてこったぁぁああああああああああ
ああああああああああああああッ！

「うわあああああっ！」

俺は…………あまりの衝撃《しょうげき》に絶叫《ぜっきょう》して、顔を背《そむ》けてしまった！

なんてこったよ！　本当にヤバすぎるって！

身を縮こめて、そちらに顔と体を向けないようにする！

「どうかしたのか？」

「ダーリン、どうしたの？」

ゼノヴィアとイリナが怪訝《けげん》そうにこちらを覗《のぞ》き込んでくる！

あっ！　また見えてしまった！　アレがぶるるんと震《ふる》えていた！　うわああああああああああああっ！

俺は耐《た》えられなくなり、大浴槽《よくそう》に飛び込んでいく！　彼女たちから顔を背けて、距離《きょり》を取った！　ダメだって！　ダメだよ！

「ちょ、ちょっと！」

「おいおい」

「ど、どうしたんですか？」

イリナ、ゼノヴィア、アーシアが困惑《こんわく》しながら、俺を追いかけてくるように大浴槽に入ってきた！

俺の前に全裸のアーシアがあああああああああああああっ！

「ア、アーシアまで！」

顔を背けるしかない俺！　ゴメンな、アーシア！　ゴメンよ！

こんな状況下《じょうきょう》でさらに爆弾《ばくだん》は次々と投下される！

「あら、イッセー」

「うふふ、旦那《だんな》さまとの入浴は最高ですわよね」

「なんだか、皆さん集まってきましたね」

「よくある日常風景になりつつあります」

リアス、朱乃さん、レイヴェル、ロスヴァイセさんまで全裸で入ってきた！

リアスと朱乃さんがアレをぶるるんぶるるんと震わせながら俺のほうに向かってくる！

「どうしたの、イッセー？　目を泳がせて」

「あらあら、旦那さまったら、とてもウブな反応ですわ」

う、うおっ、うわわっ！

俺はたまらなくなり、大浴槽の隅《すみ》っこのほうに逃《に》げ出してしまう！

顔を背け、俺は意を決して心情を吐露《とろ》する。

「…………は、恥《は》ずかしいって」

『えっ』

女子たち全員が間の抜《ぬ》けた声を発する。

俺は風呂場《ふろば》で心の底から叫《さけ》んだ！

「…………は、は、破廉恥《はれんち》だ！　結婚《けっこん》前の若い男女が一緒《いっしょ》にお風呂に入るなんて、エッチすぎるよ！」

俺の心からの叫びを聞いた女子たちは、ポカンとした表情をして一拍《いっぱく》おいたあとに、

『――ッ!?　えええええええええええええええええええええええええええええええええええええええええええええええええええええええええええええええええええええええええええええええええええええええええええええええええええええええええええっ!!』

同時に驚愕《きょうがく》の大声を発していく。

俺は顔を手で覆《おお》いながら言う！

「あ！　エ、エッチとかって口に出しちゃったよ！　恥ずかしい！」

本当！　恥ずかしいって！　俺たち裸《はだか》なんだぜ!?　しかも、若い男女で風呂を一緒にするなんて……っ！　絶対にやっちゃいけないことだ！

恥ずかしがる俺に深刻な表情となったリアスが迫《せま》る！

「イッセー！　ちょっと手を貸しなさい」

リアスが俺の右手を取り、自身の胸に――。

もにゅん！　と、極上にやわらかな感触《かんしょく》が手に伝わってくる！

沸騰《ふっとう》するように一瞬《いっしゅん》で全身が真っ赤になってしまう！

「うわっ！　ダ、ダメだ、こんなこと！」

俺はリアスの胸からすぐに手を放して、背を向ける！

い、いけないって！　こんなことしちゃっ！

困惑するしかない俺に女子たちはさらに迫る。

ゼノヴィアが体を近づけ、耳元で言う。

「おっぱい」

「なっ⁉」

と、突然《とつぜん》、卑猥《ひわい》な言葉を耳元で言われた！　ったく、何を考えているんだ、ゼノヴィアは！

しかも、豊満な胸を突《つ》き出してくる！

「ほら、イッセー。おっぱいだ、おっぱい」

イリナもそれに倣《なら》うように自身の胸を突き出してきた！

「おっぱいよ、ダーリン！」

「おっぱいです、イッセーさん！　いくらでも触《さわ》ってください！」

ゼノヴィアとイリナの真似《まね》をするアーシアに至っては涙目《なみだめ》で心配そうな表情だ！

もう！　アーシアまでこんなことを！　しかも涙を浮《う》かべているし！

「やめてくれ！　だから、卑猥すぎるよ、皆《みんな》！」

その場から離《はな》れて、別の隅っこに逃げる俺！

我が家の女性陣は、なんでこんなにも……不健全なのだろうかっ！

俺たち、付き合っているとしても、まだ結婚前の男女なんだぞ！　ダメだって！　成人前なんだし、手を繋《つな》ぐぐらいにしないと！

そのような心境の俺だが……女性陣はこちらの反応を見て、険しい面持《おもも》ちになっていた。

「ちょっと、リアス。これって……」

朱乃さんが不安げにリアスに話しかけていた。

リアスは目を細め、苦虫を噛《か》み潰《つぶ》したかのような表情となっていた。

「……ええ、どうやら、敵の能力は発動していたようね」

「はい。やはり、噂《うわさ》の神滅具《ロンギヌス》ですわ……っ！」

レイヴェルもうなずき、苦渋《くじゆう》に満ちた顔つきとなっている。

「ハーデスたちはこれを狙《ねら》ったのね……っ！　イッセーの大事な源を……っ！」

声を絞《しぼ》り出し、そう得心するリアス。

……えっ!?　こ、この変な感じ、俺があのとき——ローブの美少女から能力を受けたってことなのか!?

い、いや、でも！　俺、前からエッチなことが苦手だったようにも思えて……。

と、とにかく、この風呂《ふろ》は目のやり場が厳しいよ！

じょ、女性の胸元はそういうことが苦手な俺にとって、猛毒《もうどく》に等しいっ！

――お、お、お、おっぱいとか、ダメじゃん！　卑猥の塊《かたまり》じゃんっ！

困惑する俺を置いて、リアスを始めとした将来の俺のお嫁《よめ》さんたちは、深刻そうな表情となっていたのだった――。

俺は――おっぱいとかエロとか本当にダメなんだって！

# Life.1　おっぱい、苦手です。

僕こと木場祐斗《きばゆうと》は、由々しき事態となっている兵藤《ひょうどう》家を訪れている。

由々しき事態――それは、眼前でちょうど繰《く》り広げられていた。

兵藤家上階にあるＶＩＰルーム、そこに仲間たちやグレモリー家の関係者などが一堂に会しており、そこで代表としてリアス姉さんがイッセーくんと話をしていた。

議題はというと、今後の『乳龍帝《ちちりゅうてい》おっぱいドラゴン』についてだ。

「い、いま、なんて言ったの？」

困惑した表情で耳を疑っているリアス姉さん。

言葉を発したイッセーくんは、恥ずかしがりながら言う。

「――お、おっぱいドラゴンを辞めようと思う」

『…………』

全員、イッセーくんの言葉に絶句するしかなかった。

イッセーくんは顔を赤らめながら、補足説明する。

「……いや、語弊《ごへい》があるな。正確には兵藤一誠《いっせい》としての路線を変更《へんこう》したいというか……。ち、ち、『乳龍帝おっぱいドラゴン』ではなく、一人の兵藤一誠として皆のヒーローになりたいというか……」

ヒーロー辞めたいというわけではなく、あくまでも『乳龍帝おっぱいドラゴン』からの路線を変更したいという申し出のようだった。

リアス姉さんは、息を深く吐《は》いたあとに言う。

「兵藤一誠もおっぱいドラゴンもあなたなのよ？」

「それはわかるんだけど……。やっぱり、その……お、お、お、おっぱいドラゴンって……恥ずかしいから……さ」

『おっぱい』という単語を言うのにとてもためらいが生じているようだった。

グレモリーの著作に関する関係者がイッセーくんに言う。

「しかし、いきなりの路線変更は『おっぱいドラゴン』が一大産業、大きな財産となってきているグレモリー領にとっても大きな影響《えいきょう》を与《あた》えます。何よりもファンの方々が納得してくれるどうか……」

確かにその通りだ。ここまで冥界《めいかい》や他の勢力圏内《けんない》でも人気になってしまっている『おっぱいドラゴン』を辞める……路線を変更したいとなると、ファンの子供だけではなく、それを仕事にしているヒトたちにも大きな影響を与えてしまうだろう。

作品内で役をもらっている僕たちにも影響が出るだろうしね。

すでに『おっぱいドラゴン』は、イッセーくんの存在と共にすぐには終わらせることができないコンテンツ、存在になってしまっている。

リアス姉さんが訊《き》く。

「ねぇ、イッセー。『おっぱいドラゴン』の何が嫌《いや》になったの？　ハッキリ言ってちょうだい」

リアス姉さんの問いにイッセーくんは、恥ずかしがりながらも勇気を持って言った。

「……お、おっぱい、かな」


――イッセーくんは、おっぱいが嫌になった。


『…………………』

イッセーくんが口から発した衝撃《しょうげき》的な一声に室内は静まりかえる。

あれほど、おっぱいが大好きであり、体全体、存在全体でそれを体現していた彼が――

突然おっぱいが嫌になってしまったのだ。

「……ぐすっ」

アーシアさんに至ってはあまりのことに涙ぐんでしまっている。ゼノヴィアがアーシアさんの肩《かた》を抱《だ》き、よしよしと慰《なぐさ》める。慰めるゼノヴィアの瞳《ひとみ》にも涙がキラリと光っていた。

「……まさか、このようなことがもう一度起こるなんて……」

「ああ、しかも、あのときに匹敵するぐらい重症かもしれない」

アーシアさんとゼノヴィアがそう話していた。

というなかで、この部屋では――、

『とある国の隅《すみ》っこに～、おっぱい大好きドラゴン住んでいる♪』

バックで「おっぱいドラゴンの歌」が静かに流れていた。

おそらく、少しでも『おっぱいドラゴン』を思い返してほしいと願うリアス姉さんやグレモリー関係者の措置《そち》なのだろう。

イッセーくんは、先日冥界で行われたヴァーリチーム対『西遊記』チームの試合観戦や政治家との会食のあと、兵藤家に帰宅してから、このような状態になってしまっていたようだ。

困惑《こんわく》気味の小猫《こねこ》ちゃんからの連絡《れんらく》を受けた僕はすぐに兵藤家に駆《か》けつけた。一見、イッセーくんは見た目や普段《ふだん》の生活に関して目立って特におかしなところがなく、いつもの真面目で面倒見《めんどうみ》もいい熱血少年だったんだけど……一点だけ激変してしまっていた。

そう、イッセーくんはスケベなこと――特に女性の胸元が非常に苦手になっていたんだ。

あの『乳龍帝おっぱいドラゴン』とまで称《しょう》された女性の胸が大好きでやまないイッセーくんが、だ。

――あり得ないっ！　世界の根底が塗《ぬ》り替《か》えられそうだ！

その日は、僕も皆も驚《おどろ》きと悲しみに包まれ、「いつもの兵藤一誠じゃない！」と混乱状態だった。

このようなことになってしまった原因は僕も皆も理解している。

冥界に行った日に襲撃《しゅうげき》された事件、あれだろう。

僕はそのときリアス姉さんの傍《そば》にいたため、直接は見ていなかったけど、イッセーくんはローブを着た魔法使《まほうつか》いの少女に聖なるオーラで作られた釘《くぎ》状のものをブーステッド・ギアに打ち付けられてしまったというのだ。

イッセーくんへの外傷や神器《セイクリッド・ギア》への影響は、そのときは確認できなかったのだが……。

影響は大きかった。

あのイッセーくんがスケベなことに関して拒絶《きょぜつ》反応を持つ。これがブーステッド・ギアに打ち付けられた聖なる釘の影響と見て間違《まちが》いない。

諸々《もろもろ》の説明はこのあとグリゴリ側から受ける予定になっているが、現状でわかっていることは新規神滅具《ロンギヌス》「深潭の蓋世王冠《アルフェッカ・タイラント》」の能力の影響だということだ。

聖なる釘というのも、その新規神滅具《ロンギヌス》の能力だということだが……。

事前に受けていた説明での「深潭の蓋世王冠《アルフェッカ・タイラント》」の能力とは些《いささ》か違《ちが》っていたため、僕たちも想定外だった。

ちょうど、冥界での行事が終わったあとでペンドラゴン家からのチーム「D×D《ディーディー》」への依頼《いらい》――「深潭の蓋世王冠《アルフェッカ・タイラント》」によるイギリス内部での混乱と、同じくイギリスで現れた謎《なぞ》の二天龍《にてんりゅう》の調査及《およ》び解決に着手するところでの襲撃事件……。

しかも、その「深潭の蓋世王冠《アルフェッカ・タイラント》」の所有者と思われる少女と、偽者《にせもの》のドライグが共に襲《おそ》いかかってくるという……。

さらに付け加えるならば、高確率で「地獄《じごく》の盟主連合」がかかわっているということ。

……イッセーくんのこの変化も敵側が企《くわだ》てた作戦のひとつだろう。

彼らは、イッセーくんから「おっぱい」を奪《うば》ったのだ。

……それにイギリス内部は、ハーデス一派に支配されているということにもなる。これからイギリスへ依頼に向かうということは、「地獄の盟主連合」とのさらなる戦いを意味していた。

とはいえ、敵から先手を打たれる格好となったわけだけど……。

イッセーくんとリアス姉さんたちとの話し合いは解決を見ず、とりあえず、グレモリーの関係者がイッセーくんの主張を一旦《いったん》持ち帰り検討ということで決着がついた。

……まあ、そうそうに『おっぱいドラゴン』を辞めるなんて決断が出るはずはないと思うけどね。

イッセーくんの様子がおかしいのは誰《だれ》の目から見ても明らかなのだから。

リアス姉さんは額に手を当てながら、息を吐き、アーシアさん、ゼノヴィア、イリナさんに言う。

「アーシア、ゼノヴィア、イリナ。イッセーのこと、ちょっと頼《たの》むわ」

「はい」

「任された」

「了解《りょうかい》」

三人とも了承《りょうしょう》し、イッセーくんの手を引き、部屋から退室するよう促《うなが》す。

イッセーくんがリアス姉さんや僕たちを見ながら言う。

「おいおいおいおい。話し合い、これで終わりでいいの？　まだいろいろと今後のことについて話したほうがいいんじゃ……」

心配そうなイッセーくんだったが、ゼノヴィアが手を引っ張りながら言う。

「イッセー。部屋でゲームでもしよう。ほら、恋愛《れんあい》ゲームとかでもいいぞ。まだ攻略《こうりゃく》していないルートに挑戦《ちょうせん》だ」

「いや、ゼノヴィア。俺、恋愛ゲーって苦手だったような気が……」

「じゃ、じゃあ、レースゲーやアクションでもしましょう！」

イリナさんがそう言う。

アーシアさんが涙《なみだ》を浮《う》かべながらも健気《けなげ》に笑みを浮かべて言った。

「大丈夫《だいじょうぶ》です。イッセーさん、大丈夫ですから」

三人がイッセーくんを連れて、VIPルームから退室していった。

イッセーくんが去ったところで、残ったメンバーで深刻な話をし始める。

「これ、以前にも似たようなことがあったのよね」

リアス姉さんの言葉に覚えのあるメンツはうなずいた。

小猫ちゃんが言う。

「……去年、アザゼル先生が作った謎のUFOの影響で、一時的にイッセー先輩《せんぱい》のエロエロさが無くなった事件がありましたね」

そう、僕や仲間たちはそれを思い返していたんだ。

先ほど、アーシアさんとゼノヴィアが——、

——……まさか、このようなことがもう一度起こるなんて……。

——ああ、しかも、あのときに匹敵するぐらい重症かもしれない。

と、話していたのはそのことだ。

去年、グリゴリ元総督《そうとく》であるアザゼル先生は趣味《しゅみ》で未確認飛行物体——つまり、UFOを作りだした。そのUFOでイッセーくんに怪光線《かいこうせん》——ビームを浴びせたところ、スケベさがまったくなくなってしまい、いまのような性格になってしまっていた。

いや、正確にはそのときとはちょっと違う気がするけど……スケベさが消失するという意味では概《おおむ》ね間違っていない。

UFOとか怪光線とか、もの凄《すご》く突飛《とっぴ》な話すぎるかもしれないが、本当に起きたことだ。

……アザゼル先生の起こすことだから、不思議なことではないかもしれないけどね。

リアス姉さんが言う。

「……あのとき同様、イッセーは私たち女性陣《じん》の胸を見ないわ。イッセーは必ずといっていいほど、私たちの胸を毎時間……毎分……毎秒とも思えるぐらい見るのに」

朱乃《あけの》さんが同意してうなずく。

「ええ、イッセーくんの視線が胸元にこないなんて……彼らしくないですわ」

小猫ちゃんが言う。

「……イリナ先輩が、エッチじゃないイッセー先輩は『鰻《うなぎ》とご飯がない鰻重《うなじゅう》』と、あのときにたとえてましたが、本当にその通りですからね」

そういえば、イリナさんはそんなことを言っていたかも。

「……UFOは嫌《きら》いですぅ」

心底嫌《いや》そうな顔をするギャスパーくん。そのときにギャスパーくんはUFOからのビームを浴びていたからね。トラウマなのだと思う。

「あれも大概《たいがい》大変でしたからね」

ロスヴァイセさんも息を吐《は》いていた。

黒歌《くろか》さんが訊《き》く。

「けど、そのときは治ったのよね？」

リアス姉さんがうなずく。

「ええ、あらゆる方法を試したあと、アザゼルが用意したカプセル型の装置に入れたの。でも、それもダメで、結局一晩寝《ね》たら治っていたわ」

そう、そのときのイッセーくんはリアス姉さんと一晩一緒《いっしょ》に寝たら、ケロっと治っていた。リアス姉さんの胸に抱かれるのが何よりの治療《ちりょう》になったのだ。

けど——。

リアス姉さんが言う。

「けれど、今回はそれもダメ。一晩経《た》ってもあの調子なのよ。当然でしょうけど、アザゼルのおふざけよりも神滅具《ロンギヌス》は強力だということね」

あのときよりもイッセーくんの状態と状況《じょうきょう》は深刻ということだ。

しかし、なぜ敵はこれを狙《ねら》ってきたのか？　そう疑問が浮かぶ。

リアス姉さんがレイヴェルさんに訊く。

「レイヴェル。あなたの見解が聞きたいわ」

リアス姉さんに促されて、レイヴェルさんが口を開く。

「イッセーさまのエッチなところを消失させる襲撃……これは敵が故意に狙ってきたのは間違いありませんわ。理由は、イッセーさまのエッチなところを消すことで、イッセーさまの本来の力を封《ふう》じる手に出たのだと思います。つまり、数多くの奇跡《きせき》を起こした『おっぱいドラゴン』、その源を断つ——ということです」

皆《みな》が耳を傾《かたむ》けるなか、レイヴェルさんは続ける。

「この町に『地獄の盟主連合』の間者や、『隠れ禍の団《ヒドゥン・カオス・ブリゲード》』のシンパが、侵入《しんにゅう》しているのは皆さんもご存じだと思います。彼らは私たちに攻撃《こうげき》するためだけに侵入していた……というわけでもないのでしょう。あちらが有利になる情報も集めていたはずです。けれど、それでもチーム『D×D《ディーディー》』に勝てない。そのような状況下でもつぶさに、藁《わら》をもつかむ思いで情報を拾おうとしていたのでしょう。そして、そのなかに偶然《ぐうぜん》興味深いものがあった」

リアス姉さんが目を細めながら言う。

「……アザゼルのおふざけ、ね」

リアス姉さんの言葉にレイヴェルさんはこくりと首を縦に振《ふ》る。

ロスヴァイセさんは口元を手で覆《おお》い、険しい目をしていた。

「イッセーくんの奇跡の源を消せる、ということをあちらは知ったわけですね。アザゼル先生のイタズラですら一時的にそれを消せるのなら、対象者の認識、概念《がいねん》を塗《ぬ》り替《か》えられる能力の神滅具《ロンギヌス》があれば――」

「可能、だと踏《ふ》んだのでしょう。もちろん、この町に残していたアザゼル先生の研究物も調べていたと思いますわ」

レイヴェルさんはそう続けた。

リアス姉さんがあごに手をやる。

「……事前に説明を受けていた新規神滅具《ロンギヌス》『深潭の蓋世王冠《アルフェッカ・タイラント》』は聖遺物《レリック》のひとつであり、

その能力は、頭に聖なる釘《くぎ》──聖釘《せいてい》をもとに構成されたという王冠《おうかん》を被《かぶ》ることで、一定の範囲《はんい》内の者を支配下における力と、釘状の聖なるオーラを発生させ、それを攻撃に使えるということ」

ロスヴァイセさんが続く。

「聖なる釘で作られた王冠……キリスト教の聖遺物のひとつとされている『ロンバルディアの鉄王冠』を神器《セイクリッド・ギア》にしたようなものなのでしょうね」

イタリア──キリスト教カトリックに伝わるという『ロンバルディアの鉄王冠』。イエス・キリストが磔《はりつけ》にされた際に使用された釘──聖釘を用いて作られた王冠だ。歴史的に有名なカール大帝《たいてい》、オットー大帝など、歴代の皇帝《こうてい》も鉄王冠を戴冠《たいかん》したという。

レイヴェルさんが言う。

「研究者の話では、本物の『ロンバルディアの鉄王冠』は歴史の裏で消失しており、それが神器《セイクリッド・ギア》システムにより再構築され、現世に具象化されたのではないかと」

現在の鉄王冠──レプリカは、紆余曲折《うよきょくせつ》の末にモンツァ大聖堂に保管されている。

朱乃さんがリアス姉さんに訊く。

「確か、三大勢力の研究者の方々が最初に確認した王冠の神器《セイクリッド・ギア》所有者の方は、亡くなったと聞いたけれど」

うなずくリアス姉さん。

「ええ、未発見だった神器《セイクリッド・ギア》だから、慎重《しんちょう》に交渉《こうしょう》しようとしたら、暴走して自ら命を絶ったとのことよ」

僕もその情報を聞いた。

北欧《ほくおう》のとある地方で町ひとつの町民すべてを支配下に置いた神器《セイクリッド・ギア》所有者がいたそうだ。研究者が接近したところ、抗争《こうそう》に発展し、その末に自害したとされる。

レイヴェルさんが言う。

「その際、王冠だけは残ったそうです。回収しようとしたそうですが……聖なるオーラに包まれて、どこかに消失したようですわ。そして、次にその王冠の反応が見つかったのが――」

「イギリスの王室、だったということか」

僕がそう会話を紡《つむ》いだ。

……本来、所有者が亡くなれば、神器《セイクリッド・ギア》も一旦《いったん》消え、神器《セイクリッド・ギア》システムに戻《もど》る。神滅具《ロンギヌス》も同様だ。その後、次の所有者のもとにランダムで継承《けいしょう》される。イッセーくんやヴァーリ、多くの神滅具《ロンギヌス》所有者もこれに相当する。

けれど、所有者が亡くなっても神器《セイクリッド・ギア》の力だけが残るケースがあった。

代表的なのが、同じく聖遺物『聖十字架《せいじゅうじか》』の神滅具《ロンギヌス》『紫炎祭主による磔台《インシネレート・アンセム》』だろうか。その神滅具《ロンギヌス》もまた所有者が亡くなっても自らの意思で動き出し、次の所有者を選ぶ。『紫炎祭主による磔台《インシネレート・アンセム》』は所有者を次々と変え、現在はリントさんのもとにあった。

「自分と同じってことっスね」

指先から紫色《むらさきいろ》の炎《ほのお》を揺《ゆ》らめかせながら、リントさんは言った。

所有者を渡《わた》り歩く神器《セイクリッド・ギア》――。

そう、『深潭の蓋世王冠《アルフェッカ・タイラント》』もそのひとつだということだろう。

それを受けた上でリアス姉さんが言う。

「けれど、その『深潭の蓋世王冠《アルフェッカ・タイラント》』の能力が説明と違《ちが》う……。聖なる釘で打たれた者の認識と概念が塗り替えられる能力……。所有者が変わったことで、力が変化したということかしら？」

小猫ちゃんが言う。

「……亜種《あしゅ》か、あるいは禁手《バランス・ブレイカー》の能力でしょうか」

「イッセーくんにとって、『おっぱいドラゴン』は何よりも大事で誇《ほこ》りにもなっていました。それを辞めたいと言うなんて異常なんてものではありません。……それだけの能力ということなのでしょうね」

ロスヴァイセさんがそう言う。

そうさ、イッセーくんは冥界《めいかい》――いや、全勢力の子供たち、ファンを非常に大事にしてきた。

自分が『おっぱいドラゴン』であることを公言し、数々の戦いに臨んできた。

それを変えたいと思うなど、通常では考えられないことだ。

「――いまの自分は好き？　あの娘《こ》、イッセーにそう訊いてた」

イングヴィルドさんがぼそりと言った。

……イッセーくんの認識を最初から変えるつもりだったからこその質問だったのだろうと思う。

レイヴェルさんが言う。

「その辺りは、近く、グリゴリからの報告があるようです。どうやら、イッセーさまの一件で今回の『深潭の蓋世王冠《アルフェッカ・タイラント》』の能力がほぼ特定できたとのことですし」

なるほど、グリゴリの報告を待つ形となるか。

リアス姉さんが、これまでの情報を整理するように口を開く。

「つまり、『地獄《じごく》の盟主連合』か『隠れ禍の団《ヒドゥン・カオス・ブリゲード》』の者が、この町に侵入してアザゼルの研究の一端を見つけ、イッセーの力の源を断つ計画を立てた。そのプランを実行できるだ

け の力も見つけた。それが——」

「イギリスにいた『深潭の蓋世王冠《アルフェッカ・タイラント》』の所有者だった、ということですね?」

そう言いながら、部屋に入室してきたのは——ルフェイさんだった。

ルフェイさんは僕たちのもとまで歩み寄り、言う。

「所有者に覚えがあります。彼女の名は——メレディス・オールディントン。元『黄金の夜明け団《ゴールデン・ドーン》』所属の魔法使《まほうつか》いです。——かつての同僚《どうりょう》でした」

どうやら、『地獄の盟主連合』も絡《から》んだ今回の事件は、大分複雑なものでもあるようだ——。


—○●○—


その日、学校が終わったあと、関係者は兵藤家に集まった。

イッセーくん自身には、学校をお休みしてもらった。スケベでなくなったイッセーくんが学校に行ったら、松田《まつだ》くんや元浜《もとはま》くんだけではなく、クラスメイトも驚愕《きょうがく》し、学校中の噂《うわさ》になってしまう。それは避《さ》けたい。

イッセーくんのご両親も息子がスケベではなくなったことを知り、相当動揺《どうよう》したようで

――、

「ぴょ、病院だ、母さん！　こんなイッセー、初めて見る！　何か悪いものを食べたか、病気になったのかもしれん！」

「は、はい！　えーっと……ねぇ、あなた！　こういうときは内科かしら外科かしら！」

「心の病かもしれないな！　心療内科《しんりょう》も受診《じゅしん》したほうがいいかもしれない！」

「そんな！　こんな大事な時期に心だなんて！　変に悩《なや》まないのがいいところだったのに！」

「変に悩まないのが、逆にダメだったのかもな……もっとイッセーの相談に乗るべきだった」

「事あるごとにエッチなビデオばかり見ちゃダメよって注意しすぎたせいかもしれないわ……」

「とにかく、今日は会社を休む！　イッセーの病院に付き合おう！」

お父さんも会社を休もうとして、親子三人一緒《いっしょ》に病院に行こうと深刻な場面もあったようだ。

こんなことを言ってはなんだけど、親御《おやご》さんの想像よりも十倍ぐらいエッチなビデオを見ていたはずだ。僕すら、エッチなビデオを話題にあげられるせいか、セクシー女優の名前と顔を何名か覚えてしまったほどだからね。

ちなみに最近彼がお気に入りだったエッチなビデオのタイトルは「スーパー爆乳相撲《ばくにゅうすもう》大戦V《ブイ》」だったはずだ。イッセーくんは、爆乳セクシー女優同士が爆乳と爆乳で押し合う相撲の対決に並々ならぬ関心を持ち始めていた。

「相撲だよ、木場。相撲。次は爆乳相撲が来るって！」

そうイッセーくんは以前に熱弁していた。

ということもあったが、その場はリアス姉さんがどうにかイッセーくんのご両親を収めたようだ。

「とりあえず、アザゼルが行っていた治療《ちりょう》方法を使えるようだから、やってみましょう」

というリアス姉さんの行動のもと、イッセーくんを元のスケベな『おっぱいドラゴン』に戻すための措置《そち》をしてみることに。

アザゼル先生が以前に用意した専用のカプセル型装置（人ひとり入れるぐらいの大きさ）を兵藤家の地下に用意して、そこに入ってもらった。

――しかし。

「おっぱい」

ゼノヴィアが装置から出てきたイッセーくんにそう言うが……。

「も、もう！　女の子がそんなこと言っちゃダメだぜ！」

恥《は》ずかしがるイッセーくんのままだった。

カプセル型装置による治療は無駄《むだ》に終わった。

まあ、以前も効果がなく、悪化したりもしたからね……。その辺りはグリゴリの研究者の方々が、装置を適切なものにしてくれたのだが……。

そこからさらにグリゴリの研究者の方々が作ってくれた他の独自の機器も試したが――。


「……結局、戻りませんでしたね」

結果に肩《かた》を落とすアーシアさん。

「あの頃《ころ》よりも深刻、ということだな」

「神滅具《ロンギヌス》の能力ですものね。やはり、強力なんでしょうね」

ゼノヴィアとイリナさんもため息交じりだった。

『深潭の蓋世王冠《アルフェッカ・タイラント》』の所有者が使ったという施錠《せじょう》系の魔法《まほう》――その術式を間近で見ていたロスヴァイセさんは、イッセーくんの状態が神滅具《ロンギヌス》の能力に施錠系の魔法が組み合わさって、非常に強固なものになっていると考え（グリゴリの研究者もこの意見に賛同していた）、解錠《かいじょう》用の術式を独自に考案してイッセーくん本人に試したものの――。

解錠用の魔方陣《まほうじん》をイッセーくんの胸に当てながら、ロスヴァイセさんが息を吐《は》く。

「……ダメですね。神滅具《ロンギヌス》の能力に術式が組み込まれているせいか、複雑なものになっています。時間をかければ術式を紐解《ひもと》けそうですが、いますぐにというわけにはいかないでしょう」

『深淵の蓋世王冠《アルフェッカ・タイラント》』の所有者はセキュリティーの魔法が、かなり得意ということだけはわかったのだった。

レイヴェルさんが気を取り直して言う。

「……治療については、研究者の方々に引き続きお任せするとして、他にも重要な確認がありますわ」

うなずくリアス姉さん。

「この状態のイッセーの実力ね。イギリスに行くにもまずはイッセーのパワーがどうなっているのかを確認しないといけないわ」

ということもあり、僕たちは不調のイッセーくんを連れて、グレモリー領の地下深くに用意されている広大な専用のトレーニング空間に移動した。

いつもの修行用に設けていただいた白い空間。上も下もすべてが白い。そして、果てしなく広い。

これは「リアス・グレモリー」眷属《けんぞく》とその関係者が使える修行空間で、同様のものをイッセーくんも「兵藤一誠」眷属用にもらっていた。

今回は「リアス・グレモリー」眷属用のほうだ。

実は、昨今、僕たちの能力向上やテロリストへの備えとして、悪魔《あくま》政府（主にベルゼブブさまのご眷属関係）やグリゴリの協力でこの空間自体が頑丈《がんじょう》に増強されていた。いざというときの避難《ひなん》先にも使えるのではないかと仲間内で言われるほどだ。

そのトレーニング空間で、いまのイッセーくんの能力を調べる。

「……とりあえず、ひと通り試してみましょうか。ドライグ、協力よろしく頼《たの》むわね」

腕組《うでぐ》みしながらリアス姉さんがドライグにそう言う。

『ああ、わかった』

すでにイッセーくんの左腕《ひだりうで》に出現している籠手《こて》の宝玉より、ドライグがそう答えた。

「……ったく、俺は絶好調だっていうのに、皆《みな》は心配性だな」

息を吐くイッセーくん。

イッセーくん的には自分の不調――エッチなことが苦手になってしまったことの認識を自覚していない、か。完全に神滅具《ロンギヌス》『深潭の蓋世王冠《アルフェッカ・タイラント》』の影響《えいきょう》で、自分は元々エッチなことが苦手なのだと思っているのだろう。

「んじゃ、行くぜ！」

というなかで、イッセーくんは赤いオーラを高めて、鎧《よろい》を装着していく。

こうして、イッセーくんの能力調査が始まった——。

リアス姉さんと、イッセーくんのマネージャーたるレイヴェルさんは、クリップボードのチェック用紙にチェックを入れながら、イッセーくんの状態を見ていた。

二人や僕たちの視線の先には、紅《あか》いオーラを放ちながら、真紅《しんく》の鎧を身にまとうイッセーくんの姿があった。

「……通常の禁手化《バランス・ブレイク》は可能。トリアイナも変化できたわ」

「真紅の鎧にもなれましたわ」

「オーラもキャノンにチャージできたわね」

「ここまでなら、戦闘《せんとう》はどうにか問題ないのかもしれません」

リアス姉さんとレイヴェルさんが、そう話し合う。

僕や仲間たちもイッセーくんの変化、変身を心配そうに見守っていたが、リアス姉さんとレイヴェルさんが言うように、通常の禁手化《バランス・ブレイク》——『赤龍帝の鎧《ブーステッド・ギア・スケイルメイル》』や真紅の鎧こと『真紅の赫龍帝《カーディナル・クリムゾン・プロモーション》』にもなれた。『赤龍帝の三叉成駒《イリーガル・ムーブ・トリアイナ》』も問題なさそうだった。

そして、本題となる龍神化《りゅうじん》だ。

イッセーくんが呪文《じゅもん》を唱える体勢となる。今回は、無限の力の張本人たるオーフィス、それとリリスの二柱《はしら》も間近で変身を拝見するという龍神化だ。

「――我《われ》に宿りし紅蓮《ぐれん》の赤龍《せきりゅう》よ、覇《は》から醒《さ》めよ」

「――我が宿りし真紅の天龍《てんりゅう》よ、王と成り啼《な》け」

オーフィスがその場で呪文を唱えてくれていた。……これって、レアなショット？　いつもならば、イッセーくんの神　器《セイクリッド・ギア》の宝玉を通してオーフィスの呪文が届いているようだからね。

「――濡羽《ぬれば》色《いろ》の無限の神よ」

という一節を唱えたイッセーくんにオーフィスが言う。

「そこ、気持ち入ってない。もう少し我のことを想《おも》ってもいい」

「えっ!?　そ、そっか。わ、わかった」

オーフィス直々に指導が入り、九重《くのう》さんとリリス（二人は見学）もうなずいていた。

「そうじゃな。龍神さまは尊ぶべきじゃ」

「てえてえすべし」

オーフィスの反応にイッセーくんも驚《おどろ》いた様子だったが、コホンと咳払《せきばら》いしてから、

「──濡羽《ぬれば》色《いろ》の無限の神よっ！」

気持ちが入った一節を唱えた。

それを聞いて、オーフィスもうなずき、続きを唱える。

「──赫赫《かくかく》たる夢幻《むげん》の神よ」

……間近でのデュエットだと、本人からのダメ出しが入るんだね……。

「「──際涯《さいがい》を超越《ちょうえつ》する我らが偽《いつわ》りの禁を見届けよ」」

イッセーくんとオーフィスの同時詠唱《えいしょう》の一節が続く。

「「──汝《なんじ》、燦爛《さんらん》のごとく我らが焱《ほのお》にて紊《みだ》れ舞《ま》え」」

龍神化──正しくは疑似龍神化の呪文を無事に唱え終わり、イッセーくんの鎧は……漆《しっ》黒《こく》と真紅の様相を帯びたものとなった。

龍神化の鎧となったことで、イッセーくんは元気よく手をあげる。

「ほらほら、龍神化も余裕《よゆう》でなれたぞ！」

変身を見届けたことで、リアス姉さんがオーフィスとリリスのほうに顔を向ける。

『問題ないってことでいい？』という確認だろう。

オーフィスとリリスは同時にうなずく。

「我的にとりあえず問題なし」

「なっしんぐ！」

サムズアップして答える龍神二柱。

龍神化は可能、か。これは情報としては大きい。

昨今、僕たちグレモリー眷属、兵藤一誠眷属及《およ》びチーム『D×D《ディーディー》』は、神クラスと戦うことが増えた。

神クラスとなると、イッセーくん的にも真紅の鎧では対抗《たいこう》できないし、チームの戦力全体としても龍神化はこちら側の要だ。

現にイッセーくんは『地獄《じごく》の盟主連合』の神々を次々と撃破《げきは》しているのだから。

そのため、不調なイッセーくんでも、疑似《ぎじ》龍神化の変身は可能というのはイギリスに向かうなかで、朗報だ。

龍神化したイッセーくんが次に試すのは——。

『俺の顕現《けんげん》もできるな』

実体化したドライグが宙に浮《う》かびながら、そう言う。

ドライグの顕現も問題なかった。またひとつ、不安は解消された。

リアス姉さんは変身の最終確認をレイヴェルさんにする。

「A《アポカリプス・アンサーアームズ》×A――龍帝丸《りゅうていまる》は？　合体して、動かせるかしら」

「龍帝丸は、まだ休息といいますか、充電《じゅうでん》といいますか、万全ではないようですわ。それにグリゴリ的にも色々とやりたいことがあるようですし」

イッセーくんの使い魔《ま》こと魔法の帆船《はんせん》『スキーズブラズニル』――龍帝丸は、先日の京都での『地獄の盟主連合』との戦いで、新たな強化アームドベース「A《アポカリプス・アンサーアームズ》×A」と化した。けど、戦闘後にグリゴリの研究施設《しせつ》にあるドックに戻《もど》り、そこで戦闘で消耗《しょうもう》したエネルギーを充電しているのである。

グリゴリ（＋シーグヴァイラ・アガレスさん）的にも研究の途中《とちゅう》だったため、充電している龍帝丸をあらためて調査し始めていた。

それを聞き、リアス姉さんは言う。

「例のエロス・エンジンね。原初の神エロス……こんな調子のイッセーに協力してくれるのかしら？」

上が、不安定な龍帝丸のパワーを調整するためにオリュンポスの原初の神が一柱――愛と性を司《つかさど》るエロス神に協力を求めているそうだ。

イッセーくんのスケベなところとエロス神の加護は相性がいいのではないかという上の判断だ。イッセーくんの強さの源がエッチなところに大きく起因しているからね。

エロさでもって、新たな力「A×A《アポカリプス・アンサーアームズ》」を制す——。

けれど、この状態のイッセーくんにエロス神の加護は効果を発揮するのだろうか……？

どちらにしても、まだエロス・エンジンは組み立て中だ。

リアス姉さんの言葉を受けて、レイヴェルさんはため息を吐《つ》く。

「そうですね、不安です……色々と」

そんな大事な恋人《こいびと》とマネージャーの心配をよそにイッセーくんは、漆黒の鎧にある四門のキャノンにエネルギーを集め、ガッツポーズをしていた。

「よし！　∞《インフィニティ》・ブラスターのチャージもできたぜ！　俺！　お、お、おおお、おっぱいがなくても全然いけるって！」

必殺技のチャージができることもわかったため、オーラを鎮《しず》め、イッセーくんは四つのキャノンを翼《つばさ》に収納する。

色々とイッセーくんの状態を調べたけど、結果的に表面上は戦闘力に問題はなさそうだった。

それでも一抹《いちまつ》の不安が残るリアス姉さんは顕現しているドライグに問う。

「……実際どうなの、ドライグ？」

あごに手をやりながら、ドライグが思慮《しりょ》し、口を開く。

『………龍神化は元々あり得ないぐらいに強いからな。仮に調子を崩《くず》していたとしても、ちょっとやそっとじゃわからん。ただ……』

ドライグが遠くを見やる。

視線の先では、アーシアさん、ゼノヴィア、イリナさん、リントさんと共にイッセーくんはイングヴィルドさんの魔力《まりょく》トレーニングに付き合っていた。

それを眺《なが》めながら、ドライグが言う。

『妙《みょう》な迫力《はくりょく》、空気というか、相棒自身がまとっていた独特の雰囲気《ふんいき》は消失しているように思える。俺はあれこそが相棒の根底にかかわるものだと思うんだがな』

「あなたは大丈夫《だいじょうぶ》なの？」

リアス姉さんはイッセーくんの相棒であるドライグのことも気になったようだ。

『ああ、いまのところはな。……神器《セイクリッド・ギア》を通して相棒と繋《つな》がっているから、あいつの不調が今後俺にどう影響を与《あた》えてくるかは未知数だ。ま、この状態を続けるのは俺にとっても良くはないだろうさ』

ドライグも自身に不安を覚えているようだ。

これにオーフィスも話に乗ってきた。

「イッセー、呪文に魂《たましい》が乗っていない。いまは問題なくとも、いずれ綻《ほころ》びが生じて無限の鎧が崩れる、かも」

――っ。

……オーフィスがそんなことを言うなんて。先ほどの呪文チェックは、オーフィスなりにイッセーくんの不調を感じ取っていたからなのだろう。

ドライグとオーフィスの言葉にリアス姉さんは深く感じ入る。

「イッセーの戦いを初期から内側で見ていたドライグ、龍神化を支えるオーフィスがそう言うのなら、そうなのでしょうね」

やはり、このままのイッセーくんでは近い将来に戦闘にまで影響《えいきょう》を及《およ》ぼすという二体の強力なドラゴンからの示唆《しさ》なのだと思う。

静かにイッセーくんの様子を窺《うかが》っているストラーダ猊下《げいか》に僕はお訊《き》きする。

「猊下、ここまでご覧になって、いまのイッセーくんをどう思われましたか？」

猊下は腕《うで》を組まれながら、こうおっしゃる。

「ふむ。これは戦場を駆《か》け抜《ぬ》けてきた老兵の意見だが……。絶大なパワーが赤龍帝《せきりゅうてい》ボーイの形をしているだけのように見える。つまり、絶対の力の核《かく》に骨子、根幹というものが、いまの彼からは感じられない。その辺りはドライグ殿《どの》と同意見といえる。何かの拍子《ひょうし》で無限の力が形を崩したときこそ、赤龍帝ボーイや周囲の者に危険が及ぶやもしれない」

歴戦の強者であるストラーダ猊下も、いまのイッセーくんを不安視されているようだ。

「……やはり、いまの状態が続くのは現赤龍帝二人にとって、まずいということですね」

僕はそう口にした。

――と、皆《みな》が憂《うれ》う状況《じょうきょう》のなかで、イッセーくんが女性陣《じん》に追いかけられていた！

ゼノヴィアとイリナさんが逃《に》げるイッセーくんに回り込んで宣言する。

「ほら、イッセー！　洋服崩壊《ドレス・ブレイク》だ！　おまえの得意なあの技を私にやってみせろ！」

「今回は特別よ！　私も正面から受けるわ、ダーリン！」

教会女性剣士《けんし》コンビに言い寄られて、イッセーくんは狼狽《うろた》える。

顔を真っ赤にしてイッセーくんが声を張り上げた。

「な、何を言っているんだ、おまえら！　そ、そんな酷《ひど》い技を大事な将来の嫁《よめ》さん相手にできるわけないじゃないか……。ていうか、本当に俺が開発したのか……？」

――そんな酷い技。

……この状態のイッセーくんはドレス・ブレイクをそう感じているんだね。しかも、開発したことすら疑問に思っているようだ。

これを聞き、ゼノヴィアとイリナさんは困惑《こんわく》する表情になっていた。

「……それはそれでうれしいが、されないのも複雑だな」

「そうね、複雑だけど、いまのダーリンの恥《は》じらい……永久保存したいわ」

二人が将来のお嫁さんという認識はまだ持っているようで、ゼノヴィアもイリナさんも
その辺りは不調に困りつつも安堵《あんど》している様子だった。

次にイッセーくんの前に立ち塞《ふさ》がるのは、小猫ちゃんと黒歌さん。猫又《ねこまたし》姉妹《まい》だった。

胸を突《つ》き出して言う。

「……ほら、先輩《せんぱい》。私の心の声を聴《き》いてみてください」

「私たち姉妹の声をおっぱいから聴くにゃん。乳語翻訳《パイリンガル》、乳語翻訳《パイリンガル》♪」

恥ずかしがりながらも勇気を持って胸を突き出す妹と、逆にノリノリの黒歌さん。

イッセーくんは耳を塞ぎながら首を横に何度も振《ふ》った。

「そ、そんなわけのわからない技！　つ、使いたくない！」

これには小猫ちゃんも黒歌さんもガックリと肩《かた》を落とす。

「……先輩が作ったんですよ、女性の敵のような技を」

「あの技、凶悪《きようあく》無比だったから、使えないとそれはそれで今後キツい場面もあるかもね」

確かに黒歌さんの言う通りだ。

ドレス・ブレイクもパイリンガルも、いままで何度もイッセーくんや僕たちの窮地《きゆうち》を救
ってくれた技だ。特に女性相手に無敵の性能を誇《ほこ》った。何せ、神クラスでさえ、事前に対

策を練ってくるほどの代物《しろもの》だ。

それを本人が使いたくないというと……戦闘《せんとう》での懸念《けねん》は強まる。

今度は朱乃さんがイッセーくんに詰《つ》め寄る。

「愛《いと》しの旦那《だんな》さま！　私の胸で電話をしてみて！　イッセーくんのためなら、何度でも電話になってみせますわ！」

「朱乃さんの……朱乃の胸は！　電話じゃない！」

イッセーくんの真面目で真摯《しんし》な訴《うった》えに朱乃さんは「キュン」と、ときめいた様子だ。

「あらあら。うれしいけれど、少し残念。やっぱり、ちょーっと物足りませんわね。いえ、いまのままでも愛は揺《ゆ》るぎませんけれど……」

これを見ていたロスヴァイセさんが腕を組みながら唸《うな》る。

「……ドレス・ブレイク、パイリンガル、パイフォン……女性にとっては最低極《きわ》まりない技ですが、イッセーくんや我々《われわれ》にとっては死活問題になりかねません。敵は神クラスになってきているのですから」

リアス姉さんがうなずく。

「そうね。イッセー、無理矢理にでもやってみてちょうだい。技ができないことで、仲間が倒《たお》れるなんてこと、あなただって嫌《いや》でしょう？」

このリアス姉さんの意見にイッセーくんもハッとしたようだ。

「……そ、それはそうだね。……わ、わかった。やってみるだけ、やってみるよ」

心底恥ずかしがりながらも意を決して挑戦《ちょうせん》してくれるようだ。

こういう仲間への多大な思いやりは普段《ふだん》通りで安心する。根本的な仲間への想《おも》いは揺るがないようだ。

イッセーくんは、手にオーラを溜《た》めて、目を閉じ、できるだけ恥ずかしいことを頭に思い浮《う》かべながら、技の発動に備える。

今回対象となるのは、ゼノヴィアだった。

「さあ、来い！　私は何度だって受け止めてやるぞ！」

手を広げ、受け入れ体勢となるゼノヴィア。

そこにイッセーくんは向かっていき、ゼノヴィアの肩に手を触《ふ》れる！

そして――。

「ド、ド、ドレス・ブレイク！」

恥辱《ちじょく》に耐《た》えながら、指を鳴らした。

いつもなら、このあとすぐにゼノヴィアの衣服は弾《はじ》け飛ぶのだが……。

………………。

…………。

……一向にゼノヴィアの服に変化は訪れず、バラバラになる気配はない。

試しにイッセーくんはもう一度ゼノヴィアの服に触れて、指を鳴らすが――やはり、ドレス・ブレイクは発動しない！

これを見ていたレイヴェルさんが言った。

「……エッチなことが苦手になってしまったせいか、脳内での妄想《もうそう》が発動の域にまで達していないのかもしれませんわ」

リアス姉さんが言う。

「……イッセー、パイリンガルとパイフォンも続けて試してみてちょうだい」

「わ、わかったよ！」

リアス姉さんに促《うなが》されて、イッセーくんはアーシアさんの胸に向けて、独自の妄想空間を展開しようにも――。

「イッセーさん、私が何を思っているかわかりますか？」

不安げに訊くアーシアさん。

「……うんともすんとも聞こえてこない」

謎《なぞ》の空間は広がらず、アーシアさんの心の声もイッセーくんの耳に届いていないようだ。

同じようにパイフォンもまったく発動しなかったのだ！

――イッセーくんはエッチな技が使えなくなっていた！

……鎧《よろい》への変身ではなく、得意技のほうに不調の影響が大きく出ていた。

これを受けて、レイヴェルさんが言う。

「……あれらの技はイッセーさまの妄想、エッチな想いがあってこそ発動するものですわ。エッチなことが苦手になってしまった以上、発動できなくなってしまうのは当然なのでしょうね」

この結果にリアス姉さんも小声で「……まいったわね」と嘆《なげ》くように息を吐《は》いていた。

……イギリスに向かうにも、イッセーくんのエッチな技は封《ふう》じられたということか。

『深潭の蓋世王冠《アルフェッカ・タイラント》』の所有者が女性のため、イッセーくんの技があれば大分有利に事が進められただろう。この状態のイッセーくんの解呪《かいじゅ》方法を心のうちに答えさせるとかね。

これは僕たちにとって、痛手だ。

イッセーくんのエッチな技はすでに僕たちにとって、重要なファクターになっていたのだから――。

もうひとつ、困ったことがわかった。

鎧の宝玉から飛び出る飛龍《ワイバーン》を装甲《そうこう》とするリアス姉さんとゼノヴィアの形態――

ない。

飛龍《ワイバーン》は宝玉から飛び出るものの、リアス姉さんとゼノヴィアにまったくくっつこうとしない。

「深紅の滅殺龍姫《クリムゾン・エクスティンクト・ドラグナー》」と「真紅の破壊龍騎士《クリムゾン・デストラクション・ドラグナー》」が出来なくなっていたのだ。

ゼノヴィアは困惑顔で言った。

「……いざというときの私の奥の手が使えないということか。なぜだ？」

これにレイヴェルさんが答える。

「女性の体に貼《は》り付く……そこにいまのイッセーさまの抱《いだ》く忌避《きひ》のイメージが反映されたのかもしれませんわね」

なるほど……やはり、神器《セイクリッド・ギア》自体にも所有者の不調が反映されているということだ。

各種鎧への変身と、エッチな技の是非《ぜひ》がわかったところで、小猫ちゃんがふと一言漏《も》らす。

「……それより、皆をお嫁さんにすることについては大丈夫《だいじょうぶ》なんでしょうか？」

これにには女性陣も大いにうなずいた。

ゼノヴィアとイリナさんがイッセーくんに詰め寄った。

「そうだな。小猫の言うとおりだ。私も皆もプロポーズをされたんだぞ」

「私たちは逆プロポーズだったけれどね！　けど、大事なことよ！」

アーシアさんも不安げに言う。

「……私、イッセーさんのお嫁さんになれますよね？」

これにはイッセーくんも勇ましい表情で断言する。

「もちろんだ！　俺は皆《みんな》を幸せにするよ！　リアス、アーシア、朱乃さん、ゼノヴィア、イリナ、ロスヴァイセさん、小猫ちゃんと黒歌！　皆、俺の将来の嫁さんにするに決まってる！　夢はハーレム王なんだからな！」

この言葉に女性陣《じん》も表情を晴れやかなものにしていた。

一番気になっていたところだろうからね。どうやら、根底の部分――ハーレム王の夢だけは神滅具《ロンギヌス》の力でも変わっていないようだった。

レイヴェルさんにもイッセーくんは言う。

「レイヴェルも大事なマネージャーだ！　ずっと俺の傍《そば》にいてくれよ！」

正面からあらためて言われ、レイヴェルさんもつい顔を真っ赤にして、「は、はい」とかわいく答えていた。

これらを見ていた僕がイッセーくんに訊《き》く。

「けど、おっぱいは？」

「……は、恥ずかしいです……」

途端《とたん》に恥ずかしがるイッセーくんだった。

『……あー』

せっかく、格好良く決めたあとだったので、女性陣も一同に肩を落とす。

でも、イッセーくんは気を取り直して、宣言する。

「大丈夫！　俺！　……おっぱいがなくても、皆を幸せにできるし、悪い連中とも余裕《よゆう》で戦えるよ！」

雄々《おお》しく声を発するその姿は、いつものイッセーくんではあるんだけど……。

黒歌が肩をすくめながら言う。

「困ったにゃん。これじゃ、将来私と子作りできないじゃん」

「こ、子作りって！　そ、そんなこと若い女性が口にしちゃダメだぞ、黒歌！」

顔を真っ赤にして、黒歌を注意するイッセーくん。

「……こりゃダメね。重症《じゅうしょう》にゃん」

「ああ、子作りも大事なことだからな。困ったものだ」

額に手をやって嘆息《たんそく》する黒歌と、深く息を吐くゼノヴィアだった。

これらをずっと見ていたエルメンヒルデさんが得心したように言う。

「やはり、兵藤一誠さんは、性欲《せいよく》が盛んなほうが、オーラというか、雰囲気《ふんいき》が整っていて格好良かったってことですね」

「そりゃ、そうですよ」

ギャスパーくんがうんうんとエルメンヒルデさんの意見にうなずいていた。

「うーん、困ったものじゃな。このことを母上に伝えるべきか悩《なや》むところじゃ……」

九重さんもイッセーくんの不調について、腕《うで》を組んで何やら悩んでいるようだった。

――という、イッセーくんの戦闘《せんとう》能力調査もひと通り終わり、皆でトレーニング空間から帰ろうとしていたときだった。

朱乃さんの耳元に小型連絡《れんらく》用魔《ま》方陣《ほうじん》が展開する。

誰《だれ》かから、連絡が届いたようだ。

朱乃さんがリアス姉さんに報告する。

「リアス。シトリー側から、あなたにお話ししたいことがあるそうですわ」

雰囲気的にどうやらシトリー側から重要な事柄《ことがら》がある様子だ。

リアス姉さんも「わかったわ」と応じる。

僕たちは色々と不安を抱《かか》えながら、もうすぐイギリスに向かうことになる――。

# VIP Meeting.

魔王《まおう》アジュカ・ベルゼブブは、個人用研究施設《しせつ》にて、隔離《かくり》結界領域にいるグリゴリ元総《そう》督《とく》のアザゼルに現状を映像込みで報告していた。

アザゼルの眼前では、現在の兵藤一誠《ひょうどういっせい》の身に起こった出来事が流れていることだろう。

『ほら、イッセー！　マスター・リアスの乳首を押すんだ！』

『嫌《いや》だッ！　こ、こんなことは結婚《けっこん》してからじゃないとダメだって！　と、とてもエッチなことなんだぞ!?　いいか、ゼノヴィア！　こんなことは男子高校生がしていいことじゃない！』

『何を今更《いまさら》！　いつだって皆の乳をあれだけ堪能《たんのう》してきた男が、何を言う！　私の乳を何回揉《も》んだと思う！』

『そうよ、ダーリン！　押して！　押すの！』

『イッセーさん！　リアスお姉さまのお乳をポチっと押してください！』

『うわーんっ！　イリナとアーシアがエッチすぎるよぉぉぉっ！』

『……イッセー先輩《せんぱい》の指を無理矢理出させました。さあ、リアス姉さま、胸をこちらに』

『わ、わかったわ、小猫《こねこ》』

『やめてくれ、リアスゥウゥウゥッ！　押したくないっ！　押したくなぁぁぁいっ！』

『――あぁんっ！』

『押したぞ！　どうだ、レイヴェル！』

『…………ダメですわ、ゼノヴィアさま。イッセーさまが――気を失われました！』

『あらあら。リアス、これは……ダメみたいね』

『ええ、朱乃《あけの》。……私の胸を押して、気を失うなんて……。やはり、イッセーの概念《がいねん》を塗《ぬ》り替《か》えた神滅具《ロンギヌス》所有者本人を直接問い詰《つ》めるしかなさそうね』

――という、兵藤一誠がリアス・グレモリーの乳首を押すまでの記録映像が展開していた。

女子たちの奮闘虚《ふんとうむな》しく、神滅具《ロンギヌス》により本質を変えられてしまった兵藤一誠は、愛してやまなかったリアス・グレモリーの胸を押して気絶してしまうというあり得ない結果に終わった。

何度もリアス・グレモリーの乳首《スイッチ》を押すことで奇跡《きせき》的なパワーアップを遂《と》げてきた現赤《せき》龍帝《りゅうてい》のこの変わりよう。

誰よりも兵藤一誠の能力に詳《くわ》しく、神器《セイクリッド・ギア》研究の権威《けんい》でもあったアザゼルは、この結果に沈痛《ちんつう》な面持《おもも》ちとなっていた。

『……リアスって、本当にいい女になったもんだ。イッセーが、自分の胸をスイッチやバッテリーにしたり、あるいはイッセー自身がおっぱいを認識できなくなったり、今回みたいにおっぱいが苦手になって看病することになっても献身《けんしん》的に付き添《そ》っているからな……』

「…………」

──コメントに困る。

アジュカは心中でそう思っていた。

アザゼルは額に手をやりながら映像越《ご》しに言う。

『……とはいえ、俺のUFOから、このイッセーを再現しようなんてな。よくもまあ……。ったく、あんなお遊びの情報まで拾いやがって、ハーデスめ……っ！』

アジュカが言う。

「地獄《じごく》の盟主たちは『D×D《ディーディー》』と戦うなかで、目《ま》の当たりにしたのでしょう。兵藤一誠くんが起こす奇跡のような出来事を。タナトスとの戦いでは、釈迦如来《しゃかにょらい》と観音菩薩《かんのんぼさつ》が駆《か》けつけ、ヴィーザルとの戦いでは本来の赤龍帝たるドライグを顕現《けんげん》させてみせました。ニュクスとの戦いで、イングヴィルド・レヴィアタンの歌を戦場に届けて夜の女神をくだし、京都ではエレボスを倒《たお》したのち、タルタロスとの決戦でスキーズブラズニルの想定外の変化による圧倒《あっとう》的なパワーで決着をつけた……。彼が地獄の盟主たちとの戦いで挙げていく戦果と奇跡の数々に危機感を覚え……逆にそこを打破できればと考えた」

『「D×D《ディーディー》」のメンツは個々の実力も確かなものだが、奇跡のような存在が何名か在籍《ざいせき》しているからな。そのなかでも一番ぶっ飛んでいて、予想も予測もできないイッセーをターゲットにした。窮地《きゅうち》を一番ひっくり返してくるのはどう考えてもイッセーだからな』

アザゼルがそう言う。

兵藤一誠は各種パワーアップ時の手段もそうだが、魔獣騒動《まじゅうそうどう》での復活劇、邪龍戦役《じゃりゅうせんえき》での龍神《りゅうじん》化、レーティングゲームの大会での戦績、そして地獄の盟主たちとの戦いでも誰もが見たことのない奇跡でピンチを脱《だっ》してきた。

これらを見てきたハーデスならば思うのかもしれない。

——こいつさえ、どうにかできれば、と。

兵藤一誠封《ふう》じを模索《もさく》するなかで、駒王《くおう》町を調査中に偶然《ぐうぜん》見つけたのだろう。アザゼルの過去のイタズラを——。

ただのイタズラを強力に再現できてしまう力もまた厄介《やっかい》で脅威《きょうい》である。

だが、ハーデスたちは、それも見つけてしまった。

──『深潭の蓋世王冠《アルフェッカ・タイラント》』を。

アザゼルが訊いてくる。

『新規の「深潭の蓋世王冠《アルフェッカ・タイラント》」の能力、やはり現所有者は亜種《あしゅ》か？』

その問いにアジュカはうなずく。

「ええ。グリゴリやこちらの研究機関でも調べましたが、前所有者が発現していた能力と異なります。前所有者が使っていた能力は、二点。聖なるオーラで作った釘《くぎ》状のもので攻撃《こうげき》できるということと、ある一定のキーワードを入れた会話を対象者に数分聞かせることで、相手を洗脳できるというもの。しかも数に限りはない。前所有者は講演会として大勢の人の前に立ち、発動条件を満たして、町ひとつを支配していました」

『……世が世なら、その神器《セイクリッド・ギア》がもっと前に誕生していたら大変なことになっていたな』

「はい。人間界の大戦時に演説が巧《たく》みな者がそれを発現していたらと思うと恐《おそ》ろしい限りです。ただし、前所有者は異能力者を支配できなかったといいます」

『それで現所有者の能力は？』

「聖なるオーラで作った釘を対象者に打つことで、相手の概念を塗り替える。それも常人が対象ではなく──」

『……神器《セイクリッド・ギア》所有者限定の能力か。だから、神滅具《ロンギヌス》所有者でも効果があった』

アジュカの言葉にアザゼルはそう繋《つな》げた。

どうやら、アザゼルにもある程度の想像はできたようだ。

前『深潭の蓋世王冠《アルフェッカ・タイラント》』と、現『深潭の蓋世王冠《アルフェッカ・タイラント》』は能力が違《ちが》う――。

現所有者であるメレディス・オールディントンは元『黄金の夜明け団《ゴールデン・ドーン》』所属の魔法使《まほうつか》いであり、出自は――直系ではないが、イギリス王室関係者の血を引いている。

メレディスは王室関係者と愛人の間にできた隠《かく》し子であり、王室は認知していない様子だった。

そのメレディスは、近年に神滅具《ロンギヌス》の能力に目覚め、その力でもって他の神器《セイクリッド・ギア》所有者を支配しているようなのだ。

アザゼルが言う。

『……ペンドラゴン家からの依頼《いらい》と情報で、「深潭の蓋世王冠《アルフェッカ・タイラント》」の所有者周囲に神器《セイクリッド・ギア》持ちが複数確認されていたのは神滅具《ロンギヌス》の能力で支配していた、と』

「幻術《げんじゅつ》や心身の支配といった他者を操る能力の神器《セイクリッド・ギア》所有者を傍《そば》に置いているようです。

その力でイギリス内部を混乱に陥《おとしい》れているのでしょうね」

アザゼルは目を細める。

『……前所有者は言葉を用いて常人を支配する能力で、現所有者は釘を打つことで発動し、対象は神器《セイクリッド・ギア》持ちか。対象者の概念を塗り替えちまうって点が共通しているわけだ』

「……支配と聖なる釘、というのがこの神滅具《ロンギヌス》の根本的な特性であり、あとは所有者ごとに変質するのかもしれませんね」

今回の能力が亜種というわけではないのかもしれないとアジュカは思慮《しりょ》しだしていた。

『新規神滅具《ロンギヌス》ゆえにデータが揃《そろ》わないってか。あー、ったく、俺がそっちにいれば最高の研究対象なんだがな。クソ！　なんだ、その興味深い新種は！』

興奮してしまったアザゼルだったが、すぐに冷静となり、咳払《せきばら》いした。

『……それでいまのイギリスはどうなっている？』

「表向きは政治も機能していますが、裏で権力者の半分ほどが『深潭の蓋世王冠《アルフェッカ・タイラント》』――つまり、メレディス・オールディントンにより、支配されてしまっています」

『メレディスって娘《むすめ》が、幻術、支配系の神器《セイクリッド・ギア》所有者を操り、権力者のことごとくを洗脳、コントロールしているってわけだ』

メレディスの使う能力は、『深潭の蓋世王冠《アルフェッカ・タイラント》』前所有者が使っていた「キーワードを聞かせて支配」よりも、ある意味で凶悪極《きょうあくきわ》まりない能力である。

神器《セイクリッド・ギア》所有者を操れるのも十分脅威だが、兵藤一誠に効いたということは、他の神滅具《ロンギヌス》所有者にも効く可能性が極めて高い。これが非常に厄介だ。

今世の神滅具《ロンギヌス》所有者の大半が禁手《バランス・ブレイカー》に至っている。なかにはそれすら超《こ》えた者たちもいる。

その者たちの概念を塗り替えることができるのならば——最悪だ。

神滅具《ロンギヌス》所有者たちに「世界を滅《ほろ》ぼせ」「あらゆる神々を倒せ」という概念を植え付けることができるのなら……やりようによっては各神話勢力の情勢を一気にひっくり返すこともできるかもしれない。

アンチ神器《セイクリッド・ギア》、アンチ神滅具《ロンギヌス》として、これほど怖《こわ》い存在はないだろう。

つまり、メレディス・オールディントンを相手にする際、神器《セイクリッド・ギア》所有者を当てるのは危険だ。その者の力が強ければ強いほどに——。

アジュカは言う。

「メレディス・オールディントンのもとに地獄の盟主たちが絡《から》んできた。——というより、兵藤一誠くんの力を打破できる存在を探り当てたのでしょう」

『ニュクスが「終わる翠緑海の詠《ネレイス・キリエ》」を見つけてきた件と無関係というわけでもなさそうだな』

「新規神滅具《ロンギヌス》、または神滅具《ロンギヌス》級の神器《セイクリッド・ギア》を手広く探していたでしょうからね」

『ハーデス一派は？　本拠地《ほんきょち》は見つかったんだろう？』

アザゼルの問いにアジュカはうなずく。

アザゼルのほうに魔方陣《ほうじんご》越しの立体映像が投影《とうえい》される。

そこには氷の世界が映し出されていた。

「ええ。地獄の最下層――コキュートスの奥地に大がかりな研究施設《しせつ》がありましたが……すでに空の状態になっていました」

映像が氷で出来た渓谷《けいこく》と、その奥地にあった研究施設を映し出す。

さらに映像は施設内部を映し、そこには広大なフロアを埋《う》め尽《つ》くさんばかりの培養槽《ばいようそう》も投影させる。

「悪魔《あくま》の母であるリリスさまが入れられてあったであろう巨大《きょだい》培養槽も発見されております。しかも、その研究施設はどうもリゼヴィム・リヴァン・ルシファー関係のものだったようでしてね」

アザゼルは苦虫を嚙《か》み潰《つぶ》したような表情となった。

『コキュートスに……リゼヴィムか！　あのクソ野郎《やろう》、コキュートスにそんなものを……。それを見つけて利用するハーデスもハーデスだ。……俺たちのことが嫌《きら》いな連中は、共鳴、呼応する何かがあるんだろうか』

気を取り直したアザゼルがアジュカに訊《き》いてくる。

『それで、ハーデスたちの現在の居所は？』

アジュカは地球の立体図を魔方陣《まほうじん》から投影させ、それをぐるりと回し、一点に光を点滅《てんめつ》させた。そこはグレートブリテン及《およ》び北アイルランド連合王国——イギリスであった。

アジュカが言う。

「彼らは現在、ロンドンの地下深くに独自の広大な空間を作りだし、そこにいます。ハーデス及びそれに従う死神《グリム・リッパー》の軍団と、ゾロアスターの悪神アンラ・マンユ、悪魔の母たるリリスさま、そこから生まれた人工的な超越者《ちょうえつ》——バルベリスとヴェリネ」

『それと、リリスから生まれたという正体不明の悪魔ども、か。つまり、「地獄《じごく》の盟主」の残存戦力はイギリスに集《つど》っているってわけだ。偽者《にせもの》のドライグとアルビオンは、アンラ・マンユ関連か？』

アジュカがうなずく。

「ええ、おそらくアジ・ダハーカを創りだした技術が応用されていますね。偽者から、邪龍の波動も感じ取れたとのことですので」

『邪龍タイプの二天龍《にてんりゆう》か。戦力合わせだろうが……メレディスって娘に付き添《そ》っていたのはボディガード役か』

「二天龍とその宿主を煽《あお》る目的もあったかもしれませんが、とうのドライグは興味を持てど、怒《いか》りはあまり見られないとのことです」

『……十中八九、「俺にやらせろ」と言うだろうがな、ドライグもヴァーリも。ハーデスたちもそれを見越《みこ》しての二天龍対策だろう。──で、こちら側の「地獄の盟主」対策は？』

「すでに各神話勢力及び人間界の有力者に情報を伝達し、イギリスからハーデスたちが出られないよう監視《かんし》と囲い作業も完了《かんりょう》しています」

『よほどのことがない限り、ハーデスたちはイギリスからは出られないわけだな。──大勝負だな。ここでハーデスたちと決着をつけるべきだ』

「はい、こちらもそのつもりです」

『イギリス内部は？　首相周辺や王族は無事なのか？』

「あちらの秘密情報部──MI6とアメリカのCIAの者たちが連携《れんけい》してガードを固めています。各神話からも有能なエージェントを送っていますので、すぐには大きな影響《えいきょう》は出ないでしょう」

『MI6もCIAにも異能力者──神器《セイクリッド・ギア》所有者は存在するが、今回の件に関しては相性が最悪だな』

「こちらも容易に出せませんね。というなかでの『D×D《ディーディー》』の派遣《はけん》ですから、細心の注意は払《はら》わねばなりません」

『「D×D《ディーディー》」に在籍《ざいせき》する神器《セイクリッド・ギア》所有者はぶっ飛んだ性能の持ち主ばかりだ。イッセー以外にも「深潭の蓋世王冠《アルフェッカ・タイラント》」の影響が及べば全滅《ぜんめつ》の可能性も出てくる』

「彼らのフォローは最大限していくつもりですが、現地での彼らの活躍《かつやく》を信じるほかありません」

『ま、俺は吉報《きっぽう》を隔離結界領域《こ　こ》で待つさ』

『そうだな、私も待とう』

ふと、そう言いながら会話に入ってきたのは紅髪の男性悪魔——サーゼクス・ルシファーだった。トライヘキサとの戦いの途中《とちゅう》で休憩《きゅうけい》に入ったのだろう。

当然ながら彼も事情はすでに知っている。

サーゼクスは水の入った容器を呷《あお》ったあとに言う。

『イッセーくんなら、再び『おっぱいドラゴン』となってくれる。私はそう信じている』

この言葉にアザゼルもアジュカも笑《え》みを浮《う》かべる。

『そりゃそうだ』

「ああ、わかっているよ、サーゼクス。俺もそう信じている」

# Life.2　そして、王国《キングダム》へ

ペンドラゴン家の依頼《いらい》でイギリスに向かう直前、リアス姉さんはソーナ・シトリー先輩《せんぱい》のもとを訪れた。

ソーナ先輩側から、リアス姉さんに話が、あるからだった。

冥界《めいかい》シトリー領、その中心といえるシトリー城だ。城の応接室にて、グレモリー側から、リアス姉さん、その『女王《クイーン》』たる朱乃《あけの》さん、習わしとしての『騎士《ナイト》』の僕——木場祐斗《きばゆうと》が付き、シトリー側はソーナ先輩を筆頭に『女王《クイーン》』の椿姫《つばき》先輩、『騎士《ナイト》』の巡巴柄《めぐりともえ》さんが顔を合わせた。

それと、シトリー側からは『兵士《ポーン》』である匙《さじ》くんも顔を出していた。

幼馴染《おさななじ》みであり、ご学友でもあるリアス姉さんとソーナ先輩。しかし、今日のシトリー側は空気が重い。

真剣《しんけん》な話であることを雰囲気《ふんいき》からも察することができる。

あいさつも軽く済ませたあと、ソーナ先輩が本題を切り出す。

「実は、当主の座に就《つ》くことを決めました。来月、正式にシトリーを引き継《つ》ぐつもりです」

『――っ⁉』

この告白にグレモリー側は誰《だれ》しもが驚愕《きょうがく》した！

……ソーナ先輩は、リアス姉さん同様、大学をご卒業してから、御家《おいえ》をお継ぎになると思っていた。

それはリアス姉さんと朱乃さんも同じだったようで、かなり驚《おどろ》かれていた。

リアス姉さんが静かに問う。

「……大学を卒業したあと、という状況《じょうきょう》ではないということ？　シトリー家か、あなた自身が……？」

リアス姉さんの問いにソーナ先輩は目を伏《ふ》せながら言う。

「父が、『眠《ねむ》りの病』を発症《はっしょう》しました」

「――っ！　………………なんてこと……」

さらなる衝撃《しょうげき》的な告白を聞き、リアス姉さんはビックリしたあとに沈痛《ちんつう》な表情となって、顔を手で覆《おお》った。

朱乃さんも口元に両手をつけ、酷《ひど》く狼狽《ろうばい》している。

……ま、まさか、ソーナ先輩のお父さんが、悪魔特有の病気――「眠りの病」に罹《かか》られるなんて……っ！

一般悪魔《いっぱんあくま》や貴族の間でも罹っているヒトが出ている「眠りの病」。僕たちの身近だと、イングヴィルドさんがそうだ。そして、サイラオーグ・バアルさんのお母さんもそのご病気に罹られていた。

いまだに治療法《ちりょう》は確立しておらず、イングヴィルドさんやサイラオーグさんのお母さんの復活は特例に等しい。

ソーナ先輩が言う。

「初期症状《しょうじょう》ですから、これからきちんと治療をしていくことになります。ですが、父としてはそうなっては、当主の職務に不安を覚えたようでして……」

「継承《けいしょう》の話はおじさまから？　いえ、あなたから進言したのね」

リアス姉さんの問いにソーナ先輩はうなずく。

「ええ。いい機会ですし、継ぐのが数年早くなっただけのことです」

……「眠りの病」を初期とはいえ、発症してしまった以上、シトリーの現当主は領土の安寧《あんねい》に不安を覚えたのだろう。

そこにソーナ先輩が決意を固め——。

ソーナ先輩が続ける。

「ということもあって、しばらくの間、私や眷属《けんぞく》はシトリー家の当主としての公務に従事するつもりです。間もなく、政府からも承諾《しょうだく》が下りるでしょう。それにともなって、政府からは当面、新当主としての公務が落ち着くまで、前線に出るなと申しつけられました」

リアス姉さんはその言葉にうなずく。

「ええ、それに関しては上の言う通りだわ。こうなった以上、ソーナはシトリー家を第一にするべきよ」

ソーナ先輩が言う。

「とはいえ、チーム『D×D《ディーディー》』に属する以上は、前線に出られずとも、後衛としてフォローはできるはずです。情報収集や物資の調達などに尽力《じんりょく》しようと思います」

ソーナ先輩は意志と心の強い女性だと思わせる半面、憂《うれ》いのある表情も見せる。

「……お姉さまがいない以上、私がシトリー家を、シトリー領を、引っ張らなくてはいけません」

……お姉さんのセラフォルーさまは二代目魔王《まおう》レヴィアタンを襲名《しゅうめい》したが、トライヘキサとの戦いのため、隔離結界領域に赴《おもむ》いており、帰還《きかん》できるのは永遠とも思えるほどに先のことだ。

そういうこともあるため、ソーナ先輩はセラフォルーさまがしていたものも継いでおり、冥界で放送されている特撮《とくさつ》番組「魔法《まほう》少女マジカル☆レヴィアたん」の二代目として役を継がれている。

背負うものが、またひとつ増えた――ということなのだろう。

リアス姉さんと同い年で、僕たちとも歳《とし》が変わらない女性の肩《かた》に多くの責務がのしかかっていることになる。

リアス姉さんはほぼ同様の立場ゆえによく理解できるのか、すぐに真剣な表情でソーナ先輩に告げる。

「私も協力するわ。何かあったら、言ってちょうだい。辛《つら》くなったら、いつでもすぐに私を頼《たよ》るのよ?」

幼馴染みの言葉にソーナ先輩も笑みを浮かべた。

「ありがとう、リアス。そのときは遠慮《えんりょ》なく、お願いしますね」

これを受けて、椿姫先輩が一歩前に出る。

「私や眷属はソーナさまをお支えするつもりです。それと、ハーデス神一派からのシトリー城及《およ》び城下町への襲撃《しゅうげき》に備えます」

なるほど、ただでさえ多忙《たぼう》なソーナ先輩が、当主になるというと、やることが多くなりすぎて、眷属も総動員で事に当たらないとダメだろう。それにハーデス神からの刺客《しかく》が、シトリー領に及ばないとは言い切れない。

ところが、ソーナ先輩は言う。

「ただ、サジの戦闘力《せんとう》は、チーム『D×D《ディーディー》』に必要でしょうから、家が落ち着きしだい、いつでも出向できるよう計らいます」

匙くんが一歩前に出る。

「基本、俺はソーナ会長の傍《そば》でシトリー家を守ります。すみません」

これにリアス姉さんも承知する。

「謝ることなんてひとつもないわ。ソーナをお願いね、匙くん」

リアス姉さんの言葉に匙くんも「はい」と心強くうなずいた。

——と、一通りの報告を告げたあとで、ソーナ先輩が言う。

「というなかで、リアスや皆《みな》さんにお願いがあります。こんな大変なときに申し訳ないのですが……。——今回の作戦後、留流子《るるこ》、ベンニーア、ルガールをそちらに預けます」

「預ける、というのは？」

訝《いぶか》しげな表情でリアス姉さんが訊《き》く。

ソーナ先輩は息を吐《は》いて続ける。

「本当なら、イッセーくんも交えて、人事の話をしたかったのですが……。正式な話は、彼の調子が戻《もど》ったときに相談しましょう」

「なるほどね。ごめんなさいね、うちのイッセーがこんなときに……」

リアス姉さんもこれにはそう答えていた。

ふと匙くんが僕のほうに歩み寄り、小さい声で訊いてくる。

「……兵藤《ひょうどう》、そんなに悪いのか？」

「見た目は特に問題ないんだけどね。戦闘のほうもまあなんとか。ただ、スケベなところが消えてしまって……」

それを聞き、匙くんは目玉が飛び出るほどに驚く。

「大事じゃねぇかっ！　……あいつからスケベを取ったら、何が残るってんだよ……。あとで、ちょっと顔でも見てくるか」

「おっぱいって言わないであげてね。恥《は》ずかしがるから」

「マジか。言ってみるわ」

イタズラ顔でそう言う匙くん。心配しながらも、ちょっと楽しそうだ。

「ま、あいつがリアス先輩や他の美少女美女の胸を忘れられるはずがないって。すぐに思い出すさ」

匙くんが友人としてイッセーくんを心から信頼《しんらい》しているからこその言葉だろう。

僕も同じ思いだよ。

いや、僕たちがイッセーくんの不調の原因を解決する。いつものイッセーくんじゃないと、やはり寂《さび》しいからね。

僕と匙くんが話しているなか、リアス姉さんとソーナ先輩の会話も聞こえてくる。

「ソーナ、大学は？」

「通える範囲《はんい》で通います。休学という手もあるかもしれませんね」

「眷属たちも同様に？」

「高校にいる子たちは、できるだけ通えるようこちらでも調整するつもりです。大事な時期ですからね」

「私と同じタイミングでお父さまにもシトリー家のことは伝わっているでしょうから、今後、こちらでできそうなフォローを家で親と相談してみるわ」

「忙《いそが》しい時期にごめんなさい」

「いいのよ。私も勉強になりそうだし」

という話をしていた。

当主を継ぐ者らしい会話だと思える。

シトリー側からの緊急《きんきゅう》の話し合いも落ち着いた頃《ころ》、グレモリー側は離席《りせき》することとなった。

ソーナ先輩が言う。

「このあと、リアスたちはイギリスですね」

「ええ、すぐに飛ぶわ。……不安もあるけれど、イッセーを変えた所有者がそこにいる以上、行かないわけにはいかないわ」

リアス姉さんの顔はすでに勇ましいものとなっている。

「武運を祈《いの》っています」

ソーナ先輩《せんぱい》の言葉にリアス姉さん、朱乃さん、僕はうなずいた。


―○●○―


ソーナ先輩との面会も終えたところで、あらためて僕とリアス姉さん、朱乃さんは兵藤家に戻り、イギリスに発《た》つための最終準備をしていく。

兵藤家の地下でチーム『D×D《ディーディー》』及び関係者が一堂に会す。

ここからあちらに行く突入《とつにゅう》メンバーは、テロリスト対策チーム『D×D《ディーディー》』のうち、リアス・グレモリー眷属＋兵藤一誠《いっせい》眷属及《およ》びオカルト研究部が基本であり、黒歌《くろか》さん、ルフェイさん、エルメンヒルデさん、リントさんも付く。

そして、シトリー眷属からも——。

《ご協力させていただきますぜ》

シトリー眷属の『騎士《ナイト》』で、冥府《めいふ》の最上級死神《グリム・リッパー》オルクスと人間とのハーフであるベンニーアさんが駆《か》けつけてくれた。

彼女はイギリスで穏健《おんけん》派とされる死神《グリム・リッパー》たちと協力態勢を取る予定だ。最上級死神《グリム・リッパー》オルクスを始めとした穏健派は、冥府がチーム『D×D《ディーディー》』によって制圧されたとき、抵抗《ていこう》せずに神殿《しんでん》などの関連施設《しせつ》を明け渡《わた》した。

他の突入メンバーとして、ヴァーリチームと、サイラオーグ・バアルさん&ご眷属がイギリス——ロンドンで合流予定だ。

他のヒトたちは——。

『D×D《ディーディー》』の裏方ともいえる『刃狗《スラッシュ・ドッグ》』チーム。そのリーダーである幾瀬《いくせ》鳶雄《とびお》さんが言う。

「俺たち『刃狗《スラッシュ・ドッグ》』チームはロンドンの周囲を監視《かんし》させてもらうよ。ただし、うちの氷姫《ひめ》——ラヴィニアはそちらに同行させる」

言うなり、『刃狗《スラッシュ・ドッグ》』チームからロングの金髪《きんぱつ》をした美しい女性魔《ま》法使《ほうつか》いが現れる。

ラヴィニア・レーニさんは、どうやら弟のように可愛《かわい》がっているヴァーリのことが気になっているようである。

「ヴァーくんが作戦に付き合うというので、私も付き合うことにしたのです」

──と、笑《え》みを浮《う》かべてそう述べた。

先日の京都での戦いでも、『地獄《じごく》の盟主』に付き従う人工悪魔《あくま》たちを大勢氷漬《こおりづ》けにしてしまっている。

神滅具《ロンギヌス》所有者は、『深潭の蓋世王冠《アルフェッカ・タイラント》』との相性が最悪ではあるが、ハーデス神と決着をつける意味でも、参戦は心強い。

すでに僕らはグリゴリ側からも『深潭の蓋世王冠《アルフェッカ・タイラント》』の現所有者が得ている能力を説明されていた。神器《セイクリッド・ギア》所有者にとっては極《きわ》めて厄介《やっかい》であり、恐怖《きょうふ》を覚える。

英雄《えいゆう》派のチーム──曹操《そうそう》が代表して今回の立ち位置を口にする。

「我々、英雄派は二組に分かれて担当する。俺は肉弾《にくだん》戦専門のメンバーを主軸《しゅじく》に上級クラス以上の死神《グリム・リッパー》の反応が確認されている潜伏《せんぷく》先を叩《たた》く。ゲオルクは魔法専門のメンバーを主軸にロンドンの外側から、前線メンバーを支援《しえん》する」

曹操はそう告げたあと、肩に聖槍《せいそう》をトントンといつもの癖《くせ》をしてから、こう言う。

「……俺の聖槍と、ゲオルクの『絶霧《ディメンション・ロスト》』が聖釘《せいてい》に支配された場合のリスクは大きすぎるからな。それにうちの幹部クラスも神器《セイクリッド・ギア》を禁手《バランス・ブレイカー》にしている者ばかりだ。今回の作戦、英雄派は相性が悪い」

曹操の言う通りで、『深潭の蓋世王冠《アルフェッカ・タイラント》』が敵側にある以上、強力な神器《セイクリッド・ギア》を扱《あつか》える英雄派の面々は相性が悪すぎる。

特に曹操の持つ最強の神滅具《ロンギヌス》とされる『黄昏の聖槍《トゥルー・ロンギヌス》』と、使い方しだいで国ひとつに影響《えいきょう》を及ぼせるという『絶　霧《ディメンション・ロスト》』、それに幹部クラスの禁　手《バランス・ブレイカー》は強力無比だ。

『黄昏の聖槍《トゥルー・ロンギヌス》』の持つ『覇　輝《トゥルース・イデア》』は、「聖書の神」の遺志が所有者の野望を吸い上げて、様々な効果や奇跡《きせき》を起こすというものであり、それを悪用されたとしたら……被害《ひがい》の想定が跳《は》ね上がる可能性もあった。

上級神滅具《ロンギヌス》の一種である『絶　霧《ディメンション・ロスト》』の禁　手《バランス・ブレイカー》にしても、去年の京都や先日の京都でもそのすさまじい能力が発揮され、記憶《きおく》にも新しい。

できるだけ強力な神滅具《ロンギヌス》所有者は前線ではなく、後衛で活躍《かつやく》してもらうことになっている。限られた神滅具《ロンギヌス》メンバーのみで事の中核《ちゅうかく》に向かうしかない。

……『D×D《ディーディー》』には神滅具《ロンギヌス》所有者が数多く所属しているが、全員で事件の最前線に赴《おもむ》けば、その分、『深潭の蓋世王冠《アルフェッカ・タイラント》』にやられる可能性も上がるのだ。

ただし、『深潭の蓋世王冠《アルフェッカ・タイラント》』所有者を捕縛《ほばく》できれば、味方の神滅具《ロンギヌス》所有者と合流できるようになる。

強者のなかの強者でもあるヴァスコ・ストラーダ猊下《げいか》に僕は訊く。

「猊下は今回の作戦、いかがされるのですか？」

ストラーダ猊下が腕《うで》を組みながらおっしゃる。

「私は一旦《いったん》ヴァチカンに戻り、そこで『D×D《ディーディー》』の動向を見つつ、戦士たちと共にフランスのカレーで待機するつもりだ」

カレー――つまり、イギリスのドーバーと海峡《かいきょう》を隔《へだ》てた向かい側、フランスの端《はじ》っこのことだ。そこでカトリック所属の戦士たちと共にストラーダ猊下が、こちらの動向を見るということだろう。

ストラーダ猊下がイッセーくんの頭を大きな手でポンポンとした。

「後衛が盤石《ばんじゃく》になりしだい、私もロンドンに乗り込もう。なに、私は神器《セイクリッド・ギア》所有者ではないので心配もいらない」

それは心強い限りだ！

猊下はイッセーくんたちのチームとの試合で折れた聖剣《せいけん》――デュランダルII《ツー》を修復したようで、得物に関しては問題ないようだった。

後輩《こうはい》の百鬼勾陳黄龍《なきりこうちんおうりゅう》くんが、一歩前に出る。

「俺はロイガン先生と協力して、五大宗家の術者や三大勢力のエージェントと一緒《いっしょ》にこの町を守ります」

ロイガン・ベルフェゴールさんも笑顔《えがお》で手を振《ふ》る。

「よくお邪魔《じゃま》になっているこのお家くらいは守るわ」

ロイガンさんはそう口にする。

イッセーくんがロイガンさんと百鬼くんに言う。

「ロイガンさん、ありがとうございます。百鬼も頼《たの》むぞ。——と、兵藤家のほうは、龍神《りゅうじん》二柱と護衛もいるから、地球破壊《はかい》規模の隕石《いんせき》が来なければ安心、かな」

イッセーくんの視線が龍神の二柱に移る。

オーフィスとリリスが「おーっ」と手をあげて答えていた。

これに九重さんも元気に言う。

「兵藤家とこの町は私たちに任せて、無事任務を完遂《かんすい》してほしいのじゃ！」

そのオーフィスたちを見て、イッセーくんは苦笑していた。

「……ま、隕石すら壊《こわ》しそうだけどな、オーフィスとリリスなら」

オーフィスとリリスのいる位置から、さらに奥にいるのは——紺色《こんいろ》のブレザータイプの学生服を着た青年、神崎光也《かんざきみつや》だ。ＳＦ映画のようなボディスーツを着ていなかった。

彼の傍《そば》にいるのは神崎光也の同僚《どうりょう》という少女だ。名前は霧乃静香《きりのしずか》。神崎とは違《ちが》うタイプで緑色のブレザーの制服を着ている。彼女も僕らと歳《とし》は変わらないそうだが……霧乃静香も神崎光也同様に不思議な雰囲気《ふんいき》をまとう。

学生服を着ているということは、人間界のどこかの学生なのだろうか。詳《くわ》しく調べればどこの学校に通っているかわかりそうなものだが、おそらくそれは意味がないのかもしれない。

彼らは謎《なぞ》が多すぎるとアジュカ・ベルゼブブさまサイドからも報告されていた。

ただし、ベルゼブブさまとの一時的な協力関係を結び、レーティングゲーム国際大会が開催《かいさい》されている間は、イッセーくんのご両親を護衛することになっていた。

イッセーくんが口にしていた護衛とは、彼らのことである。

「…………」

「…………」

二人は終始無言である。

……色々な思惑《おもわく》があるのだろうが、イッセーくんのご両親を守ることによって、こちらの情報を得ると共に、僕らの傍にいれば最新でありつつ最深の情報も得られると判断しているのだろう。

神崎光也は謎とされていた二種の神滅具《ロンギヌス》――『蒼き革新の箱庭《イノベート・クリア》』と『究極の羯磨《テロス・カルマ》』を操るとされるため、仮に作戦に同行すれば『深潭の蓋世王冠《アルフェッカ・タイラント》』に概念《がいねん》を塗《ぬ》り替《か》えられるかもしれないのだ。どちらも能力が恐《おそ》ろしいために絶対に相対《あいたい》させてはならない。特に後者、『究極の羯磨《テロス・カルマ》』を支配されてしまったら――人間界の歴史に何が起こるか想像もできなくなる。

――と、駒王町《くおう》と兵藤家の守りについても確認した。

レイヴェルさんが言う。

「闘戦勝仏《とうせんしょうぶつ》さまを始めとした『西遊記』チームの皆《みな》さまはすでにロンドンの地下にあるという『地獄の盟主連合』の拠点《きょてん》を見張っていますわ」

つまり、あとは――。

「私たちが向かうだけ、ということね」

リアス姉さんがそう言った。

あらゆるメンバーの配置と目的も確認した。

あとはこの家の地下三階にある大型転移型魔方陣《まほうじん》で、ロンドン近郊《きんこう》に潜伏中の協力者――ペンドラゴン家の関係者のもとに直接転移するだけだ。

地下三階に向かう途中《とちゅう》でイッセーくんがぼそりと言う。

「ボーヴァは来られない、か。……クロウ・クルワッハが知っているんだろうか」

イッセーくんは臣下であるボーヴァさんのことが心配のようだった。

ボーヴァさんは現在クロウ・クルワッハのもとで修行中だ。

リアス姉さんがそれを聞き、こう返す。

「クロウ・クルワッハとはイギリスで合流予定よ。そのときに訊《き》きましょう」

「え!? クロウ・クルワッハと連絡《れんらく》取れたの!?」

驚《おどろ》くイッセーくん。

「割と素直よ、彼。まあ、高難度の任務か、強者が相手にいないと話に乗ってくれないけれど」

平然とそう返すリアス姉さん。

チームで一緒に戦って以降、意外にも最強の邪龍《じゃりゅう》はリアス姉さんの話を聞いてくれるようになっていた。

あと、アーシアさんやオーフィス、リリスとも普通《ふつう》に話すそうだ。

……リアス姉さんとアーシアさんの強者を引き寄せる魅力《みりょく》は本当にすさまじい。

地下三階の部屋に入るとき、イリナさんが複雑そうな表情をして、こう漏《も》らす。

「……こんな感じでイギリスの実家に帰るだなんて……ダーリンも不調だし……」

それを受けてゼノヴィアが言う。

「何はともあれ、しつこかった死神《グリム・リッパー》連中と決着の機会だ。いままで散々ホームに入られてきたり、旅先を邪魔されたんだ。今度はこちらから乗り込んで暴れさせてもらおう」

とはいえ、あちらもこちらの突入《とつにゅう》は想定済みであろう。準備を整えて待ち受けているに違いない。

魔方陣の上に立つなり、リアス姉さんが皆に言う。

「ハーデスたちを倒《たお》して、イギリスの平和と元のイッセーを取り戻《もど》すわよ」

「「「「「「「「「「おおっ！」」」」」」」」」」

皆でそう応じたが、特に女性陣《じん》……イッセーくんのことが好きな女性たちの気合いの入りようはすごかった。

「だから、俺はなんでもないって」

自分の不調を疑わず、苦笑するイッセーくん。

イッセーくん、僕もキミを元に戻すために剣を振るうよ！

かくして僕たちは決戦の地、イギリスへと転移していく——。

―○●○―


僕たちが転移した先は――石造りの広い一室だった。

床《ゆか》に巨大《きょだい》な転移型魔方陣が展開しており、広い室内にはスーツを着た人間の関係者らしきヒトたちが複数確認できた。

「――と、転移できたようだけれど……」

リアス姉さんがそう言いながら、室内と人間たちを見渡《みわた》す。

予定では、ペンドラゴン家の協力者のもとに転移しているはずだが……。

室内にいたスーツの男性が一歩前に出て、自身の身分を証明するものを出しながら言う。

「お初にお目にかかります。グレモリーの姫君《ひめぎみ》。イギリスの秘密情報部の者です」

握手《あくしゅ》を求める男性。

握手に応じながら、リアス姉さんが言う。

「――MI6。動員されているとは聞いていたけれど……。ところでここは――」

「ここは、ロンドン郊外《こうがい》の我々《われわれ》MI6が隠れ家《かくが》に使っている屋敷《やしき》の地下です」

秘密情報部――『MI6』のエージェントの男性がそう言う。

「……予定のポイントとは違うのね。それにMI6がいきなりお出迎《でむか》えをしてくれるだなんて驚いたわ」

そう返すリアス姉さん。

「ま、人間側も今回は協力ってね」

そのように言いながら、もう一人、こちらのほうに歩み寄るスーツを着た人間の男性がいた。

非常に体格がよく、筋肉質な二十代後半の白人男性だ。

そちらのほうは僕たちも覚えがあった。

リアス姉さんが言う。

「あなたは——レーティングゲームの大会で、『不死鳥』チームの……神滅具《ロンギヌス》所有者よね」

「ああ、マグナス・ローズだ。俺のことはマグナスと呼んでくれ。実は、アメリカのCIAが元々の所属でね。よろしく、ルシファーの妹君」

握手を交わすリアス姉さんと白人男性——マグナス・ローズ。

彼はレーティングゲーム国際大会『アザゼル杯《カップ》』の本戦出場チーム『不死鳥』の選手であり、新規神滅具《ロンギヌス》のひとつ『機界皇子《アンノウン・ディクテイター》』の所有者だ。機械を操る新種の神器《セイクリッド・ギア》を有していた。

……元々、彼はアメリカの中央情報局——『CIA』のエージェントということか。

僕らは『MI6』と『CIA』に迎《むか》え入れてもらったことになる。

両組織に異能、異形、超常《ちょうじょう》現象対策の専門部署があり、そこには神器《セイクリッド・ギア》所有者が複数所属している話は聞いたことがある。そして、神滅具《ロンギヌス》所有者も在籍《ざいせき》している。アメリカという大国ゆえに当然ともいえるが——。

イッセーくんも『MI6』と『CIA』の登場に驚きながらも、ちょっと興奮しているようだった。

「MI6にCIAっ！　映画の中だな……」

マグナス・ローズさんが笑《え》みを浮《う》かべながら言う。

「キミたちの存在のほうがよっぽどハリウッド的だがな」

という出迎えがありつつも、リアス姉さんは室内を見渡しながら言う。

「ところでペンドラゴン家の方々は？」

依頼者《いらい》であるペンドラゴン家の者がこの場にいないことを訝《いぶか》しげに思ったようだ。

マグナスさんが答える。

「ペンドラゴン家の者は、メレディス・オールディントンの息がかかった……もとい、能力にかかった神器《セイクリッド・ギア》所有者から狙《ねら》われているため、目の届かないところに避難《ひなん》してもらっている」

――っ。

……すでに『深潭の蓋世王冠《アルフェッカ・タイラント》』の所有者であるメレディス・オールディントンの牙《きば》がペンドラゴン家に届いたということか。

これを聞いて驚きながらも安堵《あんど》の息を漏らすのは、ルフェイさんだった。

「家族と関係者は無事なのですね……安心しました」

つまり、ペンドラゴン家の代わりに『MI6』と『CIA』のエージェントが僕たちを待っていたってことか。

ただ、小猫《こねこ》ちゃんが気になったのか、警戒《けいかい》しながら口を開く。

「……待ってください」

小猫ちゃんが部屋にいるエージェントのヒトたちを見ながら訊いた。

「……あなたたちが、聖なる釘《くぎ》を打たれていないという保証はありますか？　何人か、神器《セイクリッド・ギア》所有者ですよね？」

その可能性は思慮《しりょ》して当然だ。

実は、彼らからの説明を受けた瞬間《しゅんかん》に警戒している仲間もいたからね。彼らがすでに『深潭の蓋世王冠《アルフェッカ・タイラント》』の所有者により操られており、ペンドラゴン家を制圧した上で僕らを迎え入れてきた。罠《わな》の中にまんまと入ってくる獲物《えもの》を待つように——。

マグナスさんは肩《かた》をすくめて言った。

「当然の疑問だな。だから、こちらも信用してもらうだけの人員に来てもらっている」

マグナスさんが手を挙げると、あちらの関係者が一度退室していく。

少し待っていると——覚えのあるヒトが入室してきた。

「ようやく来たようだな。すでにこの都市は地獄《じごく》独特の気が立ち込めているぞ」

サイラオーグ・バアルさんだった！

バアル眷属《けんぞく》の『女王《クィーン》』であり、金髪《きんぱつ》をポニーテールにした美しい女性——クイーシャ・アバドンさんと、仮面を被《かぶ》った少年——『兵士《ポーン》』のレグルス（人間体）を伴《ともな》っての登場だった。

どうやら、僕らよりも先にここへ到着《とうちゃく》していたようだった。

サイラオーグさんの登場にイッセーくんもうれしそうに駆《か》け寄った。

「サイラオーグさん！」

イッセーくんを真っ正面から見て、サイラオーグさんは眉《まゆ》をひそめる。

「……なるほど、話には聞いていたが……。一見、普通には見えるのだがな」

「？」

頭に疑問符《ぎもんふ》を浮かべるイッセーくんだったが、サイラオーグさんはイッセーくんの不調をなんとなく察しているようだ。

「……雰囲気《ふんいき》でわかるものなの？」

リアス姉さんがサイラオーグさんにそう訊く。

サイラオーグさんはあごに手をやりながら言う。

「俺の感覚に過ぎないがな。ただ、事情を知らなければ、本物かどうか今の兵藤一誠を疑ってしまうところだ。これは直接拳《こぶし》を交えたからこそわかることだ」

闘気《とうき》を身にまとう者だからこそ、一度正面から殴《なぐ》り合った相手の不調を感じ取れるのかもしれない。

「いやだなぁ、サイラオーグさんまで。俺は絶好調ですよ！」

――と、返すイッセーくんだが、ゼノヴィアが「おっぱい」と言うと、

「い、いきなり、恥《は》ずかしいことを言うな！　イギリスでエッチなこと、言っちゃダメだぞ、ゼノヴィア」

そう彼女を注意したのだった。

これを見て、サイラオーグさんは、

「ふむ。本当に不調のようだな」

なんとも言えない表情となっていた。

その横では小猫ちゃんがマグナスさんや、転移魔方陣《まほうじん》が描《えが》かれた室内にいる『ＭＩ６』『ＣＩＡ』のエージェントの方々に頭を下げる。

「……すみません、疑ってしまって」

マグナスさんは笑みを見せるだけだった。

「いや、キミの警戒は尤《もっと》もだった。おそらく、あと数日遅《おそ》ければ、俺たちもどうなっていたかわからない。それぐらい、メレディスとハーデス一派は攻撃《こうげき》的になっている」

……ペンドラゴン家にまで歯牙《しが》を向けてきたということは、『深潭の蓋世王冠《アルフェッカ・タイラント》』の所有者と『地獄の盟主連合』は、『Ｄ×Ｄ《ディーディー》』と繫《つな》がる者や『Ｄ×Ｄ《ディーディー》』と繫がろうとする者を対象に攻撃をしている最中ということか。

マグナスさんが人間側の各エージェントと確認しつつ、こちらに言う。

「さて、超常の存在側の役者は大体揃《そろ》ったかな」

「ヴァーリチームは？　こっちは黒歌とルフェイしかいないけど」

イッセーくんがそう訊《き》く。

「皆《みな》さんをお連れする場所ですでに待機してもらっている」

マグナスさんはそう答える。

僕らが彼らの先導のもと、屋敷の外に出ると、車が複数台用意されていた。これでロンドンまで移動ということだろう。

「サイラオーグさん、眷属のヒトたちは？」

イッセーくんがそう訊く。

クイーシャさんとレグルス以外見られないから、気になったのだろう。

「先にロンドン市内で調査をするよう手配している」

もう調査するよう指示を出していたのか。

――と、そのような会話をしていると、マグナスさんがイリナさんのほうを見ながら、僕たちに訊いてくる。

「ところで――皆さんは世界中で噂のイギリス料理と、慣れ親しんだ日本料理、どちらがお好みかな？」

ロンドンの西側にある――アクトン。そのアクトンのなかでも西側、ウェスト・アクトンは、日本人のコミュニティ人口が集中する町のひとつとされる。

僕たちは複数台の車で、そこに移動することになった。

車窓から外を眺《なが》めると、イギリスの特徴《とくちょう》でもある赤レンガ造りの建築物群が並ぶ。
日本と比べ、日照時間が短いイギリス。日本では夕方の時間でも、こちらでは夜になってしまう。
ウェスト・アクトンに入ってほどなくして、目的地となる場所に着いた。
そこに降ろされる僕たち。降ろされた場所の周囲一帯に強力な結界の力場が発生してお
り、関係ない者――つまり、敵は容易に侵入《しんにゅう》どころか、近寄ることすら出来ないだろう。
そして、僕たちの眼前には――日本料理専門の小料理屋があった。レンガ造りではなく、
日本の建築技術を使った建物と見受けられた。
店の名前は――『紫藤《しどう》』。
イギリスで……小料理屋……。ふいに思い当たるものがあり、僕はイリナさんのほうに
視線を送る。新旧オカ研メンバーも僕と同様だったのか、イリナさんを見ていた。
店を前にして、イリナさんが一歩前に出て、僕たちのほうに振《ふ》り返り、気恥《きは》ずかしそう
にこう言った。
「えーと、はい！　ここが私の実家です」
そう、僕たちが『ＭＩ６』と『ＣＩＡ』のエージェントに連れてこられたのは――イリ
ナさんのご実家だった。

イリナさんの実家――お母さんが、イギリスで和食の小料理屋をやっているという話は前もって伺《うかが》っていたが……。

のれんをくぐり、店内に入ると日本の料理屋さんらしい店構えが目に飛び込んでくる。

ただし、今日は休店しているのか、お客さんは一人もいない。

大人数で入店するなり、イリナさんによく似た顔立ちの女性店員が着物姿で現れた。

「いらっしゃいませ。お待ちしていました」

イリナさんが女性に駆け寄り、互《たが》いにハグする。

「ママ！　ただいま！」

「お帰りなさい、イリナ」

やはり、イリナさんのお母さんのようだ。となると、この店――『紫藤《しどう》』の店長ということになる。

イリナさんのお母さんの視線がイッセーくんに移る。

「まあまあまあ、よく来てくれたわね、イッセーくん！」

「おばさん、お邪魔《じゃま》します。お客さんは……いませんね」

店内に視線を送りながらイッセーくんがそう言う。

イリナさんのお母さんが微笑《ほほえ》みながら言う。

「今日は貸し切りよ。まあ、楽しんでいってちょうだい……って、雰囲気と状況《じょうきょう》でもないのよね。うふふ」

リアス姉さんがイリナさんのお母さんに一礼する。

「イリナのお母さま、お邪魔させて頂きます。——と、団体で夕食を楽しみにきた、というわけではないようね」

リアス姉さんがマグナスさんにそう言う。

「ああ、ここは本作戦での本拠地《ほんきよち》のひとつだ」

うなずきながらマグナスさんはそう返す。

これにイッセーくんを始め、新旧オカ研メンバーが驚《おどろ》く。

「えっ⁉　イリナん家《ち》が俺たちの基地なのか！」

ビックリしてイッセーくんがそう漏《も》らす。

「やあ、イッセーくん、皆さん。イリナちゃんもお帰り」

そこへ——覚えのある牧師の格好をした男性が姿を現した。

イリナさんの栗毛《くりげ》と同じ色合いの髪《かみ》をした男性は、イリナさんのお父さんである紫藤トウジさんだ。プロテスタントの牧師であり、エージェントでもある。

イリナさんがお父さんに訊く。

「パパ！　うちが基地って！」

「色々あってね。うち、基地になっちゃった。ハハハ」

朗《ほが》らかに笑うイリナさんのお父さん。

「なっちゃった——って！　そ、そんな、作戦の拠点《きょてん》が我が家だなんて……」

実家が基地になったことに困惑《こんわく》しているイリナさんにマグナスさんがダメ押しの一言を告げる。

「すでに三大勢力の協力で地下付きの邸宅《ていたく》になっているよ、エンジェルちゃん」

「えええええええっ、ち、地下ぁっ⁉」

思わず叫《さけ》ぶイリナさん。

そ、そうなんだ、このお店、地下があるんだ……。ていうか、イリナさんの反応からすると、地下を増設した感じなのかな？　イッセーくんのお家《うち》みたいに。

すると、イリナさんのお父さんが僕たちを促《うなが》すように言う。

「ささ、こちらにどうぞ。ヴァーリくんたちも下で待っているよ」

奥に行くイリナさんのお父さんを追うように僕たちもそちらに歩を進める。

店の奥に地下に続く階段があり、そこを皆で降りていく。

降りていくなかで、さらに困惑顔のイリナさんが漏らす。

「……こ、こんな階段、私知らないんだけど……」

「悪魔《あくま》と堕天使《だてんし》の増築、改築の速さには毎度驚かされる」

ゼノヴィアがそう言う。

うん、僕もその辺りは驚くしかない。戦闘《せんとう》で破壊《はかい》されたあとの建物や公共の場の修復速度や、イッセーくんの家の改築ぶりもね。

地下への階段は数分もかかるという、かなり深めのものだった。

そして、地下室にたどり着く。

そこは広い空間であり、三分の一程度が椅子《いす》とテーブル、ソファ、カウンター席というお店の様相を見せているが、さらに三分の一程度には料理に使うであろうお酒の樽《たる》やワインセラー、保存の利《き》く食材が詰《つ》められている箱が山と置かれており、残りの三分の一は何も置かれておらずに未使用という状況であった。

紫藤家の者が広い空間を持て余しているように感じ取れた。

その広い地下室のテーブル席のひとつを見知った者たちが囲んでいた。

――ヴァーリチームのヴァーリ、美猴《びこう》、アーサー、現沙悟浄さん、現猪八戒さん、フェンリル（大型犬サイズ）だった。先にここへ到着《とうちゃく》していたようだ。

リアス姉さんがヴァーリを見かけるなり、声をかける。

「あら、ヴァーリ。ごきげんよう」

「ああ。それで兵藤一誠は――」

ヴァーリが宿命のライバルたるイッセーくんに視線を送る。

「？　どうした、ヴァーリ？」

自分をじっと見られて、イッセーくんは怪訝《けげん》そうにしていた。

ヴァーリが息を吐《は》きながら言う。

「…………ふむ。どうやら、話の通りのようだ」

「あら、あなたもわかるのね」

リアス姉さんがそう言う。

ヴァーリが答える。

「この男のオーラ、波動、波長、体格、あらゆる要素を俺はチェックしている。いずれ、戦い合う運命なのだからな。だからこそ、わかる」

「なんだか、わからないけど、おまえ、そこまで俺のことを気にしているのかよ……」

イッセーくんが苦笑しながらそう言った。

やはり、同じ二天龍《にてんりゅう》だからこそ、ライバルだからこそ、希代の天才だからこそ、イッセーくんの不調に対してわかるものがあるのだろう。

ヴァーリがイッセーくんに聞こえないように言う。

(どこまで使い物になるかは戦場に出てみないと最終的な判断がつかないかもしれないが……大事な局面で事故る可能性も考慮《こうりょ》しておいたほうがいいだろう)

リアス姉さんも小声で頼《たの》む。

(それは承知の上よ。だから、同じ天龍のあなたのサポートも必要になると思うの。そのときはお願いできるかしら？)

(やれるだけのことはやるさ)

ヴァーリはそう返した。

(祐斗もイッセーのこと、いざというときは頼むわ)

リアス姉さんが僕にもそう言われた。

(わかってます。大事な友達ですからね)

僕も快くうなずく。

——と、部屋の奥にある食材置き場から出てきたのは黒いコートを着た男、邪龍クロウ・クルワッハだった！

クロウ・クルワッハはリンゴを勝手に持ち出し、そのままかじりついていた。

シャクシャクと音を立てながら食べるクロウ・クルワッハを見て、リアス姉さんが言う。

「クロウ・クルワッハも到着していたようね」

今回参加するメンバーのなかでも最強クラスであるクロウ・クルワッハだけど、気配をまったく感じさせずにいたのは、僕たちと共にいることに慣れたためだろうか……？

以前の彼ならば、絶大なプレッシャーを放ちながら、この場で待機していただろう。

……まあ、それを言い出したら、ヴァーリたちも同様なのかな？

敵として出会った彼ら。本当に初対面時と変わったなって。

クロウ・クルワッハは不満げな口調でリアス姉さんの言葉に返す。

「……正面からこの地を踏《ふ》みたかったのだが、魔《ま》方陣《ほうじん》を通ってくれと言われたがな」

トップクラスの強者であるクロウ・クルワッハが正面からこの地を踏めば、『地獄《じごく》の盟主連合』と『深淵の蓋世王冠《アルフェッカ・タイラント》』の所有者に容易に勘《かん》づかれて警戒《けいかい》態勢となるだろう。

外部から魔方陣でここに来るのは騒《さわ》ぎにならずに済む。

……やはり、彼は変わったね。以前であれば他者の意見など聞き入れずに正面からロンドンに降り立っていただろう。

イッセーくんがクロウ・クルワッハのもとに歩み寄り、こう訊《き》く。

「なあ、クロウ・クルワッハ。ボーヴァはどうなっているんだ？」

イッセーくんは自身の臣下たるボーヴァさんのことを訊《たず》ねた。

ちょうど、そのボーヴァさんの師匠《ししょう》がいるのだから、訊きたくなったのだろう。

クロウ・クルワッハはリンゴを咀嚼《そしゃく》したあとに言う。

「奴《やつ》なら、『龍の山脈《ドラゴン・レンジ》』に送った。そこで鍛《きた》えさせている。当面は戻《もど》って来られないだろう」

この言葉に意外な者たちが反応した。

『「龍の山脈《ドラゴン・レンジ》」だと』

『実在するのか！』

ドライグとアルビオンだった。

僕たちにも聞こえる声を出してきた。

クロウ・クルワッハが口にした『龍の山脈《ドラゴン・レンジ》』というものが気になったようだ。

イッセーくんが突然《とつぜん》声をあげた相棒に訊く。

「なんだよ、ドライグ。『龍の山脈《ドラゴン・レンジ》』って」

ドライグが語る。

『ドラゴンだけが行けるとされる幻《まぼろし》の山だ。隔絶《かくぜつ》された場所にあると聞いたことがあるが、俺もついぞ見つけることが叶《かな》わなかった』

『私もだ。まさか、あるのか』

アルビオンもそう続いた。

……二天龍でも伝聞でしか知らないドラゴンの領域があるのか。

クロウ・クルワッハは、カウンター席に座りながら話の続きをする。

「ああ。『龍の山脈《ドラゴン・レンジ》』は存在する。力あるドラゴンを呼び寄せるときなどに用いる龍門《ドラゴン・ゲート》。その門に続く道——その途中《とちゅう》にある。ただし、普段《ふだん》は道が閉ざされているので、運もある程度必要となるだろう」

ドライグとアルビオンが感心するようになっていた。

『そんなところにあったのか。俺は生前あまり龍門《ドラゴン・ゲート》で呼ばれたことがなかったからな。道理で見つからないわけだ』

『盲点《もうてん》だったな。そうか、龍門《ドラゴン・ゲート》に続く道の途中か……』

「俺は時折そこにこもっていた。あそこは力ある者を祝福し、力ない者には死を与《あた》える。俺の性にあっていた」

クロウ・クルワッハはそう言う。

戦と死を司《つかさど》るという邪龍が言うのだから、その通りなのだろう。

クロウ・クルワッハがアーシアさんのほうに視線を送る。

「ファーブニルなら知っているはずだがな。奴はたまに『龍の山脈《ドラゴン・レンジ》』にいるぞ。あそこに宝物庫のひとつがあるからな」

　これにアーシアさんが驚《おどろ》いていた。

「えっ⁉　し、知りませんでした……。ファーブニルさん、普段そういうことまでお話ししてくれないので……」

　そ、そうなんだ。ファーブニルがそのようなところを知っていて、宝物庫も作っていただなんて……。仲間のことで僕たちが知らないことって、まだまだ多いね。

　ゼノヴィアがこれを聞いて言う。

「そうか、アーシアのパンツは『龍の山脈《ドラゴン・レンジ》』にあるのか」

「……そう聞くと、その場所がすごく身近に感じられるわね」

　イリナさんもそう感想を述べた。

　これを聞いていたヴァーリがあごに手をやり、興味深そうにこう述べる。

「……興味があるな。俺も探してみるか」

『ああ、私も見てみたい』

　アルビオンも同意していた。

「なに、宝物庫の中にあるシスターちゃんのパンツがか？　ケツ龍皇的に？」

　美猴がそうヴァーリに問う。

「おまえとは二度とラーメンを一緒《いっしょ》に食べに行かん」

そう返すヴァーリだった。

そのヴァーリの頭をなでる者がいた。笑顔《えがお》のラヴィニア・レーニさんだった。

「ヴァーくん、怒《おこ》ってはダメなのですよ？　お友達とは仲良くなのです」

「……子供扱《あつか》いするな」

姉代わりのヒトにそう言われてしまい、ヴァーリは頰《ほお》を赤く染めてぼやいていた。

これにアーサーさんが「ぷっ」とおかしそうに吹《ふ》き出し、黒歌さんも「アハハハッ！」と爆笑《ばくしょう》していた。

なんだかんだでヴァーリチームも仲がいいようで良かったと思う。

クロウ・クルワッハにボーヴァさんのことを聞いたイッセーくんは言う。

「……ボーヴァはまだ帰ってこられないってことか。しかし、『龍の山脈《ドラゴン・レンジ》』ね。ドラゴンな俺的にも気になるな」

『なら、今度一度行ってみるか』

ドライグがそう言う。

これにサイラオーグさんも続く。

「俺も興味がある。この任務を無事に終えたら、俺と一緒に山探しでもするか？」

「それ、いいですね。ドライグも行きたいようだし、ボーヴァの様子を見に行ってみたいです」

イッセーくんもサイラオーグさんの提案にかなり乗り気だった。

という雑談があったなかで、リアス姉さんが皆《みな》を見渡《みわた》しながら言う。

「皆も揃《そろ》っているようだし、雑談はここまでにして——本題に入りましょうか」

こうして、僕たちはイギリスでの作戦——神滅具《ロンギヌス》『深潭の蓋世王冠《アルフェッカ・タイラント》』と『地獄の盟主連合』に対応するための話し合いを始める。


イリナさんのご実家の地下室に集《つど》ったのは、僕たち新旧オカ研メンバー、エルメンヒルデさん、リントさん、シトリーから派遣《はけん》されてきたベンニーアさん、ヴァーリチーム（＋ラヴィニア・レーニさん)、サイラオーグさんとご眷属 (けんぞく) (この場にはクィーシャさんとレグルス)、クロウ・クルワッハ、イリナさんのお父さん、アメリカ側——『ＣＩＡ』からマグナス・ローズさん、イギリス本国から『ＭＩ６』のエージェント数名というメンバーだった。

これが、ロンドン内部で行動するメンツだ。

ロンドン外部では、「刃狗《スラッシュ・ドッグ》」チーム、英雄《えいゆう》派、転生天使などの協力関係の仲間が決戦を前に準備と警戒をしているところだろう。

話し合いの進行は、『CIA』のマグナス・ローズさんが担当することになった。

マグナスさんが軽いあいさつを済ませ、各員の現状況《じょうきょう》を把握《はあく》したところで言う。

「まず、事の発端《ほったん》というか、ペンドラゴン家の当主がチーム『D×D《ディーディー》』に依頼《いらい》した理由――原因からあらためて話したほうがいいだろうか」

マグナスさんの視線がアーサーさんに向く。

マグナスさんが言うように元々はペンドラゴン家が『D×D《ディーディー》』に仕事を依頼してきたのである。

ペンドラゴン家――ご実家から依頼されたものをアーサーさんと……ルフェイさんが受け取ったのだ。

アーサーさんが依頼の内容について語るため、口を開く。

「私が一度実家に帰省した折、父から依頼された内容とは、新規神滅具《ロンギヌス》『深潭の蓋世王冠《アルフェッカ・タイラント》』の所有者メレディス・オールディントンが、イギリスの内部――政財界に影響《えいきょう》を与え始めており、このままでは王国自体が神滅具《ロンギヌス》に支配される可能性があるため、『D×D《ディーディー》』に解決してほしいというものでした」

マグナスさんが確認するように言う。

「もっと言えばペンドラゴン家現当主に泣きついたのが、イギリス政財界の重鎮《じゅうちん》らだ。なんと、そのなかには王室関係者も含《ふく》まれている。まあ、理由を知れば当然なのかもしれないが」

アーサーさんが続く。

「話では、外に情報が出るとマズいため、内々にイギリスの機関だけで解決しようとしたようですが……」

これに『MI6』のエージェントの一人が続いた。

「……『深潭の蓋世王冠《アルフェッカ・タイラント》』の裏に『地獄《じごく》の盟主連合』があったため、うかつに触《さわ》れなくなりました。何せ、死神《グリム・リッパー》がメレディス・オールディントンの周囲にいるものですから、『MI6』の超常《ちょうじょう》現象専門部隊も手の出しようもなく、逆に神器《セイクリッド・ギア》を持つエージェントが『深潭の蓋世王冠《アルフェッカ・タイラント》』によって、支配されたほどです」

マグナスさんが肩《かた》をすくめる。

「国内の者だけでは対処できないとわかったイギリスのお偉方《えらがた》は、まずは合衆国《うちゅう》に泣きついた。──で、俺などの『CIA』の異形、異能対策チームが調査した結果……事が大きすぎて、人類の手に負えないと判断された。そこで、『D×D《ディーディー》』や超常の存在に頼《たの》んだほうがいいという意見が出たわけだ。まあ、そこからイギリスのお偉方が『D×D《ディーディー》』に頼むべきかどうかでちょっとしたいさかいが起こるわけだが……結果的には子女が白龍皇《はくりゅうこう》ヴァーリ・ルシファーと縁《えん》のあるペンドラゴン家を通して、『D×D《ディーディー》』に依頼することとなった」

そう、そういう経緯《けいい》を経て、僕たちのもとに今回の作戦の発端になった依頼を受けることとなったのだ。

いまとなっては、その依頼も『地獄の盟主連合』との決戦の一部と化してしまったが。

イギリス内部に『深潭の蓋世王冠《アルフエッカ・タイラント》』所有者であるメレディス・オールディントンが現れだしたのは、レーティングゲーム国際大会『アザゼル杯《カップ》』の予選が終わった頃《ころ》のようだ。

『地獄の盟主連合』に属していた夜の女神ニュクスが、神滅具《ロンギヌス》の力に興味を持ち、イングヴィルドさんを利用していた一方で、彼らはさらにメレディス・オールディントンにも接《せっ》触《しょく》しており、その能力を利用するため、力の発現に協力したようだ。

そして、発現した能力が神器《セイクリッド・ギア》所有者に影響を与えるものだとわかった。

そこから、メレディス・オールディントンは幻術《げんじゅつ》や人間の心と体を支配する系統の神器《セイクリッド・ギア》所有者を操りだし、イギリス内部、政財界に影響を与え始めたのだ。

レイヴェルさんが言う。

「仲間を『D×D《ディーディー》』に討ち取られ続けている『地獄の盟主』たちは、駒王町で奪取《だっしゅ》した過去のデータから、『深潭の蓋世王冠《アルフェッカ・タイラント》』の能力でイッセーさまに影響を与えられるかもしれないと思い、それを実行したわけですね。イッセーさまの奇跡《きせき》を起こす力を奪《うば》うために……」

マグナスさんが言う。

「兵藤一誠くんの土壇場《どたんば》でひっくり返すという力を危険視したハーデスたちは、それを止める手段に出た。それを治すために、イギリスに来るだろうことも予想し、最終決戦の地として、この都市を選んだわけだ」

こうして、今回の作戦はすべて繋《つな》がることになる。

——と、イッセーくんが不満げに言った。

「俺は正常だって。力だって使えるよ」

ふいにゼノヴィアがイッセーくんに言う。

「おっぱい」

慌《あわ》てて、顔を赤く染めるイッセーくん。

「うわっ！　バ、バカ！　恥《は》ずかしすぎるだろ！　こういう場でエッチなことは禁止だぞ！　い、いや、エッチなこと自体がダメだろ！」

これを聞いて、ヴァーリチームの面々やサイラオーグさんは悲痛な表情となる。

「……不調極《きわ》まるな」

「マジかよ、『おっぱいドラゴン』……」

「……必ず元に戻《もど》すぞ、兵藤一誠」

ヴァーリ、美猴、サイラオーグさんがそう口にしていた。

リアス姉さんが息を吐《は》いたあとで、話を戻して『MI6』に訊《き》く。

「メレディス・オールディントンが王室関係者の血を引いているという情報も得ているわ。やはり、内々に解決したかったのは、王室から和を乱す者が出たせい？」

『MI6』のエージェントの一人が口を開く。

「というのもありますが、神滅具《ロンギヌス》の所有者が我が国から出たということもあり、力を保有したかったという理由もあります」

王室の都合と、国の政治的な側面もあるからこそ、内々に解決したかったのだろう。結果的にメレディスの裏に地獄の神がいることがわかり、手に負えないと知ることになった。

それ以前にイギリスは神滅具《ロンギヌス》の力自体を制御《せいぎょ》することが叶《かな》わなかった。

「まあ、姫君《ひめぎみ》。人間界も国の内部と外部で政治的なパワーバランスというのが求められる。イギリスにもイギリスの都合があった、ということだ。……少々、力の見誤り方に気づくのが遅《おそ》かったようだが」

マグナスさんがイギリスを擁護《ようご》しつつも、そう皮肉を口にした。

リアス姉さんが嘆息《たんそく》する。

「それは重々承知しているわ。ただ、人間界も悪魔《あくま》の世界も、王族、貴族を有するところは問題を内々に抱《かか》え込みやすいと思っただけよ。そして、問題が煮詰《につ》まりすぎて、外部に影響が出てしまうのも同じね」

リアス姉さんは上級悪魔として、今回の事件に思うところがあるのだろう。

——と、事の発端となった事件の概要《がいよう》を確認した僕たちはようやく今回の作戦について話し合うことになる。

マグナスさんが話を続ける。

「さて、本題だ。各神話の識者と話し合って打ち立てた本作戦は、大雑把《おおざっぱ》に説明すると二点だ。神滅具《ロンギヌス》『深潭の蓋世王冠《アルフェッカ・タイラント》』所有者であるメレディス・オールディントンの捕縛《ほばく》。もうひとつが冥府《めいふ》の神ハーデス、ゾロアスターの悪神アンラ・マンユ、人工超越《ちょうえつ》者であるバルベリス、ヴェリネの打倒《だとう》だ。このふたつの作戦を同時進行で行えればいいと思うのだが……いかがだろうか？」

マグナスさんが皆に意見を求める。

リアス姉さんが訊く。

「メレディスの現在位置は？」

マグナスさんがテーブルに広げたロンドンの地図。ある一点を指さす。

「イギリス政財界のとある重鎮の屋敷《やしき》にいる。人工超越者のヴェリネも護衛としてそこにいる。ついでにメレディスに操られている神器《セイクリッド・ギア》所有者も複数確認している。所有者と能力についてはあとで資料を渡《わた》す」

今度はサイラオーグさんが訊く。

「その重鎮は、メレディス・オールディントンに操られているとみて間違《まちが》いないんだな？」

「ああ」

うなずくマグナスさん。

ヴァーリが言う。

「ハーデスたちはこの都市の地下にあるという新しいアジトか」

マグナスさんは首を縦に振《ふ》り、こう述べる。

「ロンドンの地下深くにこの都市と同じ規模の広さを有する空間が出来上がっている」

『ＭＩ６』のエージェントが、投影魔法《とうえいまほう》の魔方陣《まほうじん》を床《ゆか》に展開して、そこに立体的な地形が映し出される。

広大だが、更地《さらち》のような何もない空間の中央に神殿《しんでん》が三つほど並んで建っていた。

マグナスさんが中央の神殿を示しながら言う。

「ここから、ハーデス神とアンラ・マンユ神、そして悪魔の母リリスの反応があったと監《かん》視《し》役の『西遊記』チームの方々から情報を得ている。それに偽《にせ》の二天龍《にてんりゅう》も確認できた」

イッセーくんが気になったのか、こう訊く。

「バル……バルベリスは地上と地下、どっちなんです？」

マグナスさんが答える。

「地上、地下、どちらでも確認されているが……」

これにシトリー眷属《けんぞく》——半死神《グリム・リッパー》であるベンニーアさんが挙手する。

《うちの父——最上級死神《グリム・リッパー》オルクス派の情報では、ハーデスさまの護衛役にする可能性が高いとのことですぜ》

オルクス派——協力関係である冥府の穏健《おんけん》派のことだ。

それを受けてマグナスさんは言う。

「バルベリスはハーデス神の傍《そば》にいる確率が高いと踏《ふ》まえた上で、地上に出てくるかもしれない可能性も考慮《こうりょ》しておくべきか」

マグナスさんの意見に皆《みな》がうなずく。

イッセーくんはバルベリスのことで、とても複雑そうな表情をしていた。

先日の京都での一戦時、バルベリスの取った行動を闘戦勝仏《とうせんしょうぶつ》さまから聞いている。それに他のことでもイッセーくんにとって、無視できない者だと判明していた。

マグナスさんが言う。

「――ということで、敵の位置は大体説明をさせてもらった。ここから、各員の作戦配置を話し合おう」

そこまで話したところで、気になったことがあったのかイリナさんが訊く。

「地獄の神さまたちがこの地下にいるのよね？　……ここは安全なの？」

ここは、ロンドンであり、自分の実家のことでもあるのだろう。

ご両親を含《ふく》め、この地の安全が非常に気がかりになったのだ。

イリナさんの家がここにある以上、当人にとっては当然の懸念《けねん》だ。

いや、僕たちにとっても大事なことだ。仲間のお家《うち》だし、ロンドンに住む人々を脅威《きょうい》に晒《さら》すわけにはいかない。

マグナスさんが言う。

「まず、この拠点《きょてん》の安全性だが、今回は相手がオリュンポス三柱神の一柱ハーデス神と、ゾロアスター最大の悪神アンラ・マンユ神ということもあり、オリュンポスの現主神たるアポロン神と、ゾロアスターの善神一派の神々が力を貸してくれているようで、ピンポイントで敵が近づけないよう細工をしている。そういう場所がロンドンにいくつかあって、ここがそのひとつ。駒王町や他の重要拠点のように敵の侵入《しんにゅう》を防ぐための結界の範囲《はんい》が、広ければ広いほど、穴を衝《つ》かれやすくなるというのが、昨今の問題だったようだからね。そこを鑑《かんが》みて、作戦中のロンドンでは、結界の範囲を縮めてピンポイントで強固かつ敵の襲来《しゅうらい》を感知しやすいものにしたんだよ」

なるほど、ピンポイントで結界を強化させたわけか。

そのような箇所《かしょ》がこのイリナさんのお家のようにロンドンにはいくつかあると。

リアス姉さんが言う。

「それでも、時間の問題なのでしょうね。相手も神クラスですし」

次に『ＭＩ６』のエージェントたちが報告する。

「夜間、ロンドンの端々《はしばし》で下級、中級死神《グリム・リッパー》が飛び回っています。おそらく敵対勢力を探しているのでしょう」

「同様にメレディス・オールディントンに操られている神器《セイクリッド・ギア》所有者も一般人《いっぱんじん》に紛《まぎ》れて街中を歩いています」

「ここを含めた各拠点は把握《はあく》済みだとは思いますが、強固な結界ゆえに単に手を出せないだけでしょうね」

うかつにロンドンを歩けないってことだね。

これを受けてサイラオーグさんが言う。

「調査中の眷属からも先ほど連絡《れんらく》が届いた。ロンドンの至るところに警戒《けいかい》の目があり、かなり動きづらいとな」

……『D×D《ディーディー》』とそれに協力する神々や人々が、決着をつけるためにロンドンに集中し始めているため、それに備えた警戒網《けいかいもう》なのだろう。

相手は僕たちがイリナさんの家にいることも認識しているかな。

兵藤家に住まうイリナさんのご実家の位置を彼らが把握していて当然だ。

これらを聞いて、うなずくマグナスさん。

「ああ、ここで作戦について話し合ったら、各拠点の結界を破壊《はかい》される前にすぐに行動開始だ。紫藤夫妻にもこの話し合いが終わったあと、避難《ひなん》していただく」

そこまで説明したマグナスさんはいっそう切迫《せっぱく》した表情で続ける。

「ただし、問題は今回の作戦時間だ」

「どういうことだ？」

ヴァーリがマグナスさんに問う。

マグナスさんが答える。

「順番に話そう。今回の作戦、このロンドンが舞台《ぶたい》になるということだが……この都市に住む住民をすべて自主的に避難させることはまず不可能だ。『地獄《じごく》の神さまたちがここを拠点にしているから逃《に》げてくれ』。……当然ながら、そんなファンタジーなことを誰《だれ》が信じる？　イギリス政府が正式に告げたところでロンドンの住人どころか、世界中で大混乱、大論争のもとになる。まあ、どちらにしても超常《ちょうじょう》的な存在と異能を世界的に一般公表していないなか、誰も信じちゃくれないだろう。イギリス政府の株が下がるだけ」

「自主的に不可能。ということは他に方法は用意できているのですね？」

ロスヴァイセさんがそう訊く。

マグナスさんは肯定《こうてい》するように首を縦に振る。

「その通りだ、ヴァルキリー殿《どの》。今回の作戦は三大勢力だけじゃなく、各神話の神さまも協力してくれている。それだけ、先日キョウトで起きた事件に色々な神クラスがおかんむりだったってことなんだろうが……それもあって、とんでもないものを用意してくれた」

マグナスさんが目配せすると、『ＭＩ６』のエージェントが投影《とうえい》している魔方陣に違《ちが》う映像を出していく。

それは——人っ子一人いない完全な無人となっているロンドンの風景だった。

「――別の空間にこのロンドンの疑似《ぎじ》空間をそのままの規模で丸ごと用意したそうだ」

このマグナスさんの一言に美猴が口笛を吹《ふ》いた。

「そりゃすげえ。――で、ロンドンの人間を全部そこに転移させるってか？」

美猴の言葉にマグナスさんはうなずく。

「ああ。まったく、神さまや魔王《まおう》ってのはスケールが違う。俺たち人間は矮小《わいしょう》なもんだ。ということで、俺たちが動く――作戦を開始すると同時にその疑似ロンドンに住民を一時的にすべて転移させて、強制的に避難させる」

リアス姉さんがそれを聞き、顔をしかめた。

「話が見えてきたわ。その転移に問題があるのね。制限時間がある」

マグナスさんが答える。

「イエス。ロンドンという世界的に見ても有数の都市の住民を丸ごと転移させれば、問題が起きて当然だ。各種通信と車両などでの移動の問題も当然ながら、違和感《いわかん》というものを完全になくすことは神であろうと不可能に近い。大多数を騙《だま》せても、誰かは気づく。その気づきは時間が経《た》つにつれて数が増え、最後には住民すべてに波及《はきゅう》する」

レイヴェルさんがあごに手をやりながら言う。

「……それに転移先で住人が行うあらゆる通信行為《こうい》や車両移動等、疑似空間から現実世界への変換《へんかん》作業を三大勢力と各神話の技術師がやるとしても、都市の規模と住人の数からすると限界はあるでしょうね」

マグナスさんが指を一本立てた。

「――一時間《One hour》。味方の神さまサイドから告げられたのはそのリミットだ。しかも、作戦行動できるのが一時間というわけじゃない。最低でも20分は戦闘《せんとう》で破壊された都市の建物、景観の修復に充《あ》てたいと言われている。そのため、行動時間の限界は40分ほどだ」

転移した住民を元のロンドンに戻《もど》すとき、その町が壊《こわ》れていたら大変な騒《さわ》ぎになる。人間たちに違和感を覚えさせないためにも、作戦終了《しゅうりょう》後の修復は大事だ。

それを含めて40分――。僕たちに与《あた》えられた時間は多くない。

この時間でハーデスたち『地獄の盟主連合』と決着をつけねばならない。同時に『深潭の蓋世王冠《アルフェッカ・タイラント》』所有者を捕縛《ほばく》する。

……『地獄の盟主』と決着をつける大事な作戦が、いままでにないほどに時間がないとはね。

ヴァーリが不敵に言う。

「まあ、出来なくはないだろう。少々急ぎになるかもしれないが」

サイラオーグさんも堂々と続く。

「確かに。それしかないのなら、それを行うだけだ」

「ま、やるしかないよな」

イッセーくんも覚悟《かくご》の決まった瞳《ひとみ》でそう言った。

……今回の作戦でも有数の強者たちは心強い覚悟を口にしてくれた。

作戦に参加する者たちもそれを聞けば自然と気が引き締《し》まり、同時に勇気も沸《わ》き立つというものさ。

僕も——やるしかないと決心を揺《ゆ》るぎないものにしたよ。

少し離《はな》れた位置で壁《かべ》にもたれかかって話を聞いていたクロウ・クルワッハが訊《き》いてくる。

「修復するということは、この都市を破壊するほど暴れてもいいということだろう？　それならば時間の心配など無意味だ」

最強の邪龍がそう言ったものだから、『MI6』の面々も顔を引きつらせていた。

エージェントが言う。

「あ、あの、できるだけ都市はキレイにして頂けますと……。歴史的価値の高いものが、この都市には多いので……」

クロウ・クルワッハが言う。

「だが、俺やドライグがブレスを吐《は》けば、このような都市などすぐに消滅《しょうめつ》してしまうがな。

偽者《にせもの》のドライグとアルビオンもいる。天龍《てんりゅう》クラスが何体もいるという異常事態だ。ある程度は諦《あきら》めろ」

「「「「――――ッッ！」」」」

豪快《ごうかい》なクロウ・クルワッハの一言に『ＭＩ６』の方々も言葉を失っていた。

……けど、クロウ・クルワッハの言う通りでもある。ここで決戦をする以上、相手に偽者の天龍クラスと思われる者がいる以上、都市の一定以上の被害《ひがい》は免《まぬが》れない。

作戦終了後の修復込みでの戦いというのも、そういう想定がされているからこそだ。

でも、できる限り町を破壊しないよう僕も気を付けるつもりだ。……グラムは使うことにはなりそうだけどね。

しかし、天龍クラスのドラゴンが複数体も入り乱れる……。

想像するだけでもおそろしい限りだ。

これらの話を聞いて、マグナスさんは笑みを見せる。

「だが、心強い。こんな絶望的な時間の少なさでも自信満々に言ってくれるとは」

「時間が少ないとはいえ、邪龍戦役《せんえき》の決戦時に比べたら、まだマシなほうだものね」

リアス姉さんがそう言う。

邪龍戦役の最終決戦時、何体にも分裂《ぶんれつ》したトライヘキサの絶望的な状況《じょうきょう》は記憶《きおく》に新しい。

各神話の領域も大打撃《だげき》を受けたからね。

そして、邪龍戦役は終結したものの、完全決着とはいかず、いまだに戦いは隔離《かくり》結界領域で続いている。

あの戦いの規模は本当に想像を絶していた。

──という話し合いまでをしたところで、あらためてメンバーの振《ふ》り分けに入った。

マグナスさんが皆《みな》を見渡《みわた》しながら言う。

「よし。じゃあ、それを確認した上で、このメンバーでの人員の振り分けについてだ。まず、メレディス・オールディントンの捕縛は誰が当たる？　メレディス・オールディントンの護衛は──ヴェリネという大会にも出ていた悪魔《あくま》の娘《むすめ》がいる。まあ、皆さんもご存じの通り、最悪なほどに強い。まずはこのヴェリネを戦闘不能にしないといけない」

メレディスを捕《と》らえるにも、まずは護衛役であり、人工超越《ちょうえつ》者クラスとされるヴェリネをどうにかしなくてはならない。

大会でも神クラスを相手に暴れていた悪魔の少女。生半可な相手ではない。

これに挙手したのは──リアス姉さんだった！

リアス姉さんが言う。

「私がヴェリネと戦うわ。ギャスパーを近づけるのが怖《こわ》いところだけれど……戦力的に神滅具《ロンギヌス》級の神器《セイクリッド・ギア》がないと辛《つら》いのも事実」

確かにリアス姉さんとギャスパーくんの合体技——「禁夜と真闇の滅殺獣姫《フォービトゥン・インヴェイド・バロール・ザ・プリンセス》」ならば、ヴェリネと正面からやり合えるだろう。

ただし、ギャスパーくんは神滅具《ロンギヌス》所有者だ。メレディスの聖釘を打ち込まれた瞬間《しゅんかん》にこちらとしても相当な被害を被《こうむ》ることとなる。

……ギャスパーくんの能力が相手側に渡《わた》ったら……想像するだけでゾッとするね。時間停止と闇の獣《けもの》の大群……。ギャスパーくんはメレディスと戦わせるわけにはいかない。

というよりも、メレディスの相手として、イッセーくん、ヴァーリ、サイラオーグさん(レグルスの鎧《よろい》を着込むとした場合)、ギャスパーくん、イングヴィルドさん、ラヴィニアさん、リントさん、マグナスさんと、ここに集《つど》う強力な神滅具《ロンギヌス》所有者をおいそれと当たらせるわけにはいかない。

一人でも洗脳されれば、その瞬間に作戦の内容が様変わりし、作戦時間内に戦闘を終えることもできなくなるだろう。

回復役のアーシアさんも奪取《だっしゅ》されたとしたら、大変なことになる。

……僕らは数々の激戦を経て、大概《たいがい》の者が禁手《バランス・ブレイカー》状態となれる。

こちら側の神器《セイクリッド・ギア》所有者が一人でもあちらに獲《と》られれば——危険だ。

ここまで培《つちか》ってきた技術、努力が釘ひとつで敵のものとなる——。

本当に『深潭の蓋世王冠《アルフェッカ・タイラント》』の現所有者であるメレディス・オールディントンは、神　器《セイクリッド・ギア》所有者にとって最悪の天敵だ。

『深潭の蓋世王冠《アルフェッカ・タイラント》』前所有者と能力が違うようだが、神　器《セイクリッド・ギア》所有者に影響《えいきょう》を与える能力が次代の『深潭の蓋世王冠《アルフェッカ・タイラント》』所有者に受《う》け継《つ》がれないことを願うばかりだ。

ゼノヴィア、イリナさんも挙手した。

「私とイリナがマスター・リアスにつく。私もイリナも神　器《セイクリッド・ギア》所有者ではないからな」

「うん。リアスさんの力になるわ」

これに朱乃さんも応じる。

「リアスの『女王《クィーン》』として当然私もお付き合い致《いた》します。ヴェリネさんと戦うリアスのフォローは基本ギャスパーくん以外、非神　器《セイクリッド・ギア》所有者で当たったほうがいいですわね」

ロスヴァイセさんも挙手する。

「私もリアスさんたちと共にヴェリネと戦いましょう」

マグナスさんがリアス姉さんや神　器《セイクリッド・ギア》を持たない女性陣《じん》の意見にうなずいた。

「では、グレモリーの姫君《ひめぎみ》を中心にメンバーを選定してくれ。そうなると、『深潭の蓋世王冠《そちら》』側のメインターゲットとなるメレディス・オールディントン本人は誰《だれ》が担当する？」

これにいち早く挙手したのは――ルフェイさんだった。

強い瞳で進言する。

「私が対応します。依頼《いらい》をしたペンドラゴン家としても、私は兵藤一誠さんと契約《けいやく》している魔法使《まほうつか》いとしても、こういうときにこそ、お役に立たないと」

マグナスさんが訊く。

「ペンドラゴン家のご息女、メレディス・オールディントンの元同僚《どうりょう》だとは聞いている」

「はい、魔法使いの協会に所属していたとき、一年にも満たない間の関係でしたけれど……。相談にも乗ったことがありますから、何が得意で、何が不得手かも理解しています」

これに、小猫ちゃん、黒歌さんも手を挙げた。

小猫ちゃんが言う。

「……私はルフェイさんのフォローをします。メレディスってヒトの周りに神器《セイクリッド・ギア》所有者のガードがいるでしょうから」

「私も魔法のフォローをしつつ、白音《しろね》と一緒《いっしょ》に暴れてみるわ。神器《セイクリッド・ギア》持ってないしね」

メレディス・オールディントンの相手はルフェイさんを中心に魔法のフォローとルフェイさんのガードができる非神器《セイクリッド・ギア》所有者のメンバーとなった。

マグナスさんがひとつ情報を口にする。

「協力してくれている神々からの助言では、メレディス・オールディントンはアンラ・マンユ神の手先の一柱《はしら》――アカ・マナフ神が取り憑《つ》いている可能性があるとのことだ」

アカ・マナフ――ゾロアスターの古い言葉で『悪《あ》しき思考』を意味する悪側の神だ。アンラ・マンユに仕えており、悪神サイドにいた神々――ドゥルジやサルワなどと共に伝承に記されている。

ただ、ドゥルジやサルワなどのゾロアスターの悪神は邪龍アジ・ダハーカとの内輪もめの際に打ち倒《たお》され、善神サイドが好機とばかりにそのまま封印《ふういん》したと聞いたことがある。

だが、アカ・マナフは健在だったということか。

これを聞き、サイラオーグさんが言う。

「アカ・マナフは戦闘タイプの神ではないが、取り憑いた者の善悪の区別を失わせるという……。そうか、そういうことでもあるのか」

マグナスさんがうなずいた。

「そう、『深潭の蓋世王冠《アルフェッカ・タイラント》』の所有者メレディス・オールディントンからアカ・マナフ神を排除《はいじょ》するのも、本作戦のひとつだ」

なるほど……メレディス・オールディントンは、アカ・マナフによって支配されている可能性が高いと……。

これを受けて、アーサーさんがルフェイさんに言う。

「神がいるのは心配ですね。私もルフェイに付き合いましょう」

兄からの気遣《きづか》いだろう。

ルフェイさんは微笑《ほほえ》む。

「では、お兄さまに私の護衛をお頼《たの》みします」

アーサーさんはナイト然として会釈《えしやく》の仕草で返す。

「わかりました、姫君《プリンセス》」

――と、リアス姉さんが手元に小型魔方陣《まほうじん》を展開させ、とあるものを取り出す。

――輪《リング》っかだった。

リアス姉さんはリングをルフェイさんに渡しながら言った。

「これはグリゴリから提供された、対神滅具《ロンギヌス》所有者用のリングよ。これをメレディスの首か四肢《しし》に嵌《は》めれば、相手の神器《セイクリッド・ギア》を封《ふう》じられる。そうすればあなたの勝ち。――イッセーのこと、頼むわね」

「はい！」

そう告げるリアス姉さんからルフェイさんはリングを受け取る。

力強く応じるルフェイさんだった。

対『深潭の蓋世王冠《アルフェッカ・タイラント》』チームがある程度固まったところで、そちらに参加するゼノヴィアが言う。

「メレディスとヴェリネを離《はな》すのが最優先事項《じこう》だな。離したところで、それぞれを戦闘《せんとう》不能にするしかない」

これに対『深潭の蓋世王冠《アルフェッカ・タイラント》』チームの面々がうなずいた。

エルメンヒルデさんが挙手する。

「では、私はメレディス・オールディントンがいる場所での索敵《さくてき》などのサポートをさせていただければと思います」

これにリアス姉さんが「頼むわ」と承諾《しょうだく》した。

マグナスさんは次のメンバー振り分けに話題を移す。

「次だが、ヴェリネと同じ人工超越者のバルベリスの相手は――」

これに静かに手を挙げたのは――サイラオーグさんだった。

「俺が担当しよう。ただし、相手は阿修羅《あしゅら》神族の王子をも倒した桁違《けたちが》いの才能を有した悪魔だ。俺だけでは対応しきれない場合がある。俺の眷属《けんぞく》以外にもフォローを頼もう」

リアス姉さんが僕に視線を送る。

「祐斗はサイラオーグのフォローを頼むわ」

「了解《りょうかい》」

応じる僕。僕の作戦位置は決まった！

ヴァーリもこれに続く。

「美猴たち、新生『西遊記』の三名もそちらに回そう。バルベリスだけではないだろうかららな」

「はいよ。雑魚《ざこ》散らし担当な、了解了解」

「ほい、了解」

「がんばります！」

ヴァーリの言葉に美猴、現猪八戒さん、現沙悟浄さんが応じた。

バルベリスの相手も決まった。

マグナスさんがリアス姉さんとレイヴェルさんにとある確認を訊《き》く。

「バルベリスとヴェリネは『特性』を完全に発現していないという情報は本当か？」

リアス姉さんがうなずく。

「試合の映像でそれらしい力をいくつか見せていたようだけれど、冥府《めいふ》の穏健《おんけん》派からの情報では固有特性の発現は未覚醒《かくせい》のはずよ」

リアス姉さんがベンニーアさんに視線を送る。

ベンニーアさんが首を縦に振《ふ》った。

《あっしが聞いた最新の情報だとそうなっているはずですぜ。その後に発現してたら、どうしようもないですがね》

そう、バルベリスとヴェリネは同胞《どうほう》であるグレシルやソネイロンのように固有の特性を発現していないようなのだ。

試合の映像では上級悪魔《あくま》が有していそうな特性らしき攻撃《こうげき》もしていたのだが……どうにも恵《めぐ》まれた才能ゆえに特殊《とくしゅ》な技を再現できているだけのようだった。

ベンニーアさんが（冥府の穏健派から）聞いたという情報通りならば、人工超越《ちょうえつ》者クラス二名は固有の特性を発現していないということになる。

マグナスさんはそれを確認したかったようで、「わかった」とうなずいていた。

マグナスさんがさらに振り分けを続ける。

「アンラ・マンユがこの土壇場《どたんば》で創造したという偽《にせ》の二天龍《にてんりゅう》の相手は――」

『そちらは俺が担当する』

ドライグが僕たちにも聞こえる声を出した。

これに――、

「俺も担当しよう。天龍を邪龍で創造するなぞ、許せん限りだ」

クロウ・クルワッハも続いた。

ドライグがおかしそうにクロウ・クルワッハに言う。

『なんだ、クロウ・クルワッハ。俺以上に怒《おこ》っているじゃないか』

ふーっと息を吐《は》きながら、クロウ・クルワッハは答える。

「おまえが怒らなすぎるだけだ。自分の偽者《にせもの》だぞ、逆鱗《げきりん》をくらわせて当然の相手だろう」

『むかしの俺なら、な。いまは強い奴《やつ》と生身で戦えるだけで楽しいんでな。封印されたことがない奴にはわからんさ』

「なるほど、そういう考え方もあるということか」

ドライグの意見に何か思うところがあったのか、クロウ・クルワッハはあごに手をやっていた。

『…………』

ドライグとクロウ・クルワッハの話し合いをアルビオンは無言で聞いているようだけど……二天龍としては、偽者の存在は気になって当然なのだと感じるが……。

偽者の天龍相手には、天龍クラスのドライグとクロウ・クルワッハという形に収まった。

まあ、これ以上の適役はいない。偽者の天龍がどれほどの実力を秘めているかわからないけれど、それらを創造したアンラ・マンユはかつて凶悪《きょうあく》な邪龍「魔源の禁龍《ディアボリズム・サウザンド・ドラゴン》」アジ・ダハーカを創りだしているからね。半端《はんぱ》な偽者ではないだろう。

そして、話は本命となる。

マグナスさんが言う。

「もう一方のメインターゲット。こちらのほうが超《ちょう》大物案件だ。ハーデス神とアンラ・マンユ神の相手は当然ながら——」

イッセーくんとヴァーリが不敵な笑みを見せた。

「俺たち、だよな」

「ふっ、二天龍で戦うのは久方ぶりだ。おもしろい」

二天龍が並び立つ——。

……それだけの相手だからだ。冥府の神ハーデスと、ゾロアスターの悪神アンラ・マンユ。神クラスをくだせるだけのパワーを持つ龍神《りゅうじん》化と魔王《まおう》化、その使い手だからこそ、この両者が必要なのだ。

マグナスさんが言う。

「ハーデス神とアンラ・マンユ神だけではないだろうから、配下の死神《グリム・リッパー》や人工悪魔の相手はヴァーリチームのフェンリル、ゴグマゴグを中心に残ったメンバーで対応してもらおう」

残ったメンバーの一人、ラヴィニアさんも微笑みながら言う。

「では、ヴァーくんのフォローをするのです」

レイヴェルさんが残りメンバーのイングヴィルドさんに言う。

「イングヴィルドさまは、私と共にイッセーさまのお近くにいてください。そして、イッセーさまの調子が戻《もど》った瞬間《しゅんかん》に、神器《セイクリッド・ギア》の力で歌ってください」

イングヴィルドさんの持つ神滅具《ロンギヌス》――「終わる翠緑海の詠《ネレイス・キリエ》」は、ドラゴンを無力化できるが、鼓舞《こぶ》することもできる。

イングヴィルドさんは鼓舞するほうの力も徐々《じょじょ》にだが慣れつつあったのだ。圧倒《あっとう》的なまでに上がるというのは、いまは難しいが、現状で少しでも底上げできるのは確かのようだ。

イングヴィルドさんはうなずく。

「わかったわ」

イッセーくんがアーシアさんに視線を送りながら言う。

「アーシアはイングヴィルドたちと共にいたほうがいいかな」

うなずくアーシアさん。

「わかりました。お怪我《けが》をしたら、すぐにこちらに来てくださいね」

「うん」

リアス姉さんが次にリントさんとベンニーアさんに言う。

「リントとベンニーアはアーシア、レイヴェル、イングヴィルドの護衛を頼むわね」

「《了解っス》」

なんとなく、似たような口調になったリントさんとベンニーアさん。気になったのか、顔を見合わせた。

「自分ら」

《ちょっとキャラが被《かぶ》ってるかもしれないですな》

「ですな」

何か、両者は感じるところがあったようだ。

これを聞いていたマグナスさんが頬《ほお》をポリポリとかきながら言う。

「ドラゴンに影響《えいきょう》の出る新規神滅具《ロンギヌス》、偽者の二天龍に使ったほうがいいんじゃないか？」

もっともな意見だ。イングヴィルドさんが歌えば、偽者の二天龍は力を失うだろう。

けど、それらに対応する予定のドライグとクロウ・クルワッハは、これを聞き――。

「『冗談《じょうだん》じゃない！　俺が倒《たお》す！』」

と、異口同音で断固拒否《きょひ》したのだった。

誇《ほこ》りあるドラゴンらしい意見だった。

——というところで、各員の割り振りが決まった。

マグナスさんが言う。

「あらためて、確認する。メレディス・オールディントンの相手をルフェイ・ペンドラゴン嬢《じょう》を中心にアーサー・ペンドラゴン、塔城《とうじょう》黒歌、白音姉妹《しまい》が担当。メレディスの護衛役ヴェリネの相手をリアス姫《ひめ》とギャスパー・ヴラディを中心に姫島《ひめじま》朱乃、ゼノヴィア・クァルタ、紫藤イリナ、ロスヴァイセ嬢が担当。そこにサポートとしてエルメンヒルデ・カルンスタインが入る」

次にマグナスさんは二天龍とサイラオーグさんのほうに視線を送る。

「バルベリスの相手はサイラオーグ・バアル氏を中心にバアル眷属と木場祐斗と新生『西遊記』チームが担当。偽者の二天龍の相手は、ドライグとクロウ・クルワッハ。ハーデス神とアンラ・マンユ神は兵藤一誠とヴァーリ・ルシファーが相手をし、フォローにフェンリル、ゴグマゴグ、ラヴィニア・レーニ、レイヴェル姫、アーシア・アルジェント、イングヴィルド・レヴィアタン、リント・セルゼン、ベンニーア。——ということになった」

こうして、作戦開始時の布陣《ふじん》は決まった。

レイヴェルさんが言う。

「作戦開始前に各チームに回復用のフェニックスの涙《なみだ》を配りますわ」

という追加事項《じこう》もあった。

気になったのか、イッセーくんがマグナスさんに言う。

「マグナスさんは作戦時はどこに？」

メンバーに入っていなかったのか、それを訊くイッセーくん。

マグナスさんが答える。

「俺はCIAとMI6のエージェントと共に裏方だ。疑似《ぎじ》空間に転移しないロンドン外周の住民を助けないとな」

マグナスさんや『CIA』『MI6』は裏方として、僕たちの作戦をサポートしてくれるようだ。

――と、気になったのか、イリナさんが訊《き》く。

「……女王さまや王族の方々はすでに避難《ひなん》を？」

この国の国家元首とその一族が気がかりだったようだ。

確かにイギリスの王室といえば、人間界のVIPとして最高クラスの存在だ。

『MI6』のエージェントのヒトが口を開く。

「女王陛下とロイヤルファミリーは、すでにロンドン郊外《こうがい》に避難されています」

当然の措置《そち》だろう。

ただ、ロイヤルファミリーが一斉《いっせい》に避難したことで、それを気にする者が現れてしまっているだろうが……。なぜ、女王と王室の者たちがロンドンの郊外に移動したのか、と。

さらに気になることがあったのか、今度はゼノヴィアが——ルフェイさんに訊いた。

「作戦前に聞きたい。メレディス・オールディントンとはどんな人間なんだ？」

そう、この作戦のメインターゲットであるメレディス・オールディントンのことを僕たちは『王室関係者の隠《かく》し子《ご》』『落胤《らくいん》の魔女《まじょ》』としか知り得ていない。

ゼノヴィアは人物像が気になったのだろう。なぜ、その少女はここまでのことをしでかしたのか。悪神に取り憑《つ》かれたとしても、なぜイギリスの内部に混乱をもたらしたのか。

これを他のメンバーも興味を引かれたのか、一斉に視線がルフェイさんに集まった。

ルフェイさんは少しだけ寂《さみ》しげな表情を浮《う》かべたあとに語る。

「……私とメレディスが会ったのは、私が魔術師《まじゅつし》協会『黄金の夜明け団《ゴールデン・ドーン》』に入ってすぐのことでした。歳《とし》が近いことから、上からコンビを組まされて、勉強や作業を共にすることになって……協会から頼《たの》まれた任務をすることもありました」

ルフェイさんは言う。

メレディスは美しい少女であったが、話すと気さくで冗談もよく口にする普通《ふつう》の女の子だったと。魔《ま》法《ほう》の才能は並程度で、攻撃《こうげき》や防御《ぼうぎょ》の魔法に目立った才能はなかったが、セキユリティー系統の魔法は得意であり、協会に保存されていた魔術《まじゅつ》価値の高い財宝などの施《せ》錠《じょう》や解錠《かいじょう》をチェックする担当をすることもあったようだ。

ルフェイさんは言う。

「……あの子、私がペンドラゴン家の娘《むすめ》として、上流階級に生まれた者として、そこが気になったようでよくそのことを訊かれました。貴族の生活とはどうなのか、貴族の家族とはどのようなものなのか……貴族の娘とはどういうものなのか、と」

マグナスさんがそれを聞き、ぼそりと言う。

「彼女は、生まれを秘匿《ひとく》されていて、育ての親のもとで何も知らされずに育てられたはずだが……どこかで自分のルーツを知ったということか。ゆえに友人の貴族子女を通して、上流階級を知りたくなった」

これに『MI6』のエージェントが言う。

「……彼女の母親は、父親である王室関係者の専属魔女でした。ボディガード役、ですね。そのため、生まれながら魔法使《まほうつか》いの才能があるだろうと判断され、信頼《しんらい》の置ける魔法使い夫婦のもとに里子として託《たく》されました。私どもの得ている情報では、私たちの目をかいくぐって彼女に一度だけ接触《せっしょく》したようです」

これにマグナスさんは皮肉げな笑みを見せる。

「天下の『MI6』を出し抜《ぬ》けるとは、さすがは王室専属魔女の一人なわけだ。それに母は強しってことだな」

マグナスさんの一言に『MI6』も言葉もない。

リアス姉さんが訊く。

「ルフェイ、あなた、そのときに彼女の正体を知っていたの？」

リアス姉さんの問いにルフェイさんは首を横に振《ふ》る。

「……知りませんでした。いま思えば、合点のいくことばかりですけれど……。ただ、彼女……『捨てる』とか『才能』ということに非常に執着《しゅうちゃく》していたというか……。表立って、それらを出しませんが、立《た》ち居《い》振《ふ》る舞《ま》い、生活の端々《はしばし》に見え隠れしてました」

……メレディス・オールディントンが己《おのれ》の出自ゆえに抱《かか》えたものか。

マグナスさんが言う。

「……その後、メレディス・オールディントンは、非凡《ひぼん》なる神滅具《ロンギヌス》に目覚め、イギリス本国から重要視されるようになった。――が、彼女は本国に牙《きば》を剥《む》いたわけだな。『才能』があれば、『捨てられる』ことがなかったと感じての反逆、といったところか。年頃《としごろ》の娘だ、出自に始まり、手にした能力まで特異であれば容易に歪《ゆが》む」

……出自が特別で、発現した力も特殊《とくしゅ》でも、歳は僕らオカ研メンバーと変わらない。

悩《なや》みも、喜怒哀楽《きどあいらく》も、同じように感じるだろう。それが多感な時期であればあるほどに……。

そのときだった。

この作戦本部となっている地下室に顔を出す男性がいた。

「――反抗期《はんこう》としては、少々大袈裟《おおげさ》なものになったということだな」

アーサーさんの面影《おもかげ》がある中年のイギリス人男性。立ち居振る舞いや着ているものからして気品が溢《あふ》れ、上流階級の方だとわかる。

その男性の登場に『MI6』のエージェントたちは整然となった。

男性はマグナスさんや『MI6』の面々に訊く。

「――作戦はどうかね？」

マグナスさんが握手《あくしゅ》を交わしながら言う。

「これはペンドラゴン卿《きょう》」

ルフェイさんは男性の登場に驚《おどろ》いて立ち上がった。

「お父さま！　ここにお越《こ》しになられるなんて！」

――お父さま。そうか、この方がアーサーさんとルフェイさんのお父さんであるペンドラゴン家現当主。

ペンドラゴン卿は、ルフェイさんの言葉にうなずく。

「うむ。MI6やCIAだけじゃなく、三大勢力にも助けていただいて、この通り無事でな。作戦前にかわいい娘と、その娘がご厄介《やっかい》になっている方々の顔を見に来た」

ペンドラゴン卿は空いている席に座り、作戦の内容について説明を受けた。

まずはあいさつをくださる。

「はじめまして、『D×D《ディーディー》』の皆々《みなみな》。私はペンドラゴン家現当主ユーサー・ペンドラゴン。そちらでお世話になっているアーサーとルフェイの父親だ。このたびは、私の依頼《いらい》を受諾《じゅだく》していただいて、まことに感謝している。……少々、この国の状況《じょうきょう》が変わってしまったがね」

そのあと、こう述べる。

「して、本題なのだが……皆々のメレディスに同情する気持ちもわかる。あの子は確かにかわいそうな娘《こ》だ。王室も認知するわけにもいかないという複雑な立場だ。あの子の力が増せば増すほどにな。――だが」

ペンドラゴン卿は断言する。

「この国に住まう民と、他の勢力の者にまで牙を向けるのは反抗期としては、あまりに過ぎた蛮行《ばんこう》だ。そのような娘《むすめ》は誰《だれ》かが叱《しか》らなければならない」

ペンドラゴン卿は娘であるルフェイさんに視線を送る。

「ルフェイ、おまえは聖王剣《せいおうけん》コールブランドを任されてきたペンドラゴン家の娘だ。その名に恥《は》じぬよう、立派に役目を果たしなさい。――メレディスのこと、頼むぞ」

「はい！」

ルフェイさんは勇ましい声で返事をした。

微笑《ほほえ》むペンドラゴン卿はアーサーさんにも告げる。

「――アーサー。ルフェイを守ってくれるな？」

「ええ、わかっていますよ」

息子の一言を受けて、ペンドラゴン卿はひとつうなずいた。

次にペンドラゴン卿はイッセーくんに視線を送る。

「兵藤一誠さん、ドライグ殿《どの》」

「は、はい！」

緊張《きんちょう》した面持《おもも》ちのイッセーくんと、内にいるドライグに言う。

「……この地に『赤い龍《ウエルシュ・ドラゴン》』が帰ってきてくれた。それだけでも十分に誇《ほこ》りあることだ。どうぞ、存分にもうひとつの故郷であるここで暴れなさい」

『言われなくともドラゴンらしくさせてもらうだけだ』

ドライグの一言にペンドラゴン卿も満足そうな笑《え》みを見せていた。

ペンドラゴン卿はヴァーリとアルビオンにも言う。

「天龍《てんりゅう》のご活躍《かつやく》、期待しておりますぞ。ルシファー殿、アルビオン殿」

ヴァーリとアルビオンも「ああ」『うむ』と簡素に返した。

作戦の話し合いもあとは最終確認だけとなったとき、イリナさんのお母さんが地下に降りてきた。

なんと！　料理を持っての登場だった！

「そろそろお夕飯の時間ですし、作戦開始前に食事で英気を養《やしな》ってくださいな」

「なるほど、それはいい。この店特製の『天使の巻《ま》き寿司《ずし》』や『エンジェルちらし寿司』

などなど、たくさんあるので食べてくださいな」

イリナさんのお母さんとお父さんがそう言う。

巻き寿司をよく見ると……イリナさんの顔のように見えた。

イリナさんのお父さんが言う。

「ハハハ！　『天使の巻き寿司』といえばイリナちゃんですからな！　我が家の天使！」

「ちょっと！　パパもママも、なんで巻き寿司の具が私の顔になっているのよ！」

イリナさんが親馬鹿《おやばか》ぶりの父親と料理に恥ずかしがっていた。

イリナさんのお母さんが言う。

「パパ、イリナ、上にお料理がたくさんあるから下まで運んできてちょうだい」

イリナさんが恥ずかしがりながらも「はーい」と応じる。

「待て、私も手伝うぞ」

「私も」

「自分もっス」

ゼノヴィアとアーシアさん、リントさんもイリナさんのあとを追って上がっていった。

地下室は重苦しい話し合いから、一気に和気藹々《わきあいあい》となる。

だが、ルフェイさんに聞こえない位置でリアス姉さんとマグナスさんが小声で話し合いをしていた。

それを僕は偶然《ぐうぜん》に耳にしてしまう。

「……メレディスをどうしても手にかけないといけない状況になったとしたら……ルフェイは多分やれないわ」

それは――もしものとき、い、いの話し合いだった。

マグナスさんが言う。

「……あなた方はあくまで強者を倒《たお》すことに専念してくださって結構。そういう役はＭＩ

6か、俺に任せてくれ。……年頃の娘を手にかけるのはエージェントとしても嫌《いや》なものなんだが……世界の命運にはかえられない」

それを聞き、リアス姉さんは言う。

「そうならないようにするつもりよ。私も皆も。でも、あなた、いい人間のようね」

リアス姉さんの一言にマグナスさんは苦笑する。

「異形の世界で著名なグレモリーの姫君《ひめぎみ》にそう言っていただけるとはね。しかし、これでも家に帰れば妻に『もう少し家族サービスして』と毎度言われる立場だ」

それを聞き、リアス姉さんはイッセーくんに視線を送った。

「……私も将来、同じことをあのヒトに言うかも」

マグナスさんは笑う。

「そりゃ、彼は超常《ちようじよう》の世界の英雄《えいゆう》さまだ。十年後も二十年後も……三十年後も引っ張りだこだろう」

そのような会話をしながらも、作戦前の食事会が開かれることになる――。

――戦いはこのあとすぐだ。

# Gods of Hell.

ロンドンの地下深く――。
そこに生じた広大な領域。その中央に神殿《しんでん》が三つある。
真ん中の神殿で、ハーデスとアンラ・マンユは配下の死神《グリム・リッパー》の報告を受けていた。
《それで、首尾《しゅび》はどうなっている？》
ハーデスがそう訊《き》くと、配下の死神《グリム・リッパー》たちが告げる。
《はっ、神滅具《ロンギヌス》である「深潭の蓋世王冠《アルフェッカ・タイラント》」の力は想定内の成果を現赤龍帝《せきりゅうてい》――兵藤一誠《ひょうどういっせい》に与《あた》えているようです》
《現地での調査では、女性の乳房《ちぶさ》に由来する……いわゆる『乳力《にゅうパワー》』とされるものは、一見で感知できなくなっているとのことです》
報告を受け、ハーデスは肉のないあごに手をやる。
《これで、兵藤一誠が起こす奇跡《きせき》を封《ふう》じることが出来れば……戦況《せんきょう》はわからなくなるかもしれぬな》

ハーデスの近くで揺《ゆ》らめく闇《やみ》の集合体――アンラ・マンユが言う。

〔まさか、アザゼルがあの町で行った戯《ざ》れ事《ごと》が有益な情報となろうとはな……〕

ハーデスとアンラ・マンユは、過去の『D×D《ディーディー》』の戦歴（結束前、結束後含《ふく》む）を鑑《かんが》みて、現赤龍帝こと兵藤一誠が起こす奇《き》っ怪《かい》で理解不能な事象――冗談《じょうだん》のような奇跡の数々がテロリスト対策チームに勝利をもたらしていることに気づいた。

明らかに勝ち目のない相手、格上すぎる敵にすらも『D×D《ディーディー》』は勝利してきた。

兵藤一誠の起こす奇跡は、王手《チェックメイト》の状態ですら覆《くつがえ》してくる。あまりにも異質で、異常すぎる現象だ。理不尽《りふじん》ともいえる。

その兵藤一誠の奇跡の源が――女性の裸体《らたい》、特に乳房に関連していた。

時に乳首を押して覚醒《かくせい》し、時に胸から異世界の神の力を呼び寄せ、時に胸を電話にして窮地《きゅうち》を脱《だっ》してみせた。

理解不能な力で、ハーデスたちの一派は連敗をし続けている。

しかも、その奇跡によって、強力で凶悪《きょうあく》な存在――オーフィス、グレートレッド、クロウ・クルワッハといった、この世界でも有数の強者を引き寄せ、力を借りている。

さらに滅《ほろ》ぼされ、神器《セイクリッド・ギア》に封印《ふういん》された赤龍帝ドライグをも復活させたのである。

永遠の時のなかで存在してきた地獄《じごく》の神々も、兵藤一誠の存在を理解できず、ただただ畏怖《いふ》するしかなくなってきてしまった。

たかが人間の子供だ。出自も血筋も特別なものが一切《いっさい》なく、偶然に神滅具《ロンギヌス》の所有者となっただけ。そう思っていた。いくら、強くても神器《セイクリッド・ギア》に封印された赤龍帝ドライグの力の恩恵《おんけい》に過ぎない、と。

しかし、その神滅具《ロンギヌス》の存在をも超《こ》える奇跡を兵藤一誠は見せ続け、ついには神々――神クラスをも恐《おそ》れさせる者と化した。

ハーデスもアンラ・マンユも、兵藤一誠を軽視していない。

もはや、恐るべき存在だと認識している。

理解できないからこそ怖《こわ》いのだ。否《いな》、怖すぎる。恐ろしすぎるのだ。


――女性の乳房だけで、ここまで奇跡を起こせるものなのか？


だからこそ、ハーデスたちは兵藤一誠の源を断つことにした。

配下の死神《グリム・リッパー》たちや『隠れ禍の団《ヒドゥン・カオス・ブリゲード》』などが駒王《くおう》町を調査中して、堕天使《だてんし》の元総督《そうとく》アザゼルが過去に起こした戯れ事を知り、それをもとに兵藤一誠の奇跡を封じる術を企《くわだ》てた。

その封じる術が、夜の女神ニュクス、暗黒神エレボスが発見してきた新規神滅具《ロンギヌス》である「深潭の蓋世王冠《アルフェッカ・タイラント》」所有者――メレディス・オールディントンであった。

そして、その少女の力を使い、兵藤一誠の概念《がいねん》を――性欲《せいよく》を封じた。

ちょうど、そのメレディスから通信が入った。

ハーデスとアンラ・マンユの眼前に通信用の魔《ま》方陣《ほうじん》が展開し、鳶色《とびいろ》の髪《かみ》の少女の姿を投《とう》影《えい》する。

鳶色の髪の少女――メレディスが言う。

『地獄の神さまたち、ごきげんよう。死神《グリム・リッパー》さんから聞いたわ。『おっぱいドラゴン』と愉《ゆ》快《かい》な仲間たちがロンドンに来ているって。戦いが近いってことね？』

《うむ。もう間もなく、彼奴《きやつ》らはお主のもとと、この神殿と、二手に分かれて同時に攻《せ》めてくるだろう。――やれるか、メレディス・オールディントン》

ハーデスの問いにメレディスは笑みを見せる。

『私はいまの自分が好きだもの。この土壇場《どたんば》に来て、ようやく私は自分の生を実感できてる。そういう意味では感謝しているわ、地獄の神さま方。私の力の使い道をご教授いただいて、ありがとうございますってね』

揺らめく闇の集合体ことアンラ・マンユが少女に訊く。

〔ひとつ訊きたい。我《われ》らが勝てたとして、そのときはお主はこの国をどうするつもりなのだ？〕

『私の存在をなかったことにした王族をすべて追放するわ』

メレディスはそう答える。

〔では、お主が女王になるつもりか？〕

アンラ・マンユの問いかけにメレディスはきょとんとしたあと、おかしそうに笑った。

『ハハハ。それもいいかもね。けど、表舞台《おもてぶたい》に立てば、私はいつか暗殺されちゃう。それって時間の問題よね。他の神話の神さまや、各国のすごい機関に狙《ねら》われているんでしょ？じゃあ、女王なんてとてもやっていられない』

少女はイタズラな笑みを見せて言った。

『地獄の神さまたちが勝てば、その後も付き合うわ。いまはそんな答えしかできないかも。けど、神さま。――勝てるの？　相手の戦力、ヤバいと思うけど？　ロンドンに入り込んでるいまの部隊を倒しても、まだ外にヤバいのがいて、場合によっては各神話の神さまも出てきちゃいそうだし』

メレディスの質問に――、

《…………》

ハーデスは無言となり、

〔──どう転んでも勝てまい。だが、神にとて意地はある〕

アンラ・マンユはハッキリとそう告げた。

ハーデスは自分の領域であった冥府《めいふ》を『D×D《ディーディー》』と、その協力者により占拠《せんきょ》されてしまっている。地獄の最下層《コキュートス》にあった施設《しせつ》をも接収された。

──退路はない。

ハーデスは口を開いて続く。

《今更《いまさら》、降伏《こうふく》もできぬ。ならば最後まで冥府の神ハーデスとして戦うだけのことだ》

今回来ている『D×D《ディーディー》』と協力関係の者たちを葬《ほうむ》ったところで、外には他の『D×D《ディーディー》』の部隊と、各勢力の強者が待ち構えている。

ロンドンは完全に包囲されており、逃《に》げ場《ば》などなくなっている。

そのうちにアポロンやヴィーザルも軍勢を引き連れて出てくることになるだろう。

消耗戦《しょうもうせん》になった場合、ハーデスたちに──完全に勝ち目はない。

それだけ、チーム『D×D《ディーディー》』は強すぎる存在となっていた。そこに協力する勢力も加わり、地球最強の戦力と化している。

──この戦いはハーデスたちにとって、すでに負け戦《いくさ》なのである。

メレディスは『ふーん』と首を傾《かし》げつつ、言う。

『それでも戦うってことは、要は「あいつら嫌《きら》いだから絶対に降伏しない。戦う！」ってことよね。なんだか、人間くさいわ。神さまなのに。ま、いいけど。――それじゃ、互《たが》いに健闘《けんとう》を祈《いの》りましょう』

そう告げて、メレディスは通信を切った。

ハーデスは他の通信魔方陣を展開して、通信先の者に話しかける。

《ヴェリネよ。聞こえるか？》

『はい。ハーデスさま』

翡翠《ひすい》色の長髪《ちょうはつ》をした快活な雰囲気《ふんいき》の少女――ヴェリネ。

ハーデスの秘蔵っ子でもあった。

ハーデスが言う。

《あの娘《むすめ》の守護、頼《たの》むぞ》

『わかってます。ハーデスさまもご存分に暴れてください』

《ああ、わかっている》

それだけ確認して、ハーデスはヴェリネとの通信を切った。

そして、最後に視線を移したのは――ヴェリネと同じく人工超越《ちょうえつ》者のバルベリスだった。

彼はハーデスの近くで待機していた。

《バルベリスよ。兵藤一誠だろうと、サイラオーグ・バアルだろうと、好きな相手と戦うがよい》

ハーデスがそう言うと、バルベリスが答える。

「兵藤一誠はあなたか、アンラ・マンユさまが戦うのだろう？　それなら、俺は――」

ハーデスたちにとって、テロリスト対策チーム『D×D《ディーディー》』との決戦はすぐそこまで迫《せま》っていた。

# Life.3　地獄の盟主連合との戦い

「深潭の蓋世王冠《アルフェッカ・タイラント》」所有者――メレディス・オールディントンの打倒及《だとうおよ》び捕縛《ほばく》、『地獄の盟主連合』ハーデス神とアンラ・マンユ神の打倒及び捕縛を目的とした作戦が開始される当日となった。

僕――木場祐斗《きばゆうと》は、イリナさんの家から作戦開始前に集合予定だった他の拠点《きよてん》に移動していた。

作戦は先日の打ち合わせ通りに大きく二手に分かれる。

メレディス捕縛チームと、『地獄の盟主連合』打倒チームだ。

僕は一応後者に属しており、対人工超越者バルベリスのチームメンバーとなっている。

この拠点にいるのは、イッセーくん、ヴァーリ、サイラオーグ・バアルさんとバアル眷《けん》属《ぞく》、アーシアさん、レイヴェルさん、イングヴィルドさん、リントさん、ベンニーアさん、ラヴィニア・レーニさん、新生『西遊記』チームの三名、クロウ・クルワッハ、フェンリル、ゴグマゴグ、そして僕こと木場祐斗といったメンバーだ。

主に戦闘《せんとう》の主力メンバーと、神器《セイクリッド・ギア》所有者が中心である。

別の拠点では、メレディス捕縛チームとしてリアス姉さん、朱乃《あけの》さん、小猫《こねこ》ちゃん、ギャスパーくん、ゼノヴィア、イリナさん、ロスヴァイセさん、ルフェイさん、黒歌《くろか》さん、アーサーさん、エルメンヒルデさんといった非神器《セイクリッド・ギア》所有者中心の構成であるメンバーが待機している。

作戦開始時間となったら両拠点にいる二チームは、同時に動き出すことになっている。

僕ら『地獄の盟主連合』打倒チームの場合は、ベンニーアさんが開く死神《グリム・リッパー》特有の門をくぐって、ロンドンの地下にある『地獄の盟主連合』の領域に直接転移する。

協力関係にある死神《グリム・リッパー》の穏健派《おんけんは》――最上級死神《グリム・リッパー》オルクス派との連携《れんけい》で、地下にある『地獄の盟主連合』の領域まで案内してもらうことになっていたのだ。

もうすぐ、僕たちのチームは地下にある敵のアジトに乗り込むことになるけど、できることならば、イッセーくんの不調を治す意味でも、先にメレディス捕縛チームのほうで作戦成功となってほしいところだが……。

そこはリアス姉さんやルフェイさんたちに思いを託《たく》すしかない。

あとは、僕たちが――僕が、与《あた》えられた役割をこなすだけだ。

作戦開始前に二天龍《にてんりゅう》――イッセーくんとヴァーリが会話をしていた。

「そういや、俺、オーフィスに龍神化《りゅうじん》の呪文《じゅもん》にダメ出しされた」

イッセーくんがそう言い、

「俺は、兵藤《ひょうどう》家の屋上にある神社の賽銭《さいせん》箱にたまにはお布施《ふせ》してもいいんじゃないかと言われた」

ヴァーリもそう答え、二人して「うーん」となんとも言えない表情となっていた。

オーフィスと共に龍神化、魔王《まおう》化の呪文を唱えているため、龍神の切なる願いに思うところは多分にあるようだ。

というやり取りがある一方で、イッセーくんとヴァーリから少し離《はな》れた位置でレイヴェルさん、サイラオーグさんが、通信用魔方陣越《まほうじんご》しのリアス姉さんと共に、とあることについて確認をしていた。

サイラオーグさんがイッセーくんのほうに視線を送りながら、レイヴェルさんと通信用魔方陣先のリアス姉さんに訊《き》く。

「それでは兵藤一誠《いっせい》は、先日覚醒《かくせい》した例の『A×A《エー・エー》』に懸念《けねん》があるということなんだな?」

レイヴェルさんが答える。

「……『A×A』――龍帝丸《りゅうていまる》自体はギリギリ出撃《しゅつげき》できるだけのエネルギーを確保できたようですが……イッセーさまとのドッキングで力を解放できるかどうかは、試していないこともあり、不安が残りますわ。しかも、成功したとしても、あの状態のイッセーさまが『A×A』の膨大《ぼうだい》すぎる力を制御《せいぎょ》できるのか？——という怖《こわ》さもあります」

サイラオーグさんが険しい表情となっていた。

「……本人が絶好調だと思っているのが怖いところだな。制御できると思って合体したものの、力が暴走してしまい、地下の領域ごとこのロンドン自体破壊《はかい》してしまいかねない、ということか」

リアス姉さんが続く。

『暴走した力がロンドンだけならばいいわ。あの力は、星をも壊《こわ》せるかもしれないといわれているのよ？　この国ごと消し飛ぶ可能性もあるわ』

そう、リアス姉さんやレイヴェルさんが語るように、『A×A』はハーデスやアンラ・マンユすら滅《ほろ》ぼせるだけの力を有するものの、いまのイッセーくんでは制御できない可能性がある。

そうなったら、リアス姉さんが言うようにこのイギリスごと消し飛ぶという想定もあるのだ。

サイラオーグさんが問う。

「では、メレディス・オールディントンの捕縛が成功しない限り、『A×A』は万全でも出撃できないとみていいんだな？」

レイヴェルさんがうなずく。

「一応、イッセーさまの体調が万全にならない限り、グリゴリのドックで待機してもらうことになっていますわ。このことは、ヴァーリさまには先にお伝えしております。それを含《ふく》めた上で、イッセーさまと共に戦ってほしい、と」

レイヴェルさんはヴァーリにも伝えていたのか。二天龍で敵の首領二柱《はしら》と戦う以上、相方となる仲間の戦力は把握《はあく》しておかないと不安が残るからね。

サイラオーグさんがもうひとつ気になることをリアス姉さんとレイヴェルさんに訊いた。

「……『A×A』に積む予定だと聞いていた原初の神エロスのエンジンは結局どうなった？　間に合わなかったのか？」

通信用魔方陣越しにリアス姉さんが息を吐《は》く。

『……間に合わなかったというのはその通りだけれど、それ以上にエロスが……いまのイッセーでは協力できないと文句を言ってきたそうなの』

それは僕も聞いている。

アジュカ・ベルゼブブさまとグリゴリ経由でオリュンポスサイドに交渉《こうしょう》していたそうだ

だ。

が、イッセーくんの不調を知るなり、性と愛を司る原初の神エロスはこう言ってきたそう

――おいおいおい、女性の乳尻《しり》太ももが苦手だって？　話が違《ちが》う。この世界の三大要素、乳、尻、太もも、これは基礎概念《きそがいねん》だ。それが理解できない男は男じゃない。私は彼と乳尻太ももについて語り合いたかったんだ。乳尻太ももだぞ？　乳尻太ももがわからない『おっぱいドラゴン』なんて名前負けもいいところだ。エンジンの開発は、彼がもう一度乳尻太もものことを尊ぶようになってからしてもらいたい。乳尻太ももな？

……性癖《せいへき》の不一致《ふいっち》（？）によって、拒否《きょひ》されたとのことだ。

それを聞き、サイラオーグさんも顔を手で覆《おお》い、なんともいえない反応となっていた。

……そうですよね、もうなんともいえませんよね……。けど、イッセーくんはまさにその性欲《せいよく》――女性の胸などへの渇望《かつぼう》と欲望《よくぼう》、羨望《せんぼう》、いろいろな思いが重なって奇跡《きせき》のような力を発揮していたから、エロス神的に「話が違う」となっても仕方ない……のかも。

イッセーくんの不調を加味していただきたいところだけど、オリュンポスの神は伝承的にも無茶苦茶な神さまが多いので、「嫌《いや》だ！」と拒否されたら再交渉《さいこうしょう》は難しいのだろう。

つまり、『A×A』の制御装置となる予定の「エロス・エンジン」の開発は、イッセーくんが元に戻《もど》ってからということになったのだ。

……仮に予定通り開発が進んだとしても、この戦いに間に合うかどうかは難しいかもしれないとも聞いていたけれどね。

という確認もあったなかで、作戦開始時間は刻々と迫っていた。

皆《みな》が待機場所であるこの拠点で緊張感《きんちょうかん》を漂《ただよ》わせていたのだが……そこに協力者の方が慌《あわ》てた様子で、待機室に入ってくる。

「どうした？」

サイラオーグさんが腕《うで》を組みながら、協力者の方に問う。

協力者の方は顔を青ざめさせながら、言う。

「……ロ、ロンドンの空に、に、偽者《にせもの》の『赤い龍《ウエルシュ・ドラゴン》』と『白い龍《バニシング・ドラゴン》』が現れました！」

『――ッ⁉』

その報告に皆が仰天《ぎょうてん》してしまった！

そう、僕らは先手を打たれたのである。

僕らは拠点の待機室で、テレビをつけていた。

そこにはトップニュースでロンドンの異様な光景が映し出されている。

――ドライグとアルビオンの偽者が、ロンドン上空を飛んでいるのである。

テレビの記者が現場近くから声を張り上げる。

『見てください！　謎《なぞ》の生物、ドラゴンのようなものが二体！　ロンドンの空を飛んでおります！　これは何かのパフォーマンスなのか、それとも本物なのか、現在、各所で確認、憶測《おくそく》が飛び交っております！　い、いったい、あの怪物《かいぶつ》は何なのか⁉　ウェールズの国旗にあるドラゴンそのものなのでしょうか⁉』

ニュース画面を見る限り、ロンドンの住民は騒然《そうぜん》としながらも空を飛ぶドラゴン二体を見物しており、スマホで写真や動画を撮《と》る者も続出していた。

――やられた！

敵は偽《にせ》のドライグとアルビオンを衆目に晒《さら》す手で出てきた。

ドライグとアルビオンの姿は、メディアとネットを介《かい》して、すでに全世界を回《めぐ》っているだろう。

ロンドンで異様なことが起きているということが、世界中の人間に知らされてしまったのだ。

……これで、偽のドライグとアルビオンがロンドンの住民を攻撃《こうげき》したら――とんでもないことになる。

サイラオーグさんが目を細める。

「……永い時の果て、今後、もし兵藤一誠やヴァーリ・ルシファー、ドライグが表舞台《おもてぶたい》で衆目を集めるときが来たとしたら、この情景は悪影響《あくえいきょう》のもとになるな」

メレディス・オールディントン捕縛《ほばく》チームとして、他の拠点《きょてん》にいるリアス姉さんが通信用魔方陣越しに僕らに言った。

『ええ、攻撃をし始めたら、今後の怨嗟《えんさ》のもとになるわ。憂《うれ》いとして残るわね。……京都でも嫌な憶測を生んだもの』

京都で、人工悪魔《あくま》であるグレシルとソネイロンに襲撃《しゅうげき》されたとき、古都の街を行き交う人々がいるなかでの出来事だったため、スマホで写真や動画を僅《わず》かながら撮られてしまっていた。

奇跡的に僕らの姿はハッキリと映されていなかったが……グレシルとソネイロンの姿は人間界の世界中に拡散されてしまっていた。

あれも異形側の関係者が騒動《そうどう》を収束させるのに苦心されていたのに……いまそれ以上のことが起きようとしている。

僕たちの次の行動しだいで、敵がどう出てくるのか、そのときに何が起こるのか、わかったものではない。

レイヴェルさんが悔《くや》しそうに言う。

「……できるだけ違和感《いわかん》を覚えさせないように住民の方々を転移させる作戦でしたのに、ドラゴンが出てきたことで、『ドラゴンが出たときに違和感がした』という体感を覚えさせることになりそうですわ」

……この作戦は、どんなに最小被害《ひがい》にしようとも、想定以上にロンドンに爪痕《つめあと》を残すことになるということだ。

ハーデスたちは、『D×D《僕ら》』の存在について、今後の人間界に違和感、異様なものの根源として少しでも記憶《きおく》と記録に残したいのかもしれない。

イッセーくんの内にいるドライグが僕たちに聞こえる声で言う。

『何であれ、これはケンカをふっかけられたようなものだ。なあ、アルビオン、クロウ・クルワッハ』

ドライグがそう言うと、二体のドラゴンが声を発する。

『気持ちのいいものではないな』

「あのようなパフォーマンスをドライグとアルビオンの偽者がするというのが許せん。いますぐ排除《はいじょ》するべきだな。高位のドラゴンの名が穢《けが》れる一方だ」

ドラゴンの価値的にハーデス側の先手行為《こうい》は許しがたいもののようだった。

リアス姉さんとは別の通信用魔方陣《まほうじん》が僕たちの眼前に展開して、そこに『ＣＩＡ』のマグナス・ローズさんが映し出される。

マグナスさんが魔方陣越《ご》しに言う。

『作戦を開始しよう。このままでは、嫌な憶測をさらに広めるだけだ。俺たちが出ないことで、次の手で出てくる可能性も高い』

これにリアス姉さんとレイヴェルさん、サイラオーグさんがうなずく。

『それでは時間を少し繰《く》り上げて、作戦を開始しましょう』

「はい。時間を合わせますわ」

「ロンドンの住民をこれ以上不安にさせるわけにもいかないからな」

作戦は数十分ほど繰り上げられることとなった。

――と、皆が作戦開始の準備をするなかで、イッセーくんが一歩前に出る。

「ドライグがもう出たいというから、龍神《りゅうじん》化してドライグを顕現《けんげん》したいと思う」

ドライグが言う。

『俺も出撃《しゅつげき》の準備とやらをせんとな』

さらに——なんと、ヴァーリが一歩前に出て、イッセーくんに言う。

「それならば、俺も付き合おう。——アルビオン」

『ああ』

意味深なやり取りをヴァーリとアルビオンが行い、ヴァーリはイッセーくんのほうを見る。そして言った。

「——兵藤一誠、俺と……俺たちと共に外に出ないか？　見せたいものがある」

「？　わかった」

イッセーくんは訝《いぶか》しげにしながらも、外に出ようとするヴァーリに付いていった。

僕たちも顔を見合わせながら、彼らのあとを追うことにする。

拠点の外に出たヴァーリはオーラを高めながら言う。

「兵藤一誠。龍神化して、ドライグ顕現の準備に入れ」

そう促《うなが》してくる。

イッセーくんは「わかった」とライバルの意味深な態度に何か思うところがあったのか、龍神化になることを了承《りょうしょう》する。

二天龍《にてんりゅう》が拠点の外に並び、まずは真紅《しんく》の鎧《よろい》と白銀の鎧となる。

そして、互《たが》いに呪文《じゅもん》を口にしていく。

「──我《われ》に宿りし紅蓮《ぐれん》の赤龍よ、覇《は》から醒《さ》めよ」

「──我に宿りし無垢《むく》なる白龍よ、覇の理《ことわり》をも降《くだ》せ」

それは赤龍帝《せきりゅうてい》、白龍皇《はくりゅうこう》による二重奏ともいえた。

『──我が宿りし真紅の天龍よ、王と成り啼《な》け』

『──我が宿りし白銀の明星《みょうじょう》よ、黎明《れいめい》の王位に至れ』

力あるドラゴンたちの声も連なっていく。

「「──濡羽《ぬれば》色《いろ》の無限の神よ」」

イッセーくんとヴァーリの声が重なる。

『──赫赫《かくかく》たる夢幻《むげん》の神よ』

『──玄玄《げんげん》たる悪魔の父よ』

「『──際涯《さいがい》を超越《ちょうえつ》する我らが偽《いつわ》りの禁を見届けよ』」

「『──窮《きゅう》極《きょく》を超克《ちょうこく》する我らが誡《いましめ》を受け入れよ』」

ドラゴンたちは最後の一節を共に謳《うた》う──。

「『──汝《なんじ》、燦爛《さんらん》のごとく我らが焰《ほのお》にて紊《みだ》れ舞《ま》え』」

「『——汝、玲瓏《れいろう》のごとく我らが燿《かがやき》にて跪《き》拝《はい》せよッッ！』」

「『《D∞D《ディーデイー》!!　D∞D《ディーデイー》D∞D《ディーデイー》!!　D∞D《ディーデイー》D∞D《ディーデイー》D∞D《ディーデイー》!!!!　D∞D《ディーデイー》D∞D《ディーデイー》D∞D《ディーデイー》D∞D《ディーデイー》D∞D《ディーデイー》D∞D《ディーデイー》D∞D《ディーデイー》!!!!!!　D∞D《ディーデイー》D∞D《ディーデイー》D∞D《ディーデイー》D∞D《ディーデイー》D∞D《ディーデイー》D∞D《ディーデイー》D∞D《ディーデイー》D∞D《ディーデイー》D∞D《ディーデイー》D∞D《ディーデイー》D∞D《ディーデイー》D∞D《ディーデイー》!!!!!!!!》』」

『『『LLLLLLLLLLLLLLLLLLLLLLLLLLLLLLLLLLLLLLLLLLLLLLLLLLLLLLLLLLLL《ルルルルルルルルルルルルルルルルルルルルルルルルルルルルルルルルルルルルルルルルルルルルルルルルルルルルルルル》LLLucifer《ルルルシファー》!!!!!!!!!!!!!!!!!!!!』』』

　イッセーくんとヴァーリの全身鎧の宝玉から、盛大に音声が鳴《な》り響《ひび》いていった。

「『《Dragon《ドラゴン》　∞《インフィニティ》　Drive《ドライブ》!!!!!!》』」
『『『Dragon《ドラゴン》 Lucifer《ルシファー》 Drive《ドライブ》!!!!!!!!!!!』』』

　莫大《ばくだい》な真紅と漆黒《しっこく》と白銀のオーラがこの一帯を包み込むほどの質量を生む！
　風が唸《うな》り、大気が震《ふる》え、地が揺《ゆ》り動かされる！
　無限を体現した赤きドラゴンと明けの明星そのものである白きドラゴンが誕生していた。

龍神化と魔王《まおう》化を果たした二人を見て、サイラオーグさんが感嘆《かんたん》の息を漏《も》らす。

「圧倒《あっとう》的であり、圧巻だ。戦いの前にいいものを見させてもらった」

確かに。二天龍の龍神化と魔王化の同時変化はそう見られるものじゃない。

僕とサイラオーグさん以外のメンバーも二天龍の変身に見惚《みと》れているほどだ。

変身を遂《と》げたヴァーリがイッセーくんに言う。

「キミとドライグに見せたいものがある。そうだな、アルビオン？」

ヴァーリの問いかけにアルビオンは肯定《こうてい》の声を出す。

『ああ、先日に告げたことだが、新たな力を見せよう』

そうだ、京都での事件が終わったあとで、アルビオンはそう口にしていた。

ヴァーリはオーラを高めると——全身の宝玉から、オーラが前方に放たれていき、何かを形作っていく。

「復活せよ！　我が内に宿る『白い龍《バニシング・ドラゴン》』よッ！」

ヴァーリが気合い一閃《いっせん》でそう叫《さけ》ぶ！

オーラは質量を持つようになっていき、しだいに覚えのある形になっていった。

白銀の輝《かがや》きを放ちながら、僕たちの目の前に出現したのは——純白な鱗《うろこ》を持つ、巨大《きょだい》で優美なドラゴン！

それは、二天龍の一角、白龍皇アルビオンそのものであった！

なんてことだ！　ヴァーリがイッセーくんの「ドライグ顕現」と同じように「アルビオン顕現」をしてみせた！

――アルビオンの復活っ！

これが……アルビオンの……ヴァーリの新たな力かっ！

この現象に皆《みな》が驚《おどろ》く。

ヴァーリチームの面々は知っていた様子の反応であったけど……チームメンバーには事前に見せていたようだ。

イッセーくんとドライグが仰天《ぎょうてん》するが――一転して嬉々《きき》とした声を出した。

「すげえっ！　アルビオンの復活かよ！」

『ああ、たまらないな！　だが、納得だ。当然だ。俺が復活できるのだから、白いのが復活できないわけがない！』

赤龍帝コンビは非常に興奮していた。

ドライグが急《せ》かすようにイッセーくんに言う。

『相棒！　俺も顕現してくれっ！』

「任せろ！　って、ちょいと時間がかかるけどな！」

快く応じるイッセーくん。

とはいえ、ヴァーリの「アルビオン顕現」と違《ちが》い、イッセーくんの「ドライグ顕現」はまだ少々の時間がかかってしまう。

……いまだ疑似龍神化ゆえにヴァーリのようにすぐに顕現できるわけではないのだろうか。

程《ほど》なくして、イッセーくんの鎧の宝玉よりオーラが投射されて、ドライグが顕現する。

ロンドンの地で、本来の赤龍帝と白龍皇が並び立った――。

ドライグとアルビオンが同時に上空を――イギリスの空を見る。

ドライグとアルビオンはしみじみと語った。

『……俺たちの伝説が生まれた地の空、か。ま、ウェールズはもう少し西だがな』

『……何百年ぶりだろうか。ここで見る風景は変わったが――』

『ああ、この空気の肌触《はだざわ》り……風の匂《にお》いは変わらない』

『肉体を持って以前に出会ったのは大ゲンカをしたときだったか』

『そうだ。それ以来だ』

『それすらも懐《なつ》かしく……尊いものに思えるものだ』

『封印《ふういん》生活が長すぎた反動かもしれんな』

そこまで言い、二体は笑った。

その二体は、前方の――ロンドンの空を見やる。

そちらの方向には、偽者《にせもの》のドライグとアルビオンがいる。

二体の瞳《ひとみ》に――闘志《とうし》が燃え始めていた。

ドライグが言う。

『白いの。せっかくだ。本物の天龍というものを偽者に教えてみないか？』

『当然だろう。我ら以外に天龍がいるとすれば、我らの宿主たちだけだ』

ドライグとアルビオンがイッセーくんとヴァーリに視線を送る。

イッセーくんとヴァーリは同時にうなずいた。

「ロンドンを壊《こわ》さない程度に好きに暴れてこいよ、ドライグ」

「作戦開始と同時に突《つ》っ込んでいってくれ」

宿主たる二天龍二人も相棒たちの戦意に応じていた。

――と、ドライグとアルビオンの間に入る人影《ひとかげ》があった。

黒いコートの男――クロウ・クルワッハだった。

クロウ・クルワッハは、ドライグとアルビオンに言う。

「アルビオンも復活したか。俺にとっても、理想的な展開だ。これでもう数千年は楽しめそうだ」

三体は互いに不敵な笑《え》みを浮《う》かべ、今後のこと――ケンカができることに歓喜《かんき》しているようだった。

レイヴェルさんが言う。

「アルビオンさままで復活となりますと、偽者の二天龍の相手は本物のお二方に任せることになりますわね。クロウ・クルワッハさまは……どう再配置していただくほうがいいのでしょうか」

偽者の二体の相手には、本物の二体を当てる展開になりそうだけど……そうなると、当初、偽者の二天龍の相手をしてもらう予定だったクロウ・クルワッハの仕事が空いてしまう。

そう思っていたのだが、クロウ・クルワッハはロンドンの空――偽者の二天龍がいる方向に視線を送り、意味深なことを口にする。

「いや、どうにもそれだけではなさそうだ。おそらく、アンラ・マンユは他にも何かを仕《し》掛《か》けているのだろう」

これにドライグとアルビオンもうなずいていた。

『ああ、俺もあちらの方向から嫌《いや》な雰囲気《ふんいき》を感じている』

『負の面が強いほうの邪龍《じゃりゅう》が放つ特有の空気……それが強まっている』

どうやら、力あるドラゴンが感じ取れる不安なものが、偽者の二天龍がいる方向から漂《ただよ》っているようだった。

それを聞き、レイヴェルさんは意見をまとめる。

「わかりましたわ。では、当初の予定通りに偽者のお相手をドライグさまとクロウ・クルワッハさまにお任せしつつ、アルビオンさまにも加わっていただきましょう」

レイヴェルさんは作戦内容の変更《へんこう》をリアス姉さんや協力者たちに魔方陣《まほうじん》を通して、伝えていく。

アルビオンの顕現《けんげん》は魔方陣越《ご》しに皆が、いい反応で驚いていた。

という想定以上の布陣《ふじん》で作戦に臨めることになり、皆のテンションも高揚《こうよう》したなかで繰《く》り上がった開始時間となっていく。

腕時計《うでどけい》を確認しつつ、レイヴェルさんが言った。

「――始まりますわ」

そう告げた瞬間《しゅんかん》だった――。

僕たちのいる場所を含《ふく》め、ロンドンのすべてが輝きだし、転移の光に包まれていく――。

この都市に存在する住民や動物、移動車両などを疑似《ぎじ》ロンドンに丸ごと転移させる大規一瞬《いっしゅん》のことであったが、光が止《や》むと――この都市全体から人の影《かげ》、存在が確認できないけだ。ようになっていた。

住民が疑似ロンドンに転移したと同時に、この本物のロンドンも強固な結界に囲まれた。

この地に残っているのは、僕たち『D×D《ディーディー》』と協力者たち、ターゲットであるメレディス・オールディントン一派と、偽者の二天龍、地下のハーデスたち『地獄《じごく》の盟主連合』だけだ。

ちょっとやそっとでは、偽者の二天龍も、メレディス・オールディントンたち、ハーデスたちも逃《に》げ出すことはできない。

とはいえ、制限時間は限られている。

――40分、それが僕たちに提示された時間だ。

リアス姉さんたちのチームも住民が転移したのを確認したあと、行動を開始しただろう。

《さーて、門を呼び出しますぜ！》

作戦開始と同時にベンニーアさんが、死神《グリム・リッパー》特有の門を出現させていく。

地面より、おどろおどろしい門構えである両開きの門が現れる。所々に髑髏《どくろ》の彫刻《ちょうこく》がされた冥府《めいふ》の死神《グリム・リッパー》らしい門だった。

その門が「ギギギ」という音を立てながら、開いていく。

門の先で、黒いオーラが渦巻《うずま》いていた。これをくぐれば――ロンドンの地下にある『地獄の盟主連合』の領域だ。

皆が覚悟《かくご》を決めて、互《たが》いにうなずき合う。

『地獄の盟主連合』打倒《だとう》チームの全員が門をくぐる決意を固めたところで、そのなかでイッセーくんとヴァーリが相棒に告げる。

「じゃあ、互いに健闘《けんとう》を祈《いの》ろうぜ」

「あとで感想を聞くからな、アルビオン」

二人の言葉にドライグとアルビオンはニヤリと笑みを見せる。

『そちらこそ、負けるなよ』

『ケリをつけてくるといい、ヴァーリよ』

そう言ったあと、ドライグとアルビオンとクロウ・クルワッハはその場を神速で飛び出していき、偽者の二天龍がいる場所に向かっていった。

サイラオーグさんが皆に言う。

「よし、行くぞ」

『おおっ！』

僕たちも声をあげて、死神《グリム・リッパー》の門をくぐっていく。

こうして、『地獄の盟主連合』との最後の戦いが始まろうとしていた！


―○●○―


死神《グリム・リッパー》の門をくぐった先にあったのは、平坦《へいたん》な地面が続く場所であった。上空は――闇《やみ》に包まれており、明かりのような青白い炎《ほのお》が一定の距離《きょり》ごとに燃えていた。その炎のみがこの領域での唯一《ゆいいつ》の光源となる。

とはいえ、僕たちは異形や異能を持つ者たちばかりだ。視界に関しては問題になるというわけではない。特に僕などの悪魔《あくま》は暗がりの世界でも目は十分すぎるほどに利《き》く。

ベンニーアさんが言う。

《この平坦な地面の先にハーデスさまの神殿《しんでん》があるはずですぜ》

この先、か。ならば、進むしかない。

――と、僕たちがハーデスの神殿を目指そうとしたときだった。

僕たちの目の前に転移魔方陣が無数に展開し始めた。

……魔方陣の形式は、悪魔のものと、死神《グリム・リッパー》のものだ！

魔方陣からは、覚えのない悪魔の大群と、ハーデスの配下であろう下級、中級クラスの死神《グリム・リッパー》の軍勢が次々と出現してくる。悪魔の大群は……悪魔の母であるリリスから生まれた人工の悪魔たちだ。

ヴァーリが言う。

「なるほど、在庫の一斉《いっせい》処分といったところか」

「……最終決戦だから、いままでにないほどの数を出してきやがったな」

イッセーくんがうんざりげにそう言った。

イッセーくんが言うように転移魔方陣の数は増す一方であり、千……二千、四千……一万……いや、死神《グリム・リッパー》も合わせるともっといるかもしれない！

サイラオーグさんの『女王《クィーン》』であるクイーシャさんが言う。

「ざっと見た感じですが、おそらく二万五千を超《こ》える勢いです。最終的に四万近くまで膨《ふく》れ上がるかもしれません」

冷静に言いながらもクイーシャさんは緊張《きんちょう》の面持《おもも》ちであった。

一方でサイラオーグさんは……武者震《むしゃぶる》いしていた。

「……あまりこういうものを嬉々《きき》として受け入れるわけにはいかないのだろうが……それでも男として、戦士として、このような場面は滾《たぎ》るというほかないな……ッ！」

敵の数が増えれば増えるだけ、サイラオーグさんは戦意高揚《こうよう》しているようだった。

これにはヴァーリも同様のようで、

「ふふっ、いいじゃないか。なあ、ハーデス、アンラ・マンユよ。聞こえているのだろう？

俺たちで神話のような戦いといこうじゃないか」

神殿のあるほうに視線を送りながらそう漏《も》らした。

イッセーくんは拳《こぶし》を強く握《にぎ》る。

「ま、やるしかないってな！」

いまだに続々と現れるリリスの悪魔と、死神《グリム・リッパー》を前にこちらも全員が戦闘《せんとう》態勢になった。

そこにサイラオーグさんが言う。

「兵藤一誠。俺たちの突撃《とつげき》の合図を叫《さけ》べ」

「え！　俺がですか⁉」

驚《おどろ》くイッセーくんにサイラオーグさんはうなずく。

イッセーくんが僕たちを見やるが、皆《みな》も「やるならやってくれ」という気構えとなっていた。

それを見て、イッセーくんは意を決する。

「わかりました」

イッセーくんは息を大きく吸ったあと——。

「チーム『D×D《ディーディー》』イイイイイッツ！　いくぞォォォォォォォォオオオオオオッ！」

『オオオオオオオオオオオオオオオオオオオオオオオオオオオオオオオオオオオオオオオオオオオオオオオオオオオッ！』

僕たちは得物を握りしめ、大声を張り上げて、敵陣《てきじん》に突《つ》っ込んでいった！

まずは狼煙《のろし》とばかりに龍神《りゅうじん》化しているイッセーくんと魔王《まおう》化しているヴァーリによるダブルオーラ砲撃《ほうげき》が、リリスの悪魔たちと死神《グリム・リッパー》の大軍に降り注ぐ。莫大《ばくだい》な真紅《しんく》と白銀のオーラは、数百を超え、千体ほどの敵を一気に吹《ふ》き飛ばす！

そこに真の姿——巨大化《きょだいか》したフェンリルが敵陣のなかに突っ込んでいき、爪《つめ》と牙《きば》により、数百単位の敵の大群を切り裂《さ》いていく！

援護《えんご》射撃《しゃげき》とばかりに古代のゴーレムたるゴグマゴグも目から強烈《きょうれつ》な光線を放ち、両腕《りょううで》に搭載《とうさい》された対大型魔獣《まじゅう》用の機関銃《きかんじゅう》も前方に掃射《そうしゃ》していった。

ゴグマゴグの光線と機関銃の掃射もリリスの悪魔たちと死神《グリム・リッパー》の大軍をなぎ払《はら》っていく。

サイラオーグさんも眷属《けんぞく》と共に敵の大軍に突き進み、殴《なぐ》り倒《たお》しながらレグルス（黄金の獅子《しし》と化していた）と共に叫んだ。

「『禁手化《バランス・ブレイク》ッ！』」

サイラオーグさんは金色に耀《かがや》く獅子の鎧《よろい》をまとい、闘気《とうき》に満ち満ちた拳で悪魔と死神《グリム・リッパー》を数十体単位で吹き飛ばしていった！

僕も禁手《バランス・ブレイカー》のひとつである龍《りゅう》の騎士団を生み出し、彼らに魔剣《まけん》（バルムンク、ディルヴィング、ダインスレイブ、ノートゥング）を持たせて、敵陣に向かわせ、僕自身も魔帝《まてい》王《おう》グラムを手にして、敵の群れを斬《き》り伏《ふ》せていく！

「オラオラオラッ！　いくぜ、八戒！　悟浄！」

「ほいよ！」

「い、いきます！」

美猴《びこう》、現猪八戒さん、現沙悟浄さんも三人一緒《いっしょ》に敵中で大暴れを始め、見事なチーム連《れん》携《けい》で敵を確実になぎ倒していく。

後衛——回復役であるアーシアさんを守るようにリントさんとイングヴィルドさんが、僕たち前衛がうち漏らした敵に応対していく。

「自分の炎は悪魔さんにはキツいっスよ！」

リントさんが銀翼《ぎんよく》を生やし、頭部にも輪っかを出現させ、手に紫《むらさき》の炎で作り出された剣《けん》を持った。聖遺物《レリック》——聖十字架《せいじゅうじか》でもあるリントさんの神器《セイクリッド・ギア》は、その紫炎《しえん》に悪魔にとって必殺に等しい効果を秘めるため、浴びた敵の悪魔は瞬時《しゅんじ》に灰と化す。

イングヴィルドさんも、

「ここ、水がないから……ちょっと辛《つら》いかも」

などと言いながらも、この領域に魔力《まりょく》で膨大《ぼうだい》な水を発生させて、巨大な龍の形にしていく。その水の龍を敵に放ち、リリスの悪魔と死神《グリム・リッパー》の群れを容易に飲み込んでいった。

アーシアさんにぴったりと付きそうレイヴェルさんとベンニーアさん。彼女たちのもとに害をなす存在がたどり着こうとしても——。

『アーシアたん、守る！』

アーシアさんの目の前に召喚《しょうかん》された五大龍王の一角である『黄金龍君《ギガンティス・ドラゴン》』ファーブニルが立ち塞《ふさ》がり、敵を絶対に寄せ付けない。

敵陣を吹き飛ばしながら進撃《しんげき》する僕たち前衛と、アーシアさんを死守しながら進む後衛という形で、対『地獄《じごく》の盟主連合』チームは神殿を目指す。

死神《グリム・リッパー》の持つ鎌《かま》は、直接攻撃《こうげき》よりも魂《たましい》にダメージを与《あた》えるもののため、直撃《ちょくげき》は避《さ》けたいところなのだが……まともに浴びる者はいまのところ出ていない。疲弊《ひへい》したときや連携のリズムが崩《くず》されるとどうなるかわからないが——。

——と、ふいにこの領域に雪が舞《ま》った。

その雪はしだいに勢いが増し、強烈な猛吹雪《ブリザード》を生み出していく！　ただし、このブリザードは僕たちには寒さをあまり感じさせず、敵の悪魔と死神《グリム・リッパー》だけを凍《こご》えさせていき、ついには氷漬《こおりづ》けにさせていった。

戦場のあちこちに氷像と化した悪魔と死神《グリム・リッパー》が増えていく――。

これを巻き起こしているのは、六つ目と四つの腕《うで》という異形の姿を持つ、身長三メートル程の氷の姫君《ひめぎみ》――独立具現型の神器《セイクリッド・ギア》を付き従えるラヴィニア・レーニさんだった。

ラヴィニア・レーニさんの傍《かたわ》らにいる氷の姫君は、猛吹雪と共に戦場のあらゆるところに無数に出現し、周囲に鋭《するど》く巨大な氷柱を幾重《いくえ》にも作り出していた。

ラヴィニア・レーニさんは吹雪《ふぶき》のなかで麗《うるわ》しい笑《え》みをたゆたえながら言う。

「これが私の――神滅具《ロンギヌス》『永遠の氷姫《アブソリュート・ディマイズ》』の禁手《バランス・ブレイカー》、『永遠に想う白銀世界《アツソルート・アルジエント・モンド》』なのです」

ラヴィニア・レーニさんの『永遠の氷姫《アブソリュート・ディマイズ》』は究《きわ》めれば、異常気象を起こし、小国を氷漬けにできるほどのものだと聞いたことがある。

そして、ラヴィニア・レーニさんの禁手《バランス・ブレイカー》は、この領域内限定で発現させたとはいえ、すでにこの広い地下の空間を猛吹雪と氷柱により、白銀の世界にしつつあった！

……凄《すさ》まじい勢いのブリザードだ！　僕たち味方には冷気と寒気をあまり感じさせず、

ただただ敵だけを凍《こお》らせていく。

敵と味方を区別して能力を解放できるラヴィニア・レーニさんは、この神滅具《ロンギヌス》を、この禁手《バランス・ブレイカー》を、完全に制御《せいぎょ》できているのだろう。

正直、この能力だけでも、敵の大多数に大打撃《だげき》を与えているようなものだ。時間が経てば経つだけ、相手は冷気に体をやられるだけだ。

『刃狗《スラッシュ・ドッグ》』チームのリーダーである幾瀬《いくせ》鳶雄《とびお》さんが、ラヴィニア・レーニさんを送り出した理由もわかるというものだ。

この神滅具《ロンギヌス》の能力は、転生天使の『切り札《ジョーカー》』たるデュリオさんの神滅具《ロンギヌス》『煌天雷獄《ゼニス・テンペスト》』やゲオルクの『絶霧《ディメンション・ロスト》』と同じように超広範囲《ちょうこうはんい》に効果を及《およ》ぼす。

京都で共に戦った『刃狗《スラッシュ・ドッグ》』チームも、この能力で敵の悪魔の大群を氷漬けにして一気に勝負がついたと聞いていた。

強烈な吹雪に苦しむ悪魔と死神《グリム・リッパー》の大軍のもとに、ダメ押しとばかりにイッセーくんとヴァーリの莫大なオーラ砲撃が打ち込まれていき、最強の魔物《まもの》たるフェンリルと古代ゴーレムのゴグマゴグも戦場を荒《あ》らしていく。

相手の戦線は崩壊《ほうかい》していった――。

「つ、強すぎる！」

「な、なんだ、こいつら、ここまで強いのかよ⁉」

《これほどの数をものともしないとは！》

《ば、化け物ばかりだっ！》

数万もいた敵の大軍は、チーム『D×D《ディーディー》』の圧倒《あっとう》的な攻撃力に悪魔《あくま》も死神《グリム・リッパー》も悲鳴をあげ、絶望的な表情となっていた。

僕たちが圧《お》している。この状況《じょうきょう》のまま、神殿《しんでん》まで進撃を――。

そう思慮《しりょ》しているときだった。

氷柱を次々と破壊《はかい》する何者かが、猛《もう》スピードでこちらに向かってきていた。この猛吹雪をものともしない者とは――。

赤銅色《しゃくどういろ》の髪《かみ》をした青年――人工超越《ちょうえつ》者のバルベリスであった。

信じられないほどの出量のオーラを身にまといながらの登場だった。

バルベリスが出てきたということは、彼の担当であった者が当たることになる。僕やサイラオーグさんといった対バルベリスの担当メンバーが、彼に戦意を向けた。

サイラオーグさんがイッセーくんとヴァーリに言う。

「兵藤一誠！　ヴァーリ・ルシファー！　作戦通り先に行け！　ここは俺たちがなんとかする！」

ヴァーリはうなずくが、イッセーくんはバルベリスに視線を送りながら、どこか迷っている様子だ。

しかし、イッセーくんは頭を振《ふ》り、神殿のある方向に顔を向けながら、こう告げる。

「サイラオーグさん。――バル……バルベリスのことを頼《たの》みます！」

「……ああ、問題ない。おまえが心配することは何ひとつない」

サイラオーグさんがそう言うと、イッセーくんはヴァーリと共に神殿のほうに高速で飛んでいく。それにフェンリルとゴグマゴグも付いていった。

対バルベリス作戦を開始することになった僕たち。

サイラオーグさんが敵の悪魔を吹っ飛ばしながら、僕に言う。

「あの男は不調かもしれない。だが、根の部分は何も変わっちゃいない。変わるわけがない」

僕も死神《グリム・リッパー》をグラムで斬り伏せながら答える。

「はい、もちろんです」

さあ、作戦はここからが正念場だ。

担当の場所で動く各員の戦果が、この戦いの大事なポイントとなる。

皆《みな》が無事に作戦を完遂《かんすい》することを僕は強く願った――。

偽《にせ》の二天龍《にてんりゅう》の相手をするために、無人と化したロンドンの空を高速で飛ぶドライグ、アルビオン、クロウ・クルワッハの三体。

ほどなくして、タワーブリッジの上空で五体は対峙《たいじ》する。

ドライグ、アルビオン、クロウ・クルワッハが並び、眼前の偽者《にせもの》のドライグとアルビオンがこちらを睨《にら》んでくる。

体に流れるオーラや波動から、ドライグとアルビオンに近いものを出しながらも、その内側に宿るものは邪龍《じゃりゅう》のそれだと完全に看破する。

しかも同じ邪龍だとしても、クロウ・クルワッハと違《ちが》い、「大罪の暴龍《クライム・フォース・ドラゴン》」グレンデルや「外法の死龍《アビス・レイジ・ドラゴン》」ニーズヘッグのような危険で凶暴《きょうぼう》なオーラを放っている。

頭のネジが外れている類の輩《やから》ということだろう、とドライグは経験上の感想を思慮する。

さて、偽者二体の相手は、それぞれ二天龍の本物で相対《あいたい》するとしたら、クロウ・クルワッハの相手はいなくなる？

そう思っていたが……それは杞憂《きゆう》だと知る。

——偽者の二天龍の背後から、邪悪《じゃあく》で強大なオーラが集まりだしたからだ。

そのオーラはしだいに形作り、具現化していく。

それは——首が三つあり、六枚の翼《つばさ》を持つ、強烈《きょうれつ》なオーラをまとう邪龍であった。

新たに現れた邪龍の姿に三体は覚えがあった。

アルビオンが言う。

『アジ・ダハーカか』

そう、新たに現れた三つ首の邪龍は——「魔源の禁龍《ディアボリズム・サウザンド・ドラゴン》」アジ・ダハーカそのものであった。

先の「邪龍戦役《せんえき》」の折、クリフォトの首領にして事件の首謀者《しゅぼうしゃ》たるリゼヴィム・リヴァン・ルシファーの持つ聖杯《せいはい》の力により、復活した邪龍の一角である。

アンラ・マンユにより、生み出された邪龍でもあり、クロウ・クルワッハ、アポプスに並び邪龍のなかでも筆頭格に数えられた凶悪《きょうあく》なドラゴンだ。

リゼヴィムが死亡したあとも、その計画を引き継《つ》ぎ、複数に分離《ぶんり》したトライヘキサと共に各神話勢力を相手に大暴れしてくれた。

だが、ヴァーリ・ルシファーとの死闘《しとう》によって、アジ・ダハーカは打倒《だとう》されたはずである。——となると、目の前にいるアジ・ダハーカは……。

クロウ・クルワッハが不機嫌《ふきげん》そうな表情となる。

「……アンラ・マンユめ。再びアジ・ダハーカのようなものを創りだしたということか」

クロウ・クルワッハが言うように再び現れた（二代目）アジ・ダハーカは、偽者の二天龍同様にアンラ・マンユが生み出したものなのだろう。

ヴァーリと共にアジ・ダハーカとの決戦に臨んだアルビオンも機嫌《きげん》を損ねていた。

『……我らの決闘《けっとう》を穢《けが》すつもりか、アンラ・マンユ』

ヴァーリ・ルシファーが討ち取った「魔源の禁龍《ディアボリズム・サウザンド・ドラゴン》」アジ・ダハーカはもういない。

眼前にいる邪龍は、アジ・ダハーカの姿をした別物と考えていいだろう。

現に偽者の二天龍も含《ふく》め、意思、感情のようなものが感じられず、ただの力の塊《かたまり》——アンラ・マンユの悪神としてのオーラがドラゴンの形をしただけのものとしか思えない。

ドライグは思う。

——これはドラゴンか？

否《いな》。絶対に否。このようなものがドラゴンであるはずがない。

我《われ》らの姿をしているのが許せない以前に、オーラをこめて形にしただけの存在をドラゴンと呼べようはずがない！

神クラスによって、創造された強力なドラゴンは数ある。北欧《ほくおう》の悪神ロキにより生み出された「終末の大龍《スリーピング・ドラゴン》」ミドガルズオルムしかり、先に討伐《とうばつ》されたアジ・ダハーカしかり。

彼らは、たとえ神クラスに生み出されようとも自分の意思を持ち、誇《ほこ》りを持った。

だが、目の前の三体は急場しのぎのために創られた、神のオーラの塊だ。

それをドラゴンと呼んでいいものか？

ドライグが言う。

『ま、どちらにしても、これ以上、俺の偽者が目立つと俺のいらない悪評が立つだけだ』

ドライグが——偽者のアルビオンに視線を送る。

アルビオンは偽者のドライグに戦意を向け、クロウ・クルワッハはアジ・ダハーカのほうを睨む。

それぞれで相手は決まったようだ——。

あちらも誰《だれ》が相手となるか戦意の向け方で理解したようだった。

各々《おのおの》がじっと睨み合い、しばしの静寂《せいじゃく》のあと——音も六体のドラゴンも、タワーブリッジ上空から消える。

次の瞬間《しゅんかん》、空中で激しいインパクト音と衝撃《しょうげき》が発生し、空気を震《ふる》わせ、橋がかかるテムズ川の水面《みなも》を波立たせた！

ドライグと偽アルビオンが、アルビオンと偽ドライグが、クロウ・クルワッハとアジ・ダハーカが、空中で何度も何度も衝突《しょうとつ》をしていたのだ。

オーラのこもった拳《こぶし》、蹴《け》り、頭突《ず》き、体当たり、ショルダータックル——。タワーブリッジ上空で始まったのは、ドラゴンのなかでも最上位——この世界でも最強クラスの者たちによる単純明快なぶつかり合いである。

ただそれだけで、大きな衝撃が発生し、テムズ川が波打ち、周囲の建物のガラス窓がすべて破壊される。

オーラや炎《ほのお》を吐《は》きたいところだが、ドライグはそれをできるだけ我慢《がまん》していた。一応、できるだけ街を壊《こわ》さないように言われているからだ。

だが、クロウ・クルワッハや敵の三体はその限りではないだろう。人間の思いをくみ取ってくれるのは、ドライグかアルビオンぐらいのものだ。

先に人間の切なる思いを打ち砕《くだ》いたのは——敵の偽ドライグだった。

腹部を大きく膨《ふく》らませて、一気に火炎《かえん》の球を吐いたのだ。

アルビオンは向かいくる強大な炎の球を睨むと、その勢いが半減となり、さらに半減となって、アルビオンのもとにたどり着く頃《ころ》には松明《たいまつ》の明かりほどのものとなっていた。

それをアルビオンはふーっと息を吐いて吹《ふ》き飛ばしてしまう。

白龍皇《はくりゅうこう》アルビオンの特性である『半減』であった。

炎の球を消された偽のドライグは、今度は何発も炎の攻撃《こうげき》を連続で口から吐いた。

アルビオンはそれらを『半減』の特性で勢いを殺していくが……何発か漏《も》れていき、タワーブリッジにぶつかって、大きな破壊を生んでしまう。

……ああ、どうやら、人間の願いは叶《かな》わなかったようだ。

――が、おかげで解禁されたようなものだな、とドライグは思う。

ドライグ自身も打ち合う偽者のアルビオンに向けて、腹部を大きく膨らませて、強烈な火炎を口から撃《う》ち放った。

偽のアルビオンがこの攻撃に対して、どう出るのか？　ドライグは興味があった。

何せ、先ほどから、奴《やつ》らは使ってこないのだ。

ドライグの火炎を偽のアルビオンは――同様に口から火炎を吐いて、相殺《そうさい》しようとしてきた。しかし、ドライグの火炎の勢いは偽者のアルビオンの吐くそれを凌駕《りょうが》しており、火炎対決を勝し、相手の体を炎に包み込んだ。

その姿を見て、ドライグはほぼほぼ確信する。

この偽者たちは――二天龍の特性を使えない。

ドライグの持つ『倍加』『譲渡《じょうと》』『透過《とうか》』、アルビオンの持つ『半減』『吸収』『反射』などの能力を扱《あつか》えないのだ。

こいつらは、ただ単純に力が強すぎるだけのドラゴンだ。アンラ・マンユは龍王《りゅうおう》以上の性能にしたようだが、天龍としては足りていない。

戦力増強と、「偽者の二天龍」というプロパガンダに使うために生み出したものの、急場しのぎすぎて、ドライグとアルビオンの力を再現できなかったのだろう。

ドライグは偽者のアルビオンに対して、『透過』の力を付与《ふよ》して蹴り飛ばす。

偽者のアルビオンは街のほうに落ちていくが、すぐに体勢を立て直して、こちらに飛び上がってくる。

その姿を見て、ドライグは思う。

急場しのぎでも、並の相手であるならば十分すぎる性能だ。もし、アンラ・マンユが研究を続けていけば、ドライグとアルビオンの特性をも再現できたかもしれない。

飛び上がってきた偽のアルビオンに対して、ドライグは『透過』を付与した拳を胸部にぶち込み、「ミシッ」という鈍《にぶ》い音と砕く感触《かんしょく》を得る。

偽のアルビオンは体の芯《しん》にまで響《ひび》く一撃《いちげき》を胸に打ち込まれ、苦悶《くもん》の息と血を吐いた。

――が、偽のアルビオンは臆《おく》することなく、ドライグに頭突きをかましてきた。

ドライグは正面から頭突きを食らい、口内が切れて、血が噴《ふ》き出るものの、そんな攻撃をものともせず、相手の首根っこをつかむ。もう片方の手で偽のアルビオンの喉元《のどもと》もつかみ、無理矢理に口を開かせた。

開いた口に向けて、ドライグは腹部で作った火炎を――流し込んでいく！

赤龍帝《せきりゅうてい》の火炎を口から直接流し込んでやったのである。

偽のアルビオンはたまらずに体中の穴という穴から赤龍帝の火炎を漏れ出させた。そして、体の内部をすべて焼かれたことにより、全身がくまなく燃え上がる。

火炎の勢いは眼下の建物群にまで及《およ》び、大規模な爆発《ばくはつ》を巻き起こす。

ドライグは偽のアルビオンの首根っこをつかみながら言った。

『オーラで作られたドラゴンなぞ、力があろうとこんなもんだ。何より、アルビオンの半分の強さもない』

そう言い捨てて、ドライグは手を放し、息絶えた偽のアルビオンを落下させた。

――圧勝であった。

アルビオンの姿をしているだけで、永年のライバルらしい技術、知恵《ちえ》はなんら感じさせず、こちらの戦い方をろくに知っているわけでもない。

見れば、アルビオンのほうも偽のドライグの火炎攻撃《こうげき》をすべて空中で避《よ》け、無数のオーラ砲撃《ほうげき》を放って反撃《はんげき》していた。

そのうちにアルビオンが膨大《ぼうだい》なオーラを口から放って、偽のドライグの土手っ腹に大穴を開けてしまった。

地上に落下していく偽のドライグ。

アルビオンは多少のダメージを受けながらも、ふんと鼻を鳴らすだけだ。

『ドライグの姿をしている強いドラゴン程度だな』

真の二天龍《にてんりゅう》が偽者《にせもの》を余裕《よゆう》で倒《たお》し、残るはクロウ・クルワッハだけとなったが――。

遠くでやり合っているオーラと波動を感じ取れる。ドライグとアルビオンはクロウ・クルワッハのもとに高速で飛んでいく。

オーラを感知してたどり着いたのは――ロンドンの大時計ことビッグベン上空であった。

（二代目）アジ・ダハーカが、ビッグベンにつかまり、そこで空を埋《う》め尽《つ》くすほどの無数の魔方陣《まほうじん》を展開して、炎、水、氷、風、雷《かみなり》といった属性魔法《まほう》を迫《せま》り来るクロウ・クルワッハに撃っていく。

魔方陣《まほうじん》の紋様《もんよう》はしだいに変わっていき、古代魔術《まじゅつ》文字や禁止されている言語などが浮《う》かんでいき、危険な色を発し始めた。すべての魔方陣が歪《ゆが》みだし、「バチッ」「バチッ」とスパークを走らせていた。

禁術を発生させる魔方陣と化したそこから発生したのは――呪詛《じゅそ》に塗《まみ》れる突風《とっぷう》、暗黒色の雷矢《らいや》、巨大《きょだい》なドクロを形作った紫色《むらさきいろ》の火炎、血の涙《なみだ》を流す呪《のろ》われた片翼《かたよく》の天使、見つめるだけで命を奪《うば》うだろう一つ目の牛頭《ごず》の魔物《まもの》等々……禁じられた魔法の数々が、クロウ・クルワッハに放たれた！

アルビオンが叫《さけ》ぶ。

『禁術か！　以前のアジ・ダハーカも使用していた。――だが』

アルビオンが目を細めるなか、クロウ・クルワッハは、無数に撃ち込まれてきた禁術の類を――火炎、オーラでなぎ払《はら》いつつ、直進するだけであった。

『ははっ！』

ドライグは思わずクロウ・クルワッハの行動に笑った。

これだけの禁術の数々を見ても、前にしても、伝説の邪龍は臆せずに真っ正面から突《つ》っ込んでいくではないか！

呪詛の突風で体を切り裂《さ》かれようと、暗黒色の雷矢を正面から拳で破壊《はかい》し、巨大なドクロの火炎も蹴りで粉砕《ふんさい》し、血の涙を流す呪われた片翼の天使も頭突きで消滅《しょうめつ》させて、一つ目の牛頭の魔物すら高速タックルで吹き飛ばしていく。

禁術を真っ正面から打ち破り、ついにビッグベンにつかまるアジ・ダハーカを捉《とら》える。

アジ・ダハーカは強力な防御型魔方陣《ぼうぎょ》を複数展開するが、それすらも──。

「なめるなッッ！」

勢いある蹴りで次々と勢いよく砕いていく！

クロウ・クルワッハの蹴りはすべての防御型魔方陣を打ち砕き、その勢いのままにアジ・ダハーカの真ん中の首を蹴り飛ばしてしまう！

アジ・ダハーカの真ん中の首が根元から吹っ飛んでいった。

その衝撃でビッグベンは──崩《くず》れ去り、崩落《ほうらく》していく。

アルビオンが言う。

『やはりな。あのアジ・ダハーカが撃ち出した禁術は、以前に戦ったアジ・ダハーカのものよりも大分精度と威力《いりょく》が下がる。あの程度では、クロウ・クルワッハに大したダメージを与《あた》えることはできないだろう』

アルビオンが言うようにクロウ・クルワッハの体は表面が禁術や呪いの影響《えいきょう》でドス黒くなっている箇所《かしょ》もあったが……それらはすぐに消えていく。

クロウ・クルワッハの耐性《たいせい》や耐久力《たいきゅう》を突破《とっぱ》できるほどの力はなかったのだ。

この時点で、前アジ・ダハーカよりも大分強さが劣《おと》ると判断できる。

真ん中の首をなくした二代目アジ・ダハーカだったが……なんとすぐに首の断面の肉が

盛り上がり、再生していくではないか。あまり時間をかけずに真ん中の首が元の形に再構築された。

どうやら、再生力だけは並以上にあるようだ。

クロウ・クルワッハが二代目アジ・ダハーカに拳を再び構えながら、ドライグとアルビオンに言う。

「どうやら、再生するのはこいつだけではないようだぞ？」

ドライグとアルビオンが背後から感じる気配に気づいて振《ふ》り返ると——そこには、倒したはずの偽の二天龍が追いかけてきていた。

傷は……再生しているようだ。見た目だけは元通りになっている。

その点は二代目アジ・ダハーカと同様だ。

ドライグとアルビオンが顔を見合わせて言った。

『あんな再生力、俺にはないぞ』

『私にもないぞ。だが、どうにも大本を倒さない限り、再生し続けるのかもしれんな』

つまり、これらを創造したアンラ・マンユを倒さない限り、何度でも復活するということだ。

これは……なかなかに厄介《やっかい》かもしれないとドライグは息を吐《は》く。

「燚焱《いつえき》の炎火《えんか》」を使ってやりたいところだが、この街中で使えば、その後が大変となる。

そうなると、あとはドライグとアルビオンの相棒の活躍《かつやく》に期待するしかない。

とはいえ――。

ドライグとアルビオンが構える。

『いい練習になりそうだな、白いの』

『ああ、赤いの。永年封印《ふういん》されてきた身としては、鈍《なま》った体のいいトレーニングになるというものだ』

真の二天龍は不敵に笑い、互《たが》いに生身で戦える喜びを共感しあった――。

兵藤一誠《ひょうどういっせい》とヴァーリ・ルシファーを信じて、徹底的《てってい》にやり合う――。

それが赤龍帝と白龍皇の新たな戦いへの想《おも》いである。

# Lion Heart.

ロンドンの地下に広がる『地獄《じごく》の盟主連合』の領域で戦う僕こと木場祐斗《きばゆうと》は、『永遠の氷姫《アブソリュート・ディマイズ》』の禁手《バランス・ブレイカー》によって氷の世界となったなかでサイラオーグさんと人工超越《ちょうえつ》者クラスとされるバルベリスの対峙《たいじ》を注視していた。

皆《みな》でバルベリスにかかるべきか否《いな》かというなかで、サイラオーグさんとバルベリスは互いに戦意を送り、二人だけの戦いの空気を醸《かも》し出していた。

サイラオーグさんが言う。

「木場祐斗、他の者も手を出すな。こいつのオーラ、意識は俺に焦点《しょうてん》を絞《しぼ》っている」

サイラオーグさんの言葉に僕はグラムで敵の悪魔《あくま》を数体ほど一気に斬《き》り伏《ふ》せながら言う。

「わかっています」

もし、バルベリスが邪《よこしま》なオーラを放ち、僕たち全員に敵意を向けていれば、たとえサイラオーグさんの意見でも全面肯定《こうてい》するわけにもいかなかったのだが……。バルベリスはバ力正直なまでにサイラオーグさんのみに意識とオーラを集中していたのである。

サイラオーグさんの『女王《クイーン》』たるクイーシャさんが、主《あるじ》に敵が近づかぬようサポートしながら言う。

「状況《じょうきょう》が変わるようなことがあれば、そのときは加勢させていただきます」

主の願いを聞き入れながらも、諫言《かんげん》を口にした。

サイラオーグさんはクイーシャさんの言葉にうなずく。

「わかっている。すまないな」

そう告げるサイラオーグさん。

バルベリスは濃密《のうみつ》なオーラをまといながらも、サイラオーグさんに言う。

「獅子王《ししおう》。ひとつ、頼《たの》みがある」

「なんだ？」

「ハーデスさまは助けることができないだろう。それだけのことをしたと、俺も思っている。ただ、ヴェリネは殺さないでくれ。一応、姉だ。それと――」

バルベリスは後方に待機していた位が高そうな死神《グリム・リッパー》のほうに振り返る。

その上級死神《グリム・リッパー》には覚えがあった。レーティングゲーム国際大会に参加していた冥府《めいふ》側の「ブラックサタン・オブ・ダークネス・ドラゴンキング」チームの『王《キング》』を務めていた者だった。名前はゼノ――。

バルベリスがゼノを気にしながら言った。

「あの死神《グリム・リッパー》……ゼノも見逃《みのが》してほしい」

《――ッッ!?》

バルベリスの言葉にゼノは驚《おどろ》く。

バルベリスはその理由を口にする。

「家族というものはよくわからないが、『乳龍帝《ちちりゅうてい》おっぱいドラゴン』のストーリーから得た情報から俺と彼らの関係を当てはめると、ヴェリネとゼノはおそらくそれだ」

それを聞いたゼノは――目玉も肉もない死神《グリム・リッパー》特有である髑髏《どくろ》の顔を震《ふる》わせる。

《お、おまえは……なんでこのようなときにそんなことを……っ!》

驚くゼノにバルベリスは続けてこう言った。

「京都まで付き合ってくれた。感謝している」

《こ、こんな土壇場《どたんば》で、おまえは……バカものが……っ!》

ゼノは――その場でくずおれてしまった。

親代わり……だったのだろう、ゼノという死神《グリム・リッパー》は。

そのバルベリスからの言葉はゼノにとっても予想外のように見受けられた。それゆえにこの状況になってしまったことを憂《うれ》うようにゼノは目玉のない眼孔《がんこう》から——涙を流していた。

バルベリスがサイラオーグさんに拳《こぶし》を構えながら、こう告げてきた。

「今日、死んだとしても、『おっぱいドラゴン』のことを知り、京都でフィギュアを買えたことは心の底から楽しかった」

サイラオーグさんも拳を構えながら伝える。

「ヴェリネのことは問題ない。リアスならば、悪くはしないだろう。その死神《グリム・リッパー》に関しても投降すれば、こちらから直接どうこうということはない。上の采配《さいはい》を待つことになるだろうが、悪くはさせん」

『サイラオーグさま、これ以上のご裁量はお父上や初代さまが……』

サイラオーグさんの鎧《よろい》の胸にある獅子のレリーフことレグルスが、主にそう言う。

サイラオーグさんはハッキリと言った。

「わかっている。このバルベリスを俺が捕《と》らえればいいだけのことだ」

拳に闘気《とうき》をたゆたえながら、サイラオーグさんはバルベリスに問う。

「戦う前に訊《き》いておこう。——俺と、どう戦いたい？」

「『おっぱいドラゴン』のように戦いたい。バアル戦の最後を繰《く》り返し、何度も見た」

その答えを聞き、サイラオーグさんは一瞬《いっしゅん》きょとんとした表情となるが、すぐに笑《え》みを浮《う》かべて言った。

「──良く言った。付き合ってやる！　レグルスッ！」

『ハッ！』

主の声に応じるレグルス。

次の瞬間《しゅんかん》──サイラオーグさんの全身が黄金色を帯びた紫色《むらさきいろ》の闘気を放つ！

サイラオーグさんは胸のレグルスと共に力ある呪文《じゅもん》を口にしていく。

「──此《こ》の身、此の魂魄《こんぱく》が幾《いく》千と千尋《せんじん》に堕《お》ちようとも！」

『我と我が王は、此の身、此の魂魄が尽《つ》きるまで幾万と王道を駆《か》け上がるッッ！』

獅子王の金色の鎧が、より攻撃《こうげき》的なフォルムに変化していく。

「唸《うな》れ！　誇《ほこ》れ！　屠《ほふ》れ！　そして、輝《かがや》けッ！」

『此の身が魔《ま》なる獣《けもの》であれどッ！』

「我が拳に宿れ、光輝《こうき》の王威《おうい》よッ！」

サイラオーグさんの周囲の銀世界は高まった闘気の余波で吹《ふ》き飛び、獅子王が立つ場所は衝撃《しょうげき》によって抉《えぐ》れていき、クレーターと化す。

地は裂《さ》けて、空気は大いに震え、この一帯が揺《ゆ》れ動くほどの衝撃が発生したっ！

サイラオーグさんと黄金の獅子は最後の一節を唱えた――。

「『覇獣《ブレイクダウン・ザ・ビースト》、解放《クライムオーバー》ァァァァァァァァァアアアアッッ！』」

絶大な闘気が弾《はじ》ける！

――そこに現れたのは、莫大《ばくだい》な闘気を放ちつつ、紫金《しきん》の鎧をまとった獅子王サイラオーグ・バアルであった！

魔王《まおう》クラスに匹敵《ひってき》する――否《いな》、それ以上とも称《しょう》されるサイラオーグさんの形態。

――獅子王の紫金剛皮・覇獣式《レグルス・レイ・レザー・レックス・インペリアル・パーピュア》！

極大な闘気を拳に集めながら、サイラオーグさんが高速で前に駆け出す！

「殴《なぐ》ってこいッ！　兵藤一誠《ひょうどういっせい》のようになッ！」

言われたバルベリスは――あのときの、グレモリーチーム対バアルチームのレーティングゲーム時、最後の戦いであるイッセーくん対サイラオーグさんの一戦のときのイッセーくんのような駆けだしをしていく！

そう、正面から、真っ正面から、ただ真っ直《す》ぐに、ただただ直進していったのだ！

サイラオーグさんの拳と、バルベリスの拳が、互いの顔面に打ち放たれる！

バァァァァァァァアアアアンッッ！

その一撃《いちげき》はこの一帯に響《ひび》くほどの快音と衝撃を巻き起こす！

互いに一撃の衝撃で体を仰《の》け反らせながらも、鼻血を噴《ふ》き出させながらも、サイラオーグさんとバルベリスは正面から拳を、拳を、ただ拳を打ち放っていった！

この形態のサイラオーグさんの拳——打撃力《だげきりょく》は確実に魔王クラスをも超《こ》えるといわれる驚異的《きょういてき》なものだ。

それをまともに食らいながらも拳のラッシュに付き合うバルベリスは、やはり類い希《まれ》なる才能と耐久力《たいきゅう》を持ち合わせる天才だろう。

バルベリスはそのあまりある才能を、莫大なオーラを拳に乗せてサイラオーグさんに殴りかかる。

サイラオーグさんも超越者クラスの才能があるとされるバルベリスのパンチを正面から何十発も食らい続け、すでに兜《かぶと》は砕《くだ》け、顔中が血だらけとなっていた。

それでもサイラオーグさんは倒《たお》れない。倒れるはずがない。

——イッセーくんとの戦いみたいなものをしたい、と願われた以上、自分の誇りとしても、イッセーくんの誇りも乗せて、あの戦いで得たものも乗せて、すぐに倒れるわけにはいかないと思っているだろう。

バルベリスも正面からサイラオーグさんのパンチを食らい続け、顔面が血だらけになっていた。鼻は折れて、目も腫《は》れてきている。

単純な戦いだ。雑な戦いとも言える。ただのパンチの応酬《おうしゅう》なのだから。

しかし、それだけの戦いが、この場にいる味方を惹《ひ》きつけてやまない。敵すら、一旦《いったん》手をとめて、「何をしている？」と訝《いぶか》しげにしつつも、その迫力《はくりょく》ある殴り合いに注目してしまうほどだった。

サイラオーグさんがバルベリスの顔にパンチを入れながら言う。

「阿修羅《あしゅら》神族の王子を打ち倒したときのおまえと比べるとッ！　遥《はる》かに劣《おと》る戦い方だッ！　本能と才能に任せた暴力のような戦い、それだけでおまえは神々を圧倒《あっとう》してみせた！　それに比べると、いまのおまえは弱い！　だがなッ！」

バルベリスの拳がサイラオーグさんの顔面に入り、たまらずによろける。――が、すぐに体勢を立て直し、アッパーカットをバルベリスの顎《あご》にぶち込んでいく。

脳天を突《つ》き抜《ぬ》けるほどの衝撃にバルベリスは一瞬意識が飛ぶかのようだったが、彼も体勢を立て直して――。

「がああああああああああああああああああああああああああああああああああああああああああああああああッッ！」

叫声《きょうせい》を張り上げて、強大なオーラがこもったパンチをサイラオーグさんの腹部に突き刺《さ》していった！　紫金の鎧も砕けていく！

サイラオーグさんは「がはっ！」と息と共に吐血《とけつ》するが、一切怯《いっさいひる》まずに足を踏《ふ》みしめ、横殴《よこなぐ》りのパンチをバルベリスに放った！

「一発一発が、生き生きした気の通った拳だ。俺の好きな拳だ。兵藤一誠のようだ！」

――兵藤一誠のようだ！

その一言を聞いた瞬間だった――。

バルベリスの目から、ぶわっと涙《なみだ》があふれ出る。

バルベリスが拳を放ちながら叫《さけ》ぶ。

「俺はッ！　戦い以外ッ！　『おっぱいドラゴン』しか知らないッ！　戦う力以外ッ！『おっぱいドラゴン』がすべてだったッ！　生まれてから『おっぱいドラゴン』しかなかったッ！」

サイラオーグさんとバルベリスが互《たが》いに頭突《ずつ》きをかます！

ゴズンッ！

鈍《にぶ》い音が一帯に響くなか、バルベリスが額から血を流しながら問う。

「――俺も、『おっぱいドラゴン』みたいになれるだろうか？」

サイラオーグさんは笑みを浮かべながら言う。

「何を言う。なれているではないか。おまえはいま、ヴェリネとゼノのために戦っているのだろう？」

そう告げられたバルベリスはうれしそうな笑みを、子供のような笑みを浮かべた――。

サイラオーグさんが言うようにバルベリスのいまのバトルスタイルは、レーティングゲーム国際大会の予選で戦った阿修羅神族チーム時に見せたものと比べると、相当に劣るものだ。

何せ、いまのスタイルは無理矢理にイッセーくんのような、特撮《とくさつ》番組「乳龍帝おっぱいドラゴン」のバトルのような戦いになっているのだから。

本能と才能のみで戦ったものに比べたら、まだ慣れていない戦い方だ。そのような生半可のスタイルで強者と戦おうとしても、サイラオーグさんや王者《チャンピオン》ディハウザー・ベリアルさんに通じるものではない。

たとえ、類い希な才能であろうとも、本物の強者に中途半端《ちゅうとはんぱ》な戦い方は通らない。

何より、体の芯《しん》に届いて響くサイラオーグさんのパンチを食らい続けるのは、誰《だれ》であろうとも――。

その後も殴り合う両者。バルベリスはヒューヒューという辛《つら》そうな息を漏《も》らす。

サイラオーグさんとの打ち合い合戦は、スタミナ管理に経験がないであろうバルベリスにとって、生まれて初めて味わう苦しさだろう。

息つく暇《ひま》もないラッシュは、培《つちか》った体力と、戦いの経験があってこそ、はじめて自分のリズムという感覚を得る。

バルベリスは顔中に脂汗《あぶらあせ》を浮かべ、体を震《ふる》わせていた。

とはいえ、サイラオーグさんも鎧の至るところが砕け、顔、全身と生身の部分も腫れ上がっていた。これ以上打ち合えばサイラオーグさん自身も危《あや》ういだろう。それだけの攻撃力を、バルベリスが才能だけで持ち合わせているということだ。

もし、バルベリスが固有の特性を発現していたら……このような状況《じょうきょう》にはならなかったのだろう。

けど、この戦いはすでに──。

サイラオーグさんが右の拳を引き、力を込める。

極大《きょくだい》のオーラが拳に集まり、必殺の一撃を生まんとする！

バルベリスは逃《に》げ出すこともせず、苦しげにしながらも震える足を踏みしめ、もう一度、サイラオーグさんに向かって、パンチを放とうと──。

サイラオーグさんが全身から闘気を放ちつつ叫んだ。

「そのスタイルでも極めれば、俺を超《こ》えるだろうッ！　だがッ！」

獅子王《ししおう》の拳が──向かい来るバルベリスの拳を砕き、そのまま顔面に食い込んでいく！

「いまは負けてやれんッ！」

サイラオーグさんの絶大なる一撃が、バルベリスの体を吹っ飛ばしていった――。

その一発が決め手となり、吹っ飛ばされたバルベリスは地面に仰向《あおむ》けのまま、起き上がることがなかった――。


戦いが終わり、サイラオーグさんと僕が、倒れるバルベリスのもとに歩み寄る。

その倒れるバルベリスに覆《おお》い被《かぶ》さるようにする――上級死神《グリム・リッパー》のゼノ。

その姿は、我が子を必死に守るかのようだった。

ゼノが懇願《こんがん》する。

《ま、待ってくれ！　拘束《こうそく》するだけにしてくれっ！　この子は、グレシルやソネイロンのように悪意だけではないっ！》

サイラオーグさんは、鎧《よろい》を解除したあと、足を引きずりながらもバルベリスのもとに寄っていく。

手元から小型魔方陣《まほうじん》を展開させ、そこからとある物を出現させた。

――『おっぱいドラゴン』、イッセーくんの鎧姿のフィギュアだった。

顔中血だらけかつ腫れ上がった状態のサイラオーグさんは、バルベリスの横に座り、こう言う。

「──『バルくん』。兵藤一誠に手紙を送っていたのはおまえだろう？　何度も送られてきた手紙は、あの男の活力のひとつになっていた」

そう語りかける。

──バルくん。

それはイッセーくんのもとに送られ続けていた死神《グリム・リッパー》の子供バルくんのことだ。

その正体は──バルベリス。

つたない悪魔《あくま》文字で一生懸命《いっしょうけんめい》、テレビ番組と大会の試合での感想や、思っていること、感じていることをすべて伝えてきてくれた。

イッセーくんは敵対している冥府《めいふ》でも、自分を応援《おうえん》してくれる子がいると、日々の励《はげ》みのひとつとして大事に受け止めていた。

そして、先日の京都でのバルベリスの行動などから、イッセーくんや僕たちはバルくんの正体を理解してしまった。

だからこそ、イッセーくんはバルベリスのことを気にかけていたのだ。

サイラオーグさんは、フィギュアを倒れるバルベリスの胸元に置く。

「──フィギュアだ。これを渡《わた》しに来た。おまえは、この人形を持っていいんだ」

バルベリスは震える手でそれを取り、目の前に持ってくる。

彼の目にこみ上げてくるものが溜《た》まっていった。

そして──。

「…………うぅ、うっうぅぅぅうっ」

フィギュアを抱《だ》きしめながら、子供のように大粒《おおつぶ》の涙を流した。

彼が、先日妖怪《ようかい》の村で（ハーデス神が作りだした）悪魔の襲撃《しゅうげき》を防いだとき、自分の大事なフィギュアを妖怪の子供にあげたのは報告で皆《みな》が知っている。

サイラオーグさんは、あのとき彼が手にすることが叶《かな》わなかったものを今回の作戦前に用意していたようだった。

このヒトは、本当にどこまでも──。

サイラオーグさんは振《ふ》り返らず、ゼノに言う。

「安心しろ。悪いようにはしない。大王バアル家の名にかけて。そして、俺の誇《ほこ》りにかけて──」

《……すまない。……すまないっ》

目玉のない眼孔《がんこう》から涙を流しながら、ゼノはひたすらにそう感謝の声を出していた──。

Woman's Decisive Battle.

神滅具《ロンギヌス》「深潭の蓋世王冠《アルフェッカ・タイラント》」所有者――メレディス・オールディントン捕縛《ほばく》チームは、作戦開始してすぐに拠点《きょてん》から移動し、メレディスがいるとされるイギリス政財界の重鎮《じゅうちん》の屋敷《やしき》に向かう。

リアスたちメレディス・オールディントン捕縛チームは、屋敷近くの建物内に隠《かく》れつつ、敵周辺と目標の位置を確認するため、エルメンヒルデが偵察《ていさつ》用のコウモリを空に放つ。

ギャスパーも偵察用のコウモリを放てるのだが……彼は神器《セイクリッド・ギア》所有者であるため、偵察させた分身のコウモリからメレディスに聖なる釘《くぎ》を打ち込まれて洗脳されてしまう危険性もある。そのため、エルメンヒルデに偵察を一任させた。

身を隠している建物の一室の中央で瞑目《めいもく》して、コウモリからの情報を探っているエルメンヒルデは眉根《まゆね》を寄せていた。

リアスがそれに気づき、彼女に問う。

「エルメンヒルデ、どうかしたの？」

エルメンヒルデが目を開けて報告してくる。

「偵察用のコウモリが消されましたが……相手の位置は大体把握《はあく》できました。できたのですが……例の人工悪魔であるヴェリネが屋敷の屋根にいます」

それを聞いたリアスたちは、すぐに身を隠している建物から、そちらのほうに双眼鏡《そうがんきょう》や魔力《まりょく》などで屋敷のほうを見た。

……エルメンヒルデが言うようにヴェリネが大胆不敵《だいたんふてき》に屋敷の屋根で腕《うで》を組んで、誰かを待っている様子だった。

誰かを待っている……そんなことはすぐにこちらもわかる。

こちらの出方を窺《うかが》う……というよりも、誰が自分の相手をしてくれるのか？　という剛《ごう》胆《たん》な態度である。

イリナが言う。

「ゼノヴィアみたいね」

「失敬な。だが、嫌《きら》いじゃないぞ、ああいうのは」

ゼノヴィアがそう口にしていた。

そう、わかりやすくていい。だが、彼女自身がああいう態度に出つつも罠《わな》を張っているか、それともメレディスとの共同作戦での罠か、あるいはヴェリネの思いとは裏腹にメレディスが罠を張っているか。

ロスヴァイセがリアスの思慮《しりょ》していることを代弁するように言う。

「ヴェリネは真っ正面から私たちと戦うタイプの悪魔だと思います。試合の映像を見る限りの感想ですけど。ですが、彼女の真っ正直な思いとは別に裏でメレディスが何かを企《くわだ》てている可能性も高いでしょうね」

ロスヴァイセが言うように大会での試合映像から、ヴェリネは邪《よこしま》な戦術や戦い方はせず、自分の才能と本能に任せた正直な戦い方をするタイプであった。

才能によるゴリ押しだけで強者をくだすほどの実力があるからこその戦い方だ。

ゆえにこの状況下で自分の相手になる者を待っているのだろう、とリアスは判断していた。

彼女自身は、こちらが前に出ていけば戦いに応じるだろう。そこで対ヴェリネチームで臨めばいい。

問題はメレディスと、彼女の能力で操られている神器《セイクリッド・ギア》所有者たちだ。

ルフェイが言う。

「……この屋根にいるヴェリネさん自体がメレディスに操られている神器《セイクリッド・ギア》所有者の幻術《げんじゅつ》という線もありますね」

確かにその可能性もある。

そのため、メレディスと神器《セイクリッド・ギア》所有者たちの位置が重要となる。

リアスがあらためてエルメンヒルデに問う。

「メレディスたち神器《セイクリッド・ギア》所有者の位置は？」

室内の床《ゆか》に広げた屋敷内の図面を皆で囲む。エルメンヒルデがペンで丸印をひとつ、ふたつ、三つと次々につけていく。

屋敷は地上二階地下一階となっている。全体的に広く、部屋数も多い。とはいえ、例の大規模な転移でメレディスと神器《セイクリッド・ギア》所有者とヴェリネなどの敵以外の人間たちはすべて疑似《ぎじ》ロンドンにジャンプしているはずである。

そのなかで、図面に目標となるターゲットたちの丸をつけていったエルメンヒルデが口を開く。

「……これらのすべてがメレディス・オールディントンの姿をしていました。おそらく、幻術系の神器《セイクリッド・ギア》の能力だとは思いますが……コウモリの目を通して見る限りでは真偽《しんぎ》を見極《みきわ》めきれませんでした」

──丸がつけられた目標すべてがメレディスの姿をしている。

……幻術で神器《セイクリッド・ギア》所有者たちを全員メレディスの姿にさせたということだろう。

こちらの索敵《さくてき》を見越《みこ》した上でのあちらの作戦といえる。

時間が限られている以上、何度も調査をしている暇《ひま》はない。

リアスが皆に言う。

「まず、ヴェリネのみを他のターゲットから離《はな》すわ。朱乃《あけの》、ギャスパー、ゼノヴィア、イリナは私と一緒《いっしょ》にヴェリネに予定通り対応。ルフェイ、アーサー兄妹《きょうだい》と小猫《こねこ》、黒歌《くろか》姉妹《しまい》、エルメンヒルデはメレディス及《およ》び神器《セイクリッド・ギア》所有者たちをお願いね。ロスヴァイセは、私とヴェリネが対峙《たいじ》したら、隙《すき》を見てすぐにアレを頼《たの》むわ」

『了解《りょうかい》』

リアスの言葉に全員が了承《りょうしょう》した。

リアスは今回の作戦で、自分が担当しているこの任務こそが勝利をもぎ取る際の最重要事項《じこう》だと理解している。

何せ、大本であるハーデスとアンラ・マンユを倒《たお》すにはイッセーとヴァーリの力が重要であり、そのイッセーの不調を正すにはメレディスという原因を捕縛しなければならないためだ。

そのため、何よりも時間が優先される。解決は早ければ早いほどいい。不調のイッセーたちが追い込まれてからでは遅《おそ》いからだ。

だが、油断と見誤りは禁物だ。特に相手はこちらの戦力（複数の強力な神器《セイクリッド・ギア》所有者）にメタを張ったような能力者なのだから。

仲間を信じ、イッセーを信じ、自分の力を信じる――と、リアスは心のなかで強く想《おも》う。

「行くわよ」

リアスの声と共に行動が開始された。

こうして、「深潭の蓋世王冠《アルフェッカ・タイラント》」攻略《こうりゃく》戦が始まる――。

敵の拠点である屋敷の上空から飛来していったのは、リアス、朱乃、ギャスパー、ゼノヴィア、イリナというメンバー。

このリアスたちの行動と同時にメレディス捕縛チームも屋敷に侵入《しんにゅう》することになっている。

屋敷の屋根でこちらの出方を窺っていたヴェリネがリアスたちの登場を認識しながらも、屋内に侵入する者たちの存在にも気づいたようだった。

ヴェリネがリアスのほうに視線を送りながら言う。

「二手に分かれたというわけね」

リアスは微笑《ほほえ》む。

「ごきげんよう、ヴェリネ」

「私の相手は『スイッチ姫《ひめ》』とご一行さまなのね」

「不服？」

リアスがそう問うと、ヴェリネは首を横に振る。

「いいえ。あなた、強いみたいだし。問題ないわ。まあ、本音を言えば本調子の『おっぱいドラゴン』と戦いたかったんだけれどね」

「本気のイッセーと？　おそらく勝てないわよ」

リアスの言葉にヴェリネはイタズラな笑《え》みを浮《う》かべる。

「女だからでしょ？　でも、戦いたかった。いえ、むしろ、という感じかしら」

ヴェリネはグレシルやソネイロンほどではないが、戦闘狂《バトルマニア》の気質はあるようだ。ただ、先の二名と比べたら邪悪《じゃあく》さは感じられず、無邪気《むじゃき》なオーラをまとっている。

ほどなくして、屋敷内から戦闘《せんとう》をする音が聞こえてくる。中でも本格的な衝突《しょうとつ》が始まったようだ。

ヴェリネが言う。

「私、あのメレディスって娘《こ》を守るように言われているから、あなたたちを無視するというのもひとつの手なのよね」

その可能性も考慮《こうりょ》している。

ルフェイたちがメレディスを捕縛するまで、ヴェリネには屋外にいてもらわなくてはならない。

リアスが叫《さけ》んだ。

「ロスヴァイセ！」

その名を呼ぶと——屋敷前にある道路で待機していたロスヴァイセが姿を現して、屋敷に向けて魔《ま》法《ほう》の術式を展開させる。むろん、ミスティルティンの杖《つえ》を持って、魔法力を底上げする。

展開する術式は——結界術だ！

しかも、ロスヴァイセの近くにはイッセーが事前に放った「白龍皇の妖精達《ディバイディング・ワイバーン・フェアリー》」の飛龍《ワイバーン》が二体飛んでいた！

その飛龍《ワイバーン》たちが力を解放する！

『Boost《ブースト》!!』

『Boost《ブースト》!!』

『『Transfer《トランスファー》!!』』

赤龍帝《せきりゅうてい》の力である『倍加』と『譲渡《じょうと》』を行い、ロスヴァイセの結界の精度と堅牢《けんろう》さを倍増させたのである！

それによって、誕生したのが――屋敷《やしき》を強固なまでに囲う隔離《かくり》結界であった！

イッセーの飛龍《ワイバーン》は、リアスとゼノヴィアの鎧《よろい》にはできない。それならば、他の使い道をするだけのこと。

メレディス捕縛《ほばく》作戦で、もっとも憂慮《ゆうりょ》しなければならないのは、

・「作戦中にヴェリネがメレディスを助けに行く」

・「メレディスが屋敷の外に罠を張っており、ヴェリネと戦うギャスパーを聖釘で洗脳する」

・「メレディスが転移魔法で屋敷から逃亡《とうぼう》する」

この三点である。

この三つの心配を解消するためには両者を完全に離しつつ、メレディスを屋敷に留《とど》めないといけない。だが、ただの結界で屋敷を覆《おお》ったぐらいでは、たとえロスヴァイセの魔法でも、人工超越《ちょうえつ》者たるヴェリネは突破《とっぱ》してくるかもしれない。

あるいは神滅具《ロンギヌス》――聖遺物《レリック》の聖なる釘で結界に穴を開けてくるかもしれない。

どちらかでも許してしまえば、作戦の難易度は飛躍《ひやく》的に上昇し、時間内での解決は困難

極《きわ》まりなくなる。

これらの心配を解消するためにイッセーの飛龍《ワイバーン》でロスヴァイセの結界術を底上げしたのであった。イッセーの不調を見るテストでも、この飛龍《ワイバーン》での『倍加』と『譲渡』は女性でも受けられたのだ。

結果――。

「結界⁉　中のメレディスと完全に離すつもりね！」

ヴェリネが莫大《ばくだい》なオーラを手に高めて結界のほうに放った。――が、結界はヴェリネのオーラ砲撃《ほうげき》でまったく揺《ゆ》るがない。

ならばとヴェリネは結界を張ったロスヴァイセに視線を送るが……リアスが告げる。

「無駄《むだ》よ。ロスヴァイセを倒しても、一時間は結界が消えないようにしているの。つまり、すぐにはメレディスのもとに駆《か》けつけることはできないわ」

ここで初めて、ヴェリネは焦《あせ》った表情を浮かべる。結界が張られようと、壊《こわ》せると思っていたのだろう。底上げされた結界はちょっとやそっとでは壊れない。

ヴェリネは――生まれてから力が強すぎて、誰《だれ》かと協力するという思考と経験がないに等しいとリアスは踏《ふ》んでいた。

それは先に京都で戦ったグレシルとソネイロンも同じである。試合の映像でもヴェリネは単独プレイが多かった。

ゆえにこちらのチームプレイというものを軽視しているところもあるだろうと。

グレシルとソネイロンと戦った幾瀬《いくせ》鳶雄《とびお》と曹操《そうそう》から、戦闘後の感想を聞いたのである。

——彼らは、誰かと協力するということに疎《うと》いように思える。だから、ハーデスの言うことも聞かずにエレボスに付き合い、個の強さを求める行動に出たのだろう。

と、彼らは語っていた。

こちらや他のチームの大会での映像を見ていたかもしれないが、おそらく、彼らは選手個人の強さにばかり注目し、チーム全体の強さ、連携《れんけい》までは重要視していなかったのではないか？

皮肉なものね、とリアスは述懐《じゅつかい》する。

レーティングゲームは、個々のスキルも大事だが、チーム全体の強さと連携も重要であり、それが学べる競技だ。

彼らは大会に参加しながらも——個の強さにのみ、注視、注力してしまったのである。

ヴェリネは強い。リアスよりも才能があるだろう。

しかし、作戦を遂行《すいこう》するのが重要。そのため、リアスはヴェリネの性質を考慮した上で、この隔絶《かくぜつ》作戦を考案した。

そして、リアスとギャスパーが空中で並び、力のある呪文《じゅもん》を唱え出した。

「闇《やみ》よ、常闇《とこやみ》よ、この滅《ほろ》びの悪魔《あくま》に応えたまえ」

《滅びの姫よ、消滅《しょうめつ》の象徴《しょうちょう》よ、この魔神《まじん》の闇を使いたまえ》

リアスの影《かげ》からギャスパーの闇が生じて、リアスの体に張り付いていく。徐々《じょじょ》に影が、闇が、体全体に伝わっていった。

「我が邪眼《じゃがん》よ、邪視《じゃし》の弟よ、この滅殺《めっさつ》の我が身に集《つど》え」

《我が主《あるじ》よ、滅びの姉君よ、この禁じられた夜と真の闇を纏《まと》いたまえ》

リアスが闇に覆われていき、形態を変えていく。

リアスとギャスパーは、最後の一節を同時に唱えた。

「《眼前の敵に、絶対なる滅びを与《あた》えんがためにッッ！》」

そこに浮かぶのは——滅びの深紅《しんく》のオーラをまとった闇の悪魔である。

——「禁夜と真闇の滅殺獣姫《フオービドゥン・インヴェイド・バロール・ザ・プリンセス》」。

莫大なオーラを放つリアスは、ヴェリネに告げる。

『さあ、やりましょうか、ヴェリネ』

リアスは仲間と共に戦う——。

そう、いつも通りだ。グレモリー眷属《けんぞく》は、いつだって仲間が協力しあい、最後にイッセーが決めてきたのだから――。

―○●○―


屋敷の中に侵入したメレディス・オールディントン捕縛チームは、ルフェイを中心に建物の中を進んでいく。

幻術《げんじゅつ》でメレディスに化けているであろう神器《セイクリッド・ギア》所有者たちをオフェンス担当のアーサー、黒歌、小猫が対応する。

「死ね、悪魔め！」

「くらぇぇっ！」

メレディスに洗脳された神器《セイクリッド・ギア》所有者たちは、武器あるいは異能でオフェンス側に攻《こう》撃《げき》してくるものの――卓越《たくえつ》した剣技《けんぎ》を持つアーサーを止められる者などなく、

「――この程度では、私を倒《たお》せませんよ」

軽くあしらわれてしまう。

倒れた神器《セイクリッド・ギア》所有者は幻術が解けて元の姿を見せる。

黒歌、小猫姉妹《しまい》も仙術《せんじゅつ》で高めた体術にて、神器《セイクリッド・ギア》所有者たちを気絶させていく。

黒歌も八百年以上生きる猫妖怪《ねこようかい》の長老である参曲《まがり》のもとで修行したためか、仙術を用いた体術が上達していた。

黒歌が猫《ねこ》パンチや妖術《ようじゅつ》を放ちながら言った。

「うーん、大した奴《やつ》らじゃないかもね」

小猫が仙術のこもった拳打《けんだ》を神器《セイクリッド・ギア》所有者に浴びせながら言う。

「……姉さまは、あのチームで強いヒトたちと戦いすぎてるせいで、感覚が麻痺《まひ》していると思います」

これに黒歌がカラカラと笑いつつ、相手を蹴《け》り飛ばしてから言った。

「そういう白音《しろね》も地獄《じごく》みたいな戦いを経験しているせいか、軽く吹《ふ》き飛ばしているじゃないの」

塔城《とうじょう》姉妹の戦闘力は、死線を何度もくぐり抜《ぬ》けてきたせいか、並の相手ではものの数にしなかった。

ルフェイも兄にフォローされながらも属性魔法で襲《おそ》い来る神器《セイクリッド・ギア》所有者を打ち倒していく。

アーサーが妹の魔法を見て、あらためて言う。

「あなたも強くなりましたね」

ルフェイが微笑《ほほえ》む。

「ありがとうございます。けど、お兄さまに比べたらまだまだです」

そのようなやり取りをしたあと、一階を制圧し終えるルフェイたち。

エルメンヒルデがコウモリを屋敷内に飛ばして再度ターゲットの捜索《そうさく》をする。残る階は、二階と地下一階だ。どちらにメレディスがいそうか把握《はあく》する。

エルメンヒルデが言う。

「……どちらにも幻術のメレディス・オールディントンがいますね」

これを聞いた塔城姉妹は一歩前に出る。

黒歌が肩《かた》を回しながら不敵に言う。

「それなら、仙術の出番にゃん」

小猫も続く。

「……はい。姿を幻《まぼろし》で変えようとも、体内に流れる気はそう簡単に変えられるわけではありませんからね」

黒歌と小猫は手を繋《つな》ぎ、目を閉じて精神を集中させる。

二人の全身が白い発光現象――闘気《とうき》をたゆたえていく。

この屋敷に漂《ただよ》う気の流れを察知しはじめたのだ。

黒歌と小猫は同時に上を向いた。

「二階にゃん。聖なるオーラっていうか、ヴァレリーちゃんや曹操、リントちゃんの力に似た気を感じたもの」

「はい、上にいます。同時にメレディスの気がわかりました」

聖杯《せいはい》を持つヴァレリー・ツェペシュ、聖槍《せいそう》の曹操と聖十字架《せいじゅうじか》のリント・セルゼンの力に似た気──つまり、神器《セイクリッド・ギア》の聖遺物《レリック》を身に宿した者の気ということだろう。

皆《みな》はうなずき、二階に続く階段へと走り出す。

二階に上がるなり、

「来たな、悪魔め！」

「我《われ》らが女王のもとには行かせないぞ！」

メレディスの格好をした神器《セイクリッド・ギア》所有者たちが襲いかかってくる。

それらもアーサーたちオフェンスがなぎ倒していく。

そして、ルフェイたちは二階の奥の部屋にたどり着いた。

中に入ると──メレディスの格好をした三人の神器《セイクリッド・ギア》所有者たちと、椅子《いす》に座るメレディス・オールディントンの姿があった。

椅子に座るメレディスは、王冠《おうかん》を指でくるくると遊ぶように回していた。

その王冠は神器《セイクリッド・ギア》のものだ。聖釘で構成されたというもの。

メレディスは深い息を吐《は》きながら、ルフェイに言う。

「こうして、面と向かって話すのは久しぶりね。ルフェイ」

ルフェイが一歩前に出て、杖《つえ》をメレディスに向ける。

「そうね、メレディス。お願いだから、こんなことは止《や》めて」

その言葉にメレディスは苦笑する。

「すごい自信。当然か。あなた、強者揃《ぞろ》いとしては世界でも有数のチームに属しているのだものね。ヴァーリ・ルシファーのチームしかり、『D×D《ディーディー》』しかり。やっぱり、家柄《いえがら》だから、そういうのに選ばれたの？　それとも代々培《つちか》われたペンドラゴンの才能があったから？」

「……そういう言い方、好きじゃないって前にも言ったよね？」

「……けど、皮肉よね。私、家柄だけじゃなくて、才能もあなたより上だったのよね。ううん、あなただけじゃない。私、『黄金の夜明け団《ゴールデン・ドーン》』の誰よりも才能と家柄が上だったの」

ルフェイがハッキリ告げる。

「家柄と才能に恵《めぐ》まれたとしても、こんなことをしていたら、何も得られない。恨《うら》みと辛《つら》みが重なるだけ」

そうルフェイが言うと、メレディスは途端《とたん》に激高する。

「いい子ちゃんの理論を私に当てはめないでッッ！　私はッ！　王家の血が流れていても、王家の一員になれなかった！　王族よ!?　この世界でも有数の選ばれた人間！　なんで私だけ、こんな目に遭《あ》っているのよ！　他の……腹違《はらちが》いの子たちは生まれながらの王族！」

メレディスの全身にどす黒いオーラがにじみ出す。

……神のオーラを感じる。これが、彼女に取り憑《つ》いているというアカ・マナフ神だろう。

その神の力で、彼女は善悪を狂《くる》わせられている。

メレディスは立ち上がり、王冠を頭に乗せて、手元に聖なる釘《くぎ》を出現させながら、神器《セイクリッド・ギア》所有者たちに命じる。

「一人でも多く殺してッ！　一秒でも長く『D×D《ディーデイー》』の、この国の邪魔《じゃま》をするのッ！」

三人の神器《セイクリッド・ギア》所有者たちは、雷《かみなり》でできた槍《やり》、氷でできた盾《たて》、炎《ほのお》で構成された虎《とら》にて、こちらに向かって攻撃を仕掛《しか》けてくる。

小猫が体勢を低くしながら前方に飛び込み、敵の一人の腹部にパンチを入れて気絶させる。黒歌も魔力《まりょく》と妖術のミックス攻撃でまた一人を打倒《だとう》――。

エルメンヒルデも銀で作られた人形を複数放ち、最後の神器《セイクリッド・ギア》所有者を倒す。

そして、メレディスが聖なる釘をルフェイに向けて放つ。アーサーがルフェイの前に立ち、聖釘をコールブランドで弾《はじ》いた。

「このぉぉぉおおおおおおおおおおおおおッ！」

メレディスは全身から聖なるオーラと、魔法力《まほう》を解放して、この一室全域、至るところから長剣《ちようけん》ほどの長さの聖なる釘を生やすという技を見せてくる！

悪魔《あくま》である黒歌と小猫、吸血鬼《きゆうけつき》であるエルメンヒルデは聖なる釘を食らえば——ただでは済まない！

アーサーは高速で動き、聖なる釘を——瞬《また》く間《ま》にコールブランドで打ち砕《くだ》いていった！

アーサーの剣技にメレディスが戦《おのの》く。

「……ルフェイのお兄さんが世界最高クラスの剣士《けんし》とは聞いていたけれど……っ！」

一瞬《いつしゆん》で部屋中の聖なる釘を砕かれて、メレディスは後ずさりしてしまう。

隙《すき》ありと見たルフェイは、拘束《こうそく》用の魔法をメレディスに放つ。メレディスが聖なる釘をまた出現させて、拘束用の魔法を振《ふ》り払《はら》おうとする。

そのときだった。

アーサーがコールブランドで部屋の——空間を斬《き》り、穴を出現させた。そこにコールブランドの切っ先を入れる。

メレディスの横合いに空間の穴が現れ、そこからコールブランドの切っ先が伸《の》びてくる。

メレディスはそれに気づき、回避《かいひ》行動を取った。

──ここだ！

ルフェイはメレディスに向けて、対神滅具《ロンギヌス》所有者用のリングを放った。放られたリングは、勝手に開いて、メレディスの腕《うで》にかかる！

ガチャリと輪っかが閉じた瞬間《しゅんかん》、メレディスの体が力を失ったようにその場にくずおれる。

──と、同時に彼女の体から黒いもやのようなものが出てくる。

黒いもやは顔のような形を見せた。これが、アカ・マナフ神──。

「──出てくればこちらのものです」

アーサーは言うなり、コールブランドに聖なるオーラを極大《きょくだい》に高めてから、刀身にまとわせ、瞬時《しゅんじ》に圧縮させる。その状態のまま神速で動き、黒いもやを聖王剣《せいおうけん》で一閃《いっせん》──っ！

室内でも極大の聖なるオーラが使えるよう調整した攻撃である。

〔ぬ、ぬぁあああああああああああ……〕

苦悶《くもん》に満ちた声を漏《も》らすアカ・マナフ神は、聖王剣の聖なるオーラで斬られ、苦しそうな顔となっていた。しだいに黒いもやが消えていき、最後には部屋から消えていった。

完全消滅《しょうめつ》したわけではないだろうが……少なくともしばらくは現世に出てこられないだ

ろう。

アカ・マナフ神が体から出てもなお、メレディスは得意の解錠《かいじょう》の魔法で対神滅具《ロンギヌス》所有者用のリングを解《ほど》こうとする。

そこにルフェイは駆《か》け寄り、彼女の胸元に手で触《ふ》れた。手から魔《ま》方陣《ほうじん》を展開させる。

それはルフェイが独自に構成した、解錠の魔法だ。兵藤一誠《ひょうどういっせい》にかけたであろう術の大本を崩《くず》すための術式。兵藤一誠本人には効かなくとも、術をかけた本人に向ければ――。

何せ、誰《だれ》よりもメレディスの術を同僚《どうりょう》であったルフェイが知っているのだから――。

ルフェイの魔方陣からガチャリという独特の音が鳴り、部屋に響《ひび》き渡《わた》る。

その結果、メレディスが力なくルフェイに、もたれかかった。

気を失う寸前の彼女がルフェイに言う。

「……私も……あなたについていけば……良かった……」

――っ。

その一言を受けて、ルフェイは……。気を失った彼女を抱《だ》き留めて、ルフェイは……こみ上げてくるものを目から流した。

ルフェイは――彼女に半ば黙《だま》って、兄のもとに、ヴァーリチームに、行ってしまった。

「……あのときに……あなたに相談していれば……こんなことにはならなかったのかな

「……？」


もし、ヴァーリチームに行くことをきちんと告げていれば——。

彼女が一緒《いっしょ》に行くということになっていれば——。

しかし、その可能性はもう戻《もど》すことができない。

今更《いまさら》、理解しても、すべては起こってしまっていて——。


—○●○—


屋敷《やしき》の上空から離《はな》れて、ロンドンの町を舞台《ぶたい》にヴェリネと戦うリアスと仲間たち。

ロンドンの空を滑空《かっくう》しながら、ヴェリネが膨大《ぼうだい》なオーラで構築された魔力の弾《たま》を無数に闇《やみ》形態のリアスに撃《う》ってくる。

リアスは空を飛びながら、滅《ほろ》びの魔力を相殺《そうさい》とばかりに撃っていく。

ヴェリネのオーラはリアスの滅びの力を押すものの、滅びの魔力の特性により、最終的に消し飛ばされていく。

とはいえ、ヴェリネはこうやって戦っている間にも攻撃《こうげき》の姿勢を修正しながら、向かってきている。類い希《まれ》なる才能が見える。

闇形態のリアスは、額の第三の目が光るとき、対象物の時間を停止できる。ヴェリネの攻撃もそれで何度か止めている。

そのせいか、相手はこちらの第三の目の視野——効果範囲《はんい》を本能で気づきつつあるようだ。こちらが停止させようとすると、察知して距離《きょり》を取ったり、物陰《ものかげ》に隠《かく》れてしまう。

またヴェリネがリアスの死角——背後の建物の陰から現れて、オーラを放つ。

リアスは回避して、滅びの魔力を放った。ヴェリネはそれを避《よ》ける。

互《たが》いに避けたオーラは、あらぬ方向に飛んでいき、ロンドンの建物を破壊《はかい》していく。

そして、ヴェリネと空中で戦うリアスをフォローするのが——。

「もう一度！」

ミスティルティンの杖を持った状態で、無数の魔方陣を展開し、そこから各属性のフルバーストを撃ち放つロスヴァイセだった。

攻撃魔法《まほう》はほとんどヴェリネに避けられるか、オーラで撃ち落とされるが、当たることもあり、少しずつダメージを与《あた》えていた。

リアスとロスヴァイセは宙を飛び回ったのち、キングスクロス駅の線路に共に降り立つ。

ドォォオン……ドォォォオオン……。

遠くから大規模な破壊音が聞こえてくる。

オーラから察するにドライグ、アルビオン、クロウ・クルワッハが偽者《にせもの》の二天龍《にてんりゅう》たちと戦っているものだろう。

ロンドンが完全に戦場と化してしまった。住民含《ふく》むロンドンの生物と全車両を転移させた上で結界も張っているが……。すでに自分も建物を壊《こわ》してしまっているが、貴重な文化遺産だけは消失しないよう願うばかりとリアスは強く思う。

キングスクロス駅にヴェリネも降り立とうするが……そこにゼノヴィアとイリナが聖剣で斬りかかっていた。

ゼノヴィアが豪快《ごうかい》にデュランダルを振るい、合間にもう一本の得物であるエクスカリバーを横薙《よこな》ぎにする。エクスカリバーの七つの特性で、剣自体を鞭《むち》のように変化させ、刀身をも透明《とうめい》にして、攻撃がどう来るか判断し辛《づら》くした。

ヴェリネは本能で透明なエクスカリバーの攻撃を躱《かわ》し、デュランダルをも舞《ま》うように体を捻《ひね》らせて回避した。

しかし、その隙を縫《ぬ》うようにイリナが聖剣オートクレールで突《つ》きを放つ。それすらもヴェリネは避ける。イリナは立て続けに空いた手から光力のビームを放った。転生天使だからこそ、悪魔の苦手な光を撃てる。

虚《きょ》を衝《つ》いた攻撃だったが、それをもヴェリネは顔を横に逸《そ》らして避けた。――が、頬《ほお》を少しだけかすり、光によるダメージに――。

「ううううっ！　いったぁぁぁっ！」

――と、その場で涙目《なみだめ》をして、地団太を踏《ふ》んだ。

すぐに気を取り直して、ゼノヴィアとイリナをオーラの波動で吹《ふ》き飛ばす。

リアスとロスヴァイセの攻撃の合間にゼノヴィアとイリナもこうやって何度も剣戟《けんげき》を繰《く》り出していたのだった。

ほぼ躱されるのだが、たまに聖剣か光力がヴェリネに当たる。

それだけでいい。聖なるオーラと光によるダメージは、徐々《じょじょ》にヴェリネの体に蓄積《ちくせき》していくのだ。

「……はぁはぁ……」

事実、ヴェリネは肩《かた》で息をするようになってきていた。

リアスが予想していたもののひとつとして、バルベリスとヴェリネは戦闘《せんとう》の才能があっても、戦闘の経験が浅いため、戦いにおけるスタミナの使い方が稚拙《ちせつ》ではないか？　というものだった。

つまり、単純な攻撃の応酬《おうしゅう》による応酬合戦や、複数による立て続けの連携技《れんけいわざ》をいなすだけのスタミナ管理が、わからないのではないかというものだ。

答えは──当たっていた。

こちらは日頃《ひごろ》から特訓に次ぐ特訓をこなし、激戦、死線を何度もくぐり抜《ぬ》けている。あらゆる戦いの経験があった。

肩で息をするヴェリネに吹っ飛ばされたゼノヴィア、イリナがすぐに体勢を立て直して剣を構える。

特にゼノヴィアはエクスカリバーの鞘《さや》を持っているため、ちょっとやそっとでは倒《たお》しきれない。すぐに傷を治して、突っ込んでくる。

「何時間でも戦ってやるぞ」

「時間は貴重なんだって、ゼノヴィア！」

ゼノヴィアとイリナがそんなやり取りをしつつ、じりじりとヴェリネと距離を詰《つ》めてくる。

しつこい二人にヴェリネも顔を歪《ゆが》めていた。

──と、そこに雷光《らいこう》が降り注いだ。

ヴェリネはすぐに気づいて、その場を飛び退《の》くが、雷光は何度も何度も彼女を追って落ちていく。

キングスクロス駅の上空には雷鳴《らいめい》が轟《とどろ》いていた。

雷雲をバックに朱乃が堕天使《だてんし》の翼《つばさ》を展開して、雷光をヴェリネに向けて放つ。

ヴェリネはそれでも回避するが――。

「茨木童子《いばらきどうじ》さま、温羅《うら》さま！」

朱乃に召喚《しょうかん》された二体の強力な鬼《おに》が、ヴェリネに攻撃を繰り広げていく！

茨木童子と温羅が巨大《きょだい》な金棒を振《ふ》るい、ヴェリネを叩《たた》き潰《つぶ》そうとする。

「負けるかぁぁぁぁぁぁっ！」

ヴェリネも負けじと、絶大なオーラを解放して、二体の鬼を吹っ飛ばす。

そこに雷光が降り注いだ。今度はまともにくらい、雷光の光に身を焼かれる。

全身からプスプスと煙《けむり》を立てながらも、彼女は丸焦《まるこ》げになることはなかった。だが、体中に傷を負っているのは確かだ。

荒《あら》い息をしながら、ヴェリネは朱乃、ゼノヴィア、イリナに膨大なオーラの弾をそれぞれに向けて放った！

彼女たちはそれを避けるが――キングスクロス駅は完全に崩壊《ほうかい》していく。

……例の（イギリスが舞台である）魔《ま》法《ほう》学校の物語のファンがこれを見たら、泣くでしょうね、とリアスは心中で思いつつ、ヴェリネのほうにロスヴァイセと共に向かう。

ヴェリネがリアスとロスヴァイセの気配に気づき、オーラの弾を放とうとするが――彼女の左右の手を鞭状のエクスカリバーと、光力で作られた縄《なわ》のふたつがそれぞれで縛《しば》る。

ゼノヴィアとイリナだった。

さらにロスヴァイセが放つ拘束《こうそく》の魔法——魔法力で出来た縄によってヴェリネは全身を縛られていく。

リアスはヴェリネのもとに高速で飛び出して、同時に第三の目を光らせる。

ヴェリネの動きが——止まる！

意識までは奪《うば》っていないが、ヴェリネは完全に体を停止させられていた。

そのヴェリネにオーラがこもったリアスの手が突きつけられた。

王手《チエックメイト》——だった。

ダメ押しとばかりに朱乃も空で雷光の準備に入り、背後には茨木童子と温羅が金棒を持って構える。

リアスがこの状況《じようきよう》でヴェリネに訊《き》く。

『さて、このあとどうする？　ヴェリネ』

悔《くや》しそうにするヴェリネ。

おそらく、チームでの敗北以外で、生まれて初めての負けだろう。

一拍《いつぱく》おいて、ヴェリネは——。

「…………………うぅえぇえええええええええええええええええええええええええええええええええんっ！　もぉぉぉおおおっ！　ヤだァアァアッ！」

涙を流して大声で泣き出してしまった。

……まるで三、四歳の幼子のような泣き方だった。彼女は完全に戦意を失ってしまっていた。

『…………』

あまりの泣きっぷりに言葉を失うリアス。

ゼノヴィアとイリナが思わず顔を見合わす。

「……ここまでギャン泣きされると、私たちが集団でイジメているようじゃないか」

「で、でも、皆《みな》でかからなかったら、止まらなかったと思うし……」

朱乃が地上に降りてきて、息を吐《は》く。

「終わり、でしょうか」

リアスもギャスパーとの合体技を解き、通常の姿となった。

闇形態で戦ったためか、ふらりと立ちくらみがしたが……。

時間さえ限られていなければ、闇の獣《けもの》と化したリアスと朱乃のサポートがあれば、いまのヴェリネの相手はできただろう。

――ヴェリネが、複数の相手との戦闘を何度も経験し、特性を完全に発現していたら、勝負はわからなかった。

すぐに気を取り直してリアスは言う。

「……ふぅ。落ち着いたら、収容先に転移させましょうか」

リアスが、通信用魔《ま》方陣《ほうじん》でメレディス捕縛《ほばく》チームのルフェイに報告する。

「ルフェイ。終わったわ。そちらはどう？」

『はい、こちらも終わりました』

そういう吉報《きっぽう》が入ってきた。どうやら、こちらの任務はオールクリアのようだ。

あとは――『地《じ》獄《ごく》の盟主連合』打倒《だとう》チームの活躍《かつやく》と、イッセーが元に戻《もど》るかどうかだ。

とはいえ、こちらもいつまでもここにいるつもりもない。

リアスは朱乃、ゼノヴィア、イリナ、ロスヴァイセに言う。

「ヴェリネを転移させたら、すぐにイッセーたちのもとに行くわよ」

そう、まだ戦いは終わっていないのである。

だからこそ、リアスは願う。

お願い、イッセー。いつものあなたに戻って――。

# Life.4　飛べ！　おっぱいドラゴン！

俺こと兵藤一誠《ひょうどういっせい》は、ヴァーリと共にロンドンの地下に広がる『地獄の盟主連合』の領域で中央にある神殿《しんでん》に向かっていた。

空中を高速で飛び、敵のアジトと思われる神殿が眼前に迫《せま》るという位置まで来た。後方からは大きくなったフェンリルとゴグマゴグが追いついてきていた。

二人と二体は空に浮《う》かびながら、目の前の神殿を見やる。

見た目はギリシャ式というか……柱がいっぱい並ぶという有名な形の神殿だ。

……ただ、尋常《じんじょう》じゃないプレッシャーと神クラスの波動が神殿から漂《ただよ》ってきてる……。

ここにハーデスとアンラ・マンユがいる……。

さて、どう出たものかと思慮《しりょ》しているときだ。

隣《となり》のヴァーリが――手に極大《きょくだい》のオーラを滾《たぎ》らせていたァァァ!?

おいおいおいおい、いきなりぶっ放す気か!?

ヴァーリが神殿にいるであろうハーデスとアンラ・マンユに向けて言う。

「どうせ、そこで見ているのだろう？　さっさと出てきたらどうだ？」

大胆不敵《だいたんふてき》なヴァーリの行動！

ったく、こいつは相変わらず豪胆《ごうたん》だぜ！

だが、そのほうがわかりやすいっちゃわかりやすい。

《ファファファ、まったく血の気が多い若きルシファーだ》

――と、神殿のほうから、そのような笑い声と共に底冷えするようなオーラが発生する。

オーラは上空――俺たちのもとに達して、オリュンポス式の魔方陣《まほうじん》を展開させた。

そこから出現したのは、祭服を着た骸骨《がいこつ》――冥府《めいふ》の神ハーデス！　頭部にはミトラを被《かぶ》り、目玉のない眼孔《がんこう》の奥を怪《あや》しく耀《かがや》かせる。

……ついにこのときが来たか。初めて出会ったとき――バアル眷属《けんぞく》とのレーティングゲーム前に会った頃《ころ》を思い出すぜ。

あの頃は、絶対に勝てない実力差だった。

でも……いまはこうして対峙《たいじ》しても、なんとかやれそうな気がするってね。そう思えるだけ、俺も神クラスと戦ってきたってことかな。

そのハーデスの横に絶大なる暗黒のオーラが高まる！　暗黒のオーラは人型を形成していった！

……とんでもないプレッシャーだが、すぐにわかったぜ。こいつが――ゾロアスターの悪神アンラ・マンユ！

ハーデスに負けないオーラを放っているが……実力的にはハーデスのほうが上かな？　ただ、搦《から》め手《て》とか得意そうだから、単に実力を測るだけでは足をすくわれるな。

アンラ・マンユがハーデスに話しかける。

〔なるほど、こうして直接顔を合わせるとよくわかる。――現二天龍《にてんりゅう》は、とんでもないバケモノに成長したものだ〕

ハーデスが言う。

《タルタロスすら倒したのだからな。尋常ならざる者たちだ》

俺はハーデスとアンラ・マンユに訊く。

「投降するつもりはないよな？」

ハーデスは手元に杖《つえ》を出現させ、こちらに向けた。途端《とたん》に莫大《ばくだい》なまでの……寒気がするほどのオーラを全身から発し始めた！

《おまえたちを倒したところでこの都市を囲んでいる次の者たちが攻《せ》めてくるだけだろうな。さすがに神滅具《ロンギヌス》と神クラスと何度も戦えるとも思えん。最終的にアポロン、ヴィーザル……何より、破壊神《はかいしん》シヴァが出てくれば私たちは完全に潰されるだろう》

ヴァーリが言う。

「そこまでわかっていても戦う——ということでいいんだな？」

黒い人型のオーラことアンラ・マンユが言う。

〔ここまでやっておいて投降では、我らに付き合った者たちがバカみたいではないか。我らはおまえたちが……『D×D《ディーディー》』が恐《おそ》ろしく、何よりも気に食わないから色々と企《くわだ》ててきたのだからな〕

ヴァーリが笑う。

「ハッキリ言うものだな。だが、逃《に》げるよりはいい。俺たち二天龍の組み合わせを堪能《たんのう》しない理由などないだろう？」

ヴァーリの言葉に黒いオーラことアンラ・マンユは滾るように波動を高めていた。

ハーデスが杖に神のオーラを宿しながら、眼光の奥を輝《かがや》かせる。

《——始めよう。せめて、おまえたちの魂《たましい》だけでも我が手の内で消滅《しょうめつ》させてくれる》

ハーデスがヴァーリとフェンリルに照準を合わせ、そうなると自然にアンラ・マンユの相手は俺とゴグマゴグという形になった。

俺たちは互《たが》いに相手を睨《にら》み合い、出方を窺《うかが》うなかで——唐突《とうとつ》に勝負は始まる！

まずは俺がアンラ・マンユにオーラを放つ！

黒い人型オーラことアンラ・マンユは、こちらにゾロアスター式の魔方陣を無数に展開させて、そこからあらゆる属性の魔法の攻撃《こうげき》を放ってきた！

空中で俺のオーラとアンラ・マンユの属性魔法のフルバーストがぶつかり、大爆発《ばくはつ》を起こした！

——相殺《そうさい》されたか！

俺は攻撃を相殺されたことを気にせず、オーラ砲撃《ほうげき》を何度も続ける！　アンラ・マンユも神のオーラを高めつつ、濃縮《のうしゅく》された魔法力《まほう》の属性攻撃で迎撃《げいげき》してくる！

俺のオーラ攻撃を容易に相殺してくるか！　いや、俺のオーラを突《つ》き破り、アンラ・マンユの属性魔法がこちらに届いた！

届いた魔法を手で弾《はじ》くが——鎧《よろい》の内側で手が痺《しび》れた。属性攻撃の重い衝撃《しょうげき》が骨にまで伝わる！

くそっ！　物量的なものだと、あちらに押し切られるか！　初手で相手の力量がある程度わかったぜ！　しかも、ただの属性魔法じゃない！　神のオーラで高められていて、一発一発の精度と攻撃力がバカみたいに強い！

俺とアンラ・マンユのやり取りがあったなか、ヴァーリが高速で飛び出し、ハーデスに極大のオーラを放つ！　ハーデスは、杖に宿るオーラでそれを容易に弾いた。弾いたオーラは地下の地面に降り注ぎ、どデカい爆発を巻き起こす！

ヴァーリは弾かれたことを一切《いっさい》気にせずに手元からルシファーの耀《かがやき》を放ち続ける！

ハーデスは杖に宿らせるオーラを極限にまで高め、ヴァーリの放つ白銀と漆黒《しっこく》のオーラを弾き、直撃《ちょくげき》を避《さ》けていく。ハーデス自身が杖より、黒々とした神のオーラを放った。

ヴァーリは、

『Reflect《リフレクト》!!』

白龍皇《はくりゅうこう》の特性のひとつ、『反射』の力でハーデスのオーラを反射しようと——。

しかし、ハーデスのオーラが思っている以上だったのか、ヴァーリは反射しきれずに横に攻撃の軌道《きどう》を逸《そ》らして、直撃を避けた。

ヴァーリとハーデスがオーラ合戦をしているなかで、サポート役であるフェンリルが神速で飛び出していき、ハーデスを爪《つめ》で引き裂《さ》こうとする。

ハーデスはその場から姿を消し、違《ちが》う場所に転移した。瞬時《しゅんじ》にテレポートしたのか！

テレポートした先——フェンリルの死角から神のオーラを放ち、神喰狼《かみくいおおかみ》に直撃させる。

フェンリルはダメージを負いながらも、気にせずにハーデスを追うが、冥府の神は伝説の大狼と直《じか》に戦うことをせずに回避《かいひ》して隙《すき》を突くという攻撃を続けていた。その際にヴァーリにも気を留めるという警戒《けいかい》ぶりだ。

フェンリルの爪と牙《きば》は神クラスに特効だ。直撃は避けて当然だった。

ヴァーリとハーデスが互いにオーラを撃《う》ち合い、避けながらも直撃することもあった。

「くっ！」

《ぬうっ！》

ヴァーリは鎧を破壊されるが……ハーデスもダメージを受けている。

……ヴァーリとフェンリルを同時に相手にしても、まともに戦える時点でハーデスの強さは本物だ。

唐突に俺の耳元で通信用魔方陣が展開する。ヴァーリのものだった。

戦いながら、小声で俺に言う。

『ハーデスは仕留めることができる。だが、時間内にやるのは難しいかもしれない』

なるほど……。やれそうだけど、限られた時間では足りないか。

一方、こちらでは俺とアンラ・マンユの戦いもオーラと属性魔法の応酬《おうしゅう》合戦になっていた。

隙があったときに俺が直接アンラ・マンユに殴《なぐ》りかかったが——。殴った瞬間《しゅんかん》にアンラ・マンユは、かき消えるように霧散《むさん》するだけで、まるで手応えがなかった！

かき消えたアンラ・マンユは俺の横合いに再びオーラを再形成して、人型となり、魔法を放ってくる！

——くらう！

と、覚悟《かくご》したときにゴグマゴグが手をロケット噴射《ふんしゃ》して飛ばしてきた。そのロケットパンチが俺の盾《たて》になり、魔法の直撃は避けられた。

俺は一旦距離《いったんきょり》を取る。ゴグマゴグにサムズアップして礼を告げる。

……そうか、直接攻撃はこうなるってことだな。それなら、次からオーラ砲撃も直接攻撃も『透過《とうか》』を付与《ふよ》して行うだけだ。

対策を思案したときだった。

ふいにアンラ・マンユが言う。

〔強いな。このままではいずれ私もやられるだろう。それならば、こちらも対策をしようではないか〕

言うなり、アンラ・マンユはオーラで形成させている姿を歪《ゆが》ませ、何か他のものに変化しようとした。

なんと、そこに現れたのは——。

黒い長髪《ちょうはつ》に整った顔立ちの女性！　だ、だが、問題はそこじゃない！

み、見事なプロポーションの体をしていて、む、む、む、胸が大きく……こ、こ、腰《こし》も細く、だけど……太ももは程《ほど》よい太さという…………俺の好み――い、いや、なんてことを考えているんだ、俺はッ！

恐ろしいことにアンラ・マンユは肌《はだ》の露出《ろしゅつ》面積の多い衣装を着た女性（二十代前半の美女なお姉さん）の姿に変化したのだった！

……な、な、なんてことだっ！

――破廉恥《はれんち》だ！　卑猥《ひわい》すぎる！

お、俺はあまりにエッチすぎる展開に目を背《そむ》けた！　見ちゃダメだ！　そういうのは高校生の俺にはまだ早いよ！

アンラ・マンユが笑う。声までかわいいものになっていた。

〔ふふふ、いまの赤龍帝《せきりゅうてい》はこういうのに弱いと聞いているものでな。どうやら、いまだに効果は絶大のようだ。オーラが揺《ゆ》れているぞ？〕

くっ！　俺がエッチなものに弱いことを知っているんだな？

そうだ！　俺は卑猥なことが苦手だ！　こんな破廉恥な格好をしたお姉さんとまともに戦うなんて！

俺は自分でもオーラが弱まるのがわかった！

そこにアンラ・マンユは容赦《ようしゃ》せずに魔《ま》法攻撃《ほうこうげき》を放ってくる！

ドォォオオオオオオオオオオオオオオンッッ！

俺は相手のほうを見られなくなったためか、正面からまともに魔法攻撃をくらってしまう！

「ぐはっ！」

凄《すさ》まじい衝撃と、耐《た》えがたい激痛が俺を襲《おそ》う！

……いまの一撃《いちげき》で俺の鎧が弾《はじ》け飛ぶ。すぐに鎧の壊《こわ》れた箇所《かしょ》をオーラで再構築するが……。

俺は反撃《はんげき》とばかりに手にオーラを溜《た》めて、アンラ・マンユに向けるが——俺の視線に……女性と化した敵の……ゆ、ゆ、揺れる胸が映り込んでしまい、顔を背けてしまった！

——は、恥《は》ずかしいよ！

オーラ攻撃ができない俺！　アンラ・マンユは遠慮《えんりょ》せずに俺に属性攻撃を放ってくる！

ドゴォォォォンッッ！

再び俺の全身に激しい魔法攻撃が突き刺《さ》さる！　俺はたまらずに落下し、地面にぶつかった！

「かはっ！」

地面に落下した衝撃で、俺は苦悶《くもん》の声を出した。……直撃した魔法攻撃と、落下のダメージで全身に激しい痛みが……。鎧もかなり壊れ、生身の部分が露出していた……。

……まいったぜ。いまの一撃は効いた。とはいえ、倒《たお》れたままなわけにはいかない。

俺は全身に走る痛みに耐えて、鎧を再構築させながら、その場で立ち上がる。

上空にいるアンラ・マンユのほうに視線を送るが――エッチな格好のお姉さんが目に飛び込んできて、直視できなくなる！

この状況《じょうきょう》をアンラ・マンユは楽しむかのように笑う。

〔この姿になっただけで、これほどまでに弱体化するとはな。それならば――〕

アンラ・マンユはそう言うなり、体を変化させ、今度は――。

「うわあああああああああああああああっ！」

俺はあまりの恐《おそ》ろしさに絶叫《ぜっきょう》した！

だ、だ、だ、だってぇえええええええええっ！

アンラ・マンユは――全裸《ぜんら》のお姉さんになったのだ！　上も下も何もつけていない状態に変化したのだった！

俺は、はしたなく鼻血を噴《ふ》き出させ、その場に膝《ひざ》を突く！

――あんなエッチな格好したお姉さんを見るなんて、絶対に無理！

完全に俺は戦意を失ってしまい、龍神化の状態も解けてしまう！　こ、こんな卑猥な相手と戦うなんて無理だ！　力が出ないよ！

アンラ・マンユが高笑いをする。

〔ハハハハハハハハハハッ！　そこまでか！　そこまでこんな姿が怖《こわ》いというのか！〕

ゾロアスターの悪神は無慈悲《むじひ》に俺に対して、絶大なる神のオーラを高めて、属性魔法をフルバーストで放ってくる！

防ぐ方法のない俺！　このままでは死――。

――と、俺の盾になるようにゴグマゴグが前に立つ！

ゴグマゴグの体にアンラ・マンユの魔法が突き刺さる！　盛大な爆発《ばくはつ》と爆音《ばくおん》が巻き起こる！　ゴグマゴグはアンラ・マンユの魔法攻撃をまともに浴びて、全身の至るところが破《は》砕《さい》していた！

「ゴグマゴグ！」

盾になった古代ゴーレムに俺は叫《さけ》ぶ。

アンラ・マンユはここぞとばかりに俺とゴグマゴグに向けて、何度も苛烈《かれつ》な魔法攻撃を放ち続けた！

黒々とした火炎《かえん》、漆黒の電撃《でんげき》、血と同じ色である無数の氷の槍《やり》――攻撃《こうげき》的なあらゆる属性魔法を俺に向けて撃ってくる！

　ゴグマゴグが俺の代わりにそれらを浴び続け、どんどん体が壊れていく！　体の前面が弾け飛び、片腕《かたうで》も落ち、足の関節も壊れてその場に膝を突く。それでも俺の盾となってくれた。

　ヴァーリがこの状況を見て叫ぶ。

「兵藤一誠！　ゴグマゴグ！　くっ！　これほどまでに兵藤一誠の認識は塗《ぬ》り替《か》えられているというのか！」

　ハーデスがヴァーリとフェンリルにオーラを放ちながら笑う。

《ファファファ。どうやら、赤龍帝はもうダメのようだ》

　……なんて情けない状況なんだ。

　俺は、この世で一番苦手なものを見せられて、戦意を失ってしまうんだもんな……。でも、卑猥な格好の女性と戦うなんて俺には無理だ……。

　――エッチなものは、いけないものだから。

　わかってほしい。俺は女性の、む、む、胸やお尻《しり》や……太ももを直視できないし、考えるのも怖い。

　そういうものは俺が成人してから、よーく覚悟してから見られるものだと思うから。まだ高校生の俺にとっては、それらは猛毒《もうどく》というか、本当にダメなことなんだ。

いた。

——女性の裸《はだか》が、胸が怖いよ。

胸が苦しくなり、その場で体を丸くするしかなかった。精神的な辛《つら》さに過呼吸すらしていた。

ゴメン、リアス。皆《みな》。ヴァーリ、俺はもう——。

俺を守っていたゴグマゴグが、半壊《はんかい》し、機能が弱くなってきてしまった。

アンラ・マンユが魔法力《まほうりょく》を高めに高めて、上空を覆《おお》い尽《つ》くさんばかりに魔方陣《まほうじん》を無数に展開した！

〔トドメだ。赤龍帝〕

空一面の魔方陣っ！　そこから、属性魔法を俺に向けて放ってくる！

逃《に》げ場《ば》は完全にない。あれを浴びれば俺はゴグマゴグごと消滅《しょうめつ》する——。

……あぁ、これが俺の最期《さいご》か。こんなことで俺は死ぬのか。

俺にはまだやりたいことが——あったような気が——。

死を覚悟したときだった。

俺の心の内側で、「ガチャリ」という何かが開く音が唐突《とうとつ》にした。

——その瞬間だった。

世界が突然《とつぜん》制止したように静寂《せいじゃく》になり、風景が止まったようになる。

そのときだ。俺の脳裏《のうり》に——鮮烈《せんれつ》なあれが唐突に思い出される。

——リアスのおっぱい。


そう、リアスの……おっぱいが最初に思い浮《う》かんだ。

そして、次々とおっぱいが頭の中に浮かんでいく。


——アーシアのおっぱい。

——朱乃《あけの》さんのおっぱい。

——小猫《こねこ》ちゃんのおっぱい。

——ゼノヴィアのおっぱい。

——イリナのおっぱい。

——レイヴェルのおっぱい。

——ロスヴァイセさんのおっぱい。

——黒歌《くろか》のおっぱい。

——ルフェイのおっぱい。——グレイフィアさんのおっぱい。——八坂《やさか》さんのおっぱい。

――九重のおっぱい。――オーフィスとリリスのおっぱい。

おっぱいおっぱいおっぱいおっぱい……全裸だろうと、水着だろうと、服を着ていようと、おっぱいはおっぱい……丸くてやわらかくて、小さいのもあり、大きいのもあり、超《ちょう》大きいのもあり……ふたつあって、揉《も》んで、つついて、やわらかくて……最高最強無敵で究極的なもの――。

……あぁぁぁぁ、洋服崩壊《ドレス・ブレイク》の末に見てきた数々のおっぱいも浮かんでいく――。

――――完全に思いだした。

俺は脳みそに焼き付いたおっぱいの数々を何度も思い出しながら――号泣《ごうきゅう》していた。鼻水すら流すほどに、俺は泣くしかなかったんだ……。

ただただ泣いた。涙《なみだ》があふれ出た。

…………………。

……………。

…………どうして、忘れていたんだろう…………こんなに大事なことを…………どうして、いままで……。

——乳。

——尻。

——太もも。

——生乳ッ！

——乳首ッ！

……あぁ、それらは俺が追い求めてやまない大事なものじゃないか……ッ！

俺は顔を両手で覆い、ひたすらに号泣していた。

自分の情けなさと、不甲斐《ふがい》なさと、おっぱいを忘れていたことへの懺悔《ざんげ》、後悔《こうかい》、罪の意識……。

そうだ、俺は聖なる釘《くぎ》を打たれてから、おっぱいを忌避《きひ》していたんだ。すべてが繋《つな》がったぞ。やっぱり、俺は皆が言うように変だったんだな。

そのとき、俺の内側に語りかける者がいた。

『——ッセー』

制止した風景のなかで、その声はしだいにハッキリとなる。

『イッセー、聞こえる？』

それはオーフィスの声だ！　オーフィスの声が宝玉を通して聞こえてくる！

オーフィスが言う。

『イッセー。ようやくそのときが来た』

俺の全身に真紅《しんく》のオーラと漆黒《しっこく》のオーラが滾《たぎ》り出す。二重のオーラが俺の体を中心に螺《ら》旋《せん》状に発生する。

……体の内側から、かつてないほどの力が沸《わ》き上がってきた。

なんだ、この力は……。こんな力が俺には眠《ねむ》っていた？

『イッセーに宿るグレートレッドの肉体が、呼応している。──さ、謳《うた》おう。本当の龍神《りゅうじん》の、無限の力を』

俺はオーフィスに促《うなが》されるまま──頭に浮かぶその力ある呪文《じゅもん》を口にしていく。

「我《われ》に宿りし紅蓮《ぐれん》の赤龍《せきりゅう》よ、覇《は》から醒《さ》めよ」

俺の手に足に首に体に真紅と漆黒のオーラが集《つど》い、濃密《のうみつ》に圧縮されていく。

『我が宿りし真紅の天龍《てんりゅう》よ、王と成り啼《な》け』

それらは籠手《こて》になり、脚甲《きゃっこう》になり、鎧《よろい》となっていく。

「濡羽《ぬれば》色《いろ》の無限の神よ」

『赫赫《かくかく》たる夢幻《むげん》の神よ』

そして、呪文はここから変わっていく！

「『際涯《さいがい》を超越《ちょうえつ》する我らが真なる禁を見届けよッ！』」

俺の頭部に兜《かぶと》が装着された。

俺とオーフィスは最後の一節を——唱える！


「『——汝《なんじ》、燦爛《さんらん》のごとく我らが完全なる焱焱《ほのお》にて紊《みだ》れ舞《ま》えッッ！』」

「『《D∞D《ディーディー》!!　D∞DD∞D《ディーディーディーディー》!!　D∞DD∞DD∞D《ディーディーディーディーディーディー》!!!!　D∞DD∞DD∞DD∞D《ディーディーディーディーディーディーディーディー》
D∞DD∞D《ディーディーディーディー》!!!!!!　D∞DD∞DD∞DD∞DD∞DD∞D《ディーディーディーディーディーディーディーディーディーディーディーディー》
D∞DD∞D《ディーディーディーディー》!!!!!!!!!》』」
『DD D D D D D D D D D D D D D D D D D D《ディーディーディーディーディーディーディーディーディーディーディーディーディーディーディーディーディーディーディーディー》
D D D D D D D D D D D D D D D D D D D D D《ディーディーディーディーディーディーディーディーディーディーディーディーディーディーディーディーディーディーディーディーディー》
D D D D D D D D D D D D《ディーディーディーディーディーディーディーディーディーディーディーディー》!!!!!!!!!!!!!』

鎧の宝玉から音声と、エラー音のようなものが響《ひび》き渡《わた》る。宝玉に『∞《インフィニティ》』の文字と『D』

の文字が交互《こうご》に点滅《てんめつ》するようになった。

「『《Dragon《ドラゴン》　∞《インフィニティ》　Full《フル》-Drive《ドライブ》!!!!!!》』」

最後の音声が鳴ると同時に俺の体から信じられないほどに膨大《ぼうだい》で絶大で極大《きょくだい》の真紅と漆黒のオーラが解き放たれる！

……龍神《りゅうじん》化の鎧自体は特に変わっていないが、あふれ出るオーラの質は以前とはまるで違《ちが》っていた。

鎧にある全宝玉に尾《お》をくわえた蛇《へび》——いや、ドラゴンことウロボロスの紋様《もんよう》が浮かぶ。

アンラ・マンユが驚愕《きょうがく》しながら言う。

〔神のオーラが如実《にょじつ》なまでに発揮されているな。悪魔《あくま》のオーラとドラゴンのオーラと神のオーラ……〕

俺はアンラ・マンユのほうを見上げる。

へっ、全裸《ぜんら》のお姉さんの格好を見ても、もうご褒美《ほうび》としか思えないぜ！

俺は盾《たて》になってくれたゴグマゴグに「ありがとう、ゴメンな」と感謝と謝罪の言葉を告げた。

静かに空に上がっていく俺。ついにアンラ・マンユと真っ正面から睨《にら》み合う。

アンラ・マンユが驚《おどろ》く。

〔ぬぅっ！　こちらの胸に目がいっている！　メレディス・オールディントンの力が解けたということか！〕

ああ、いいおっぱいだぜ！　もう、何も怖《こわ》くない！

俺はオーラを高めて、『透過《とうか》』の力を付与《ふよ》した上で独特の領域を展開する！

『乳語翻訳《パイリンガル》ッ！』

その瞬間《しゅんかん》、俺を中心にピンク色の空間が広がり、技が女性に化けているアンラ・マンユにかかっていく。

俺が乳に問う。

「へい、悪神のおっぱいさん！　俺にどんな攻撃《こうげき》をしてくる？」

俺の内にアンラ・マンユの心の声がかわいく聞こえてくる。

〔一旦距離《いったんきょり》を取って、龍殺《ドラゴン・スレイヤー》しと光という弱点を衝《つ》く魔法をしちゃう♥〕

女性の姿であればパイリンガルは通じる！　てか、通じた！　通じると信じてた！

そうか！　悪魔とドラゴンの弱点攻撃というわけだな！

アンラ・マンユが心の声通りに一旦距離を取ろうとするので、そこに神速で追いつき、俺は手に莫大《ばくだい》なオーラを高める！

「『《D∞D《ディーディー》!!　D∞DD∞D《ディーディーディーディー》!!　D∞DD∞DD∞D《ディーディーディーディーディーディー》!!!!　D∞DD∞DD∞DD∞D《ディーディーディーディーディーディーディーディー》D∞DD∞D《ディーディーディーディー》!!!!!!　D∞DD∞DD∞DD∞DD∞DD∞DD∞DD∞DD∞DD∞DD∞DD∞DD∞D《ディーディーディーディーディーディーディーディーディーディーディーディーディーディーディーディーディーディーディーディーディーディーディーディー》D∞DD∞D《ディーディーディーディー》!!!!!!!!!》』」

『DDDDDDDDDDDDDDDDDDDDDDDDDDDDD《ディーディーディーディーディーディーディーディーディーディーディーディーディーディーディーディーディーディーディーディーディーディーディーディーディーディーディーディーディー》DDDDDDDDDDDDDDDDDDDDDDDDDDDDD《ディーディーディーディーディーディーディーディーディーディーディーディーディーディーディーディーディーディーディーディーディーディーディーディーディーディーディーディーディー》DDDDDDDDDDDD《ディーディーディーディーディーディーディーディーディーディーディーディー》!!!!!!!!!!!!!』

宝玉の音声はエラー音がどんどん強くなっていた。

瞬時《しゅんじ》に倍増に倍増を重ねたオーラが集まり、圧縮され、濃密になっていく！

そこに『透過』の技を載《の》せて、俺はアンラ・マンユに放った！

「くらっとけぇぇぇぇえええええええッッ！」

――右のストレートッ！

だが、アンラ・マンユは刹那《せつな》のタイミングで堅牢《けんろう》な防御《ぼうぎょ》型魔《ま》方陣《ほうじん》を幾重《いくえ》にも重ねて展開させた。

俺の拳《こぶし》は、その防御型魔方陣をすべて砕《くだ》き、アンラ・マンユの霧《きり》のような体に突き刺《さ》さった！　俺の直撃《ちょくげき》を受けたアンラ・マンユは女性の姿が消え去り、暗黒のオーラだけになったが、拳の勢いに負けて、地面に吹《ふ》っ飛ばされていく！

落下と共に俺の攻撃の衝撃《しょうげき》も地面に伝わり、大規模な崩壊が起こる！　俺の眼下に超広《ちょうこう》範囲《はんい》かつ深々としたクレーター――いや、大穴が空いた！

俺はすぐに高速で下に降りていく！　追撃《ついげき》をするためだ！

大穴の奥――崩《くず》れた土砂や岩の中から黒々としたオーラが漏《も》れていき、そこからアンラ・マンユが自身を覆《おお》うものすべてを吹き飛ばして姿を現す。

〔おのれッッ！〕

相手は向かい来る俺を迎撃《げいげき》するように再び無数の魔方陣を展開する。俺は両手からアスカロンⅠ《ワン》とⅡ《ツー》を出現させ、尻尾《しっぽ》の刀身も出した。

アンラ・マンユが膨大な魔《ま》法《ほう》の数々を撃《う》ってくるが、それらを俺は回避《かいひ》していく。当たるものがあるが、それもアスカロンで斬《き》りつつ、弾《はじ》いたりもした。……手に当たるだけで、魔法が体の内部に響く！　乳を思い出す前にくらったダメージも回復してないし、どのぐらいまで真の龍神化を維持《いじ》できるかわからないが……少なくともこいつは倒《たお》す！

アンラ・マンユと距離《きょり》を縮め、間を置かずにそのままアスカロンで斬りかかる。右のアスカロンと左のアスカロンを繰《く》り出し、アンラ・マンユはうまく避《よ》けるが、死角から尻尾のアスカロンを放ち、闇《やみ》のオーラである本体に突き刺した。『透過』を付与しているから、オーラ体でも通るさ！

〔ぬうっ！〕

尻尾の剣《けん》をくらい、アンラ・マンユが苦痛の声を出した。俺はかまわずに三本のアスカロンを体術と共に近距離《きんきょり》で繰り出していった。

アンラ・マンユはすべてを躱《かわ》しきれず、何発か俺のアスカロンをくらっていく。

一旦《いったん》、右のアスカロンを籠手《こて》に収納したあとでもう一発！

「『《D∞D《ディーディー》!!　D∞DD∞D《ディーディーディーディー》!!　D∞DD∞DD∞D《ディーディーディーディーディーディー》!!!!　D∞DD∞DD∞DD∞D《ディーディーディーディーディーディーディーディー》D∞DD∞D《ディーディーディーディー》!!!!!!　D∞DD∞DD∞DD∞DD∞DD∞DD∞DD∞DD∞D《ディーディーディーディーディーディーディーディーディーディーディーディーディーディーディーディーディーディー》D∞DD∞D《ディーディーディーディー》!!!!!!!!!》』」

『DD D D D D D D D D D D D D D D D D D D D D D D D D D D D D D D《ディーディーディーディーディーディーディーディーディーディーディーディーディーディーディーディーディーディーディーディーディーディーディーディーディーディーディーディーディーディーディーディー》D D D D D D D D D D D D D D D D D D D D D D D D D D D D D D D D《ディーディーディーディーディーディーディーディーディーディーディーディーディーディーディーディーディーディーディーディーディーディーディーディーディーディーディーディーディーディーディーディー》D D D D D D D D D D D D D D《ディーディーディーディーディーディーディーディーディーディーディーディーディーディー》!!!!!!!!!!!!』

ストレートパンチをアンラ・マンユのオーラ本体、顔部分にぶち込んでやった！

アンラ・マンユは吹っ飛び、クレーターの中で今度は横に大穴を生み出すほどの衝撃を与《あた》えた！

岩に埋《う》もれながらアンラ・マンユが言う。

〔……こ、これが、龍神化《りゅうじん》……話以上のものだ。こ、ここでは、まともに魔法も……〕

横穴の深くにいるアンラ・マンユが、転移型魔方陣を展開させようとしていた。

俺はすぐに神速でアンラ・マンユと距離を詰《つ》め、『透過』攻撃の応用でオーラ体を手でつかみ、そのまま横穴から出て、さらにクレーターからも共に飛び出していく。

俺はつかんだままのアンラ・マンユに向けて、四枚の翼《つばさ》に収納されていたキャノンと、腹の発射口を開いた。

∞《インフィニティ》・ブラスターと、禁断の技ロンギヌス・スマッシャーの準備に入る——。

——つかんだまま、逃《に》げないように至近距離で撃ってやる！

ズゥゥゥゥン……。

キャノンと腹の発射口が鳴動し、静かにオーラが溜《た》まっていく。驚異的《きょうい》なオーラの量がそれらに集う。

アンラ・マンユはどうにか逃げようとするが、俺はオーラ体をがっしりとつかんだままだ。

この手を離《はな》さない。絶対に砲撃《ほうげき》をくらわせる！　絶対の意志で俺はアンラ・マンユにすべてをぶつける覚悟《かくご》をした。

アンラ・マンユが戦慄《せんりつ》した声で言う。

〈データ以上の力となっている……どうなっているのだ？〉

俺は言う。

「疑似《ぎじ》龍神化から、本当のものになった。なれた。いまさっきな」

俺の言葉にアンラ・マンユは仰天《ぎょうてん》していた。

〈──っ。この土壇場《どたんば》でか⁉　何が原因だ？〉

「おっぱいのありがたさを再認識した衝撃からかな。やっぱり、俺にはおっぱいが必要だってわかったからだ。──俺は、どこまでいっても『おっぱいドラゴン』だからな」

アンラ・マンユが恐《おそ》ろしげに言う。

〈……こんなバカなことがあるのか？　……土壇場で覆《くつがえ》すというのか？　こ、これがニュクス、タルタロスが負けた理由──あまりに理不尽《りふじん》だっ！　こ、こんな存在があって……いいというのか……っ！　我らは先ほどまで勝っていたのだぞ⁉〉

狼狽《ろうばい》する声のアンラ・マンユ。納得していないようだが、それ以上に恐怖《きょうふ》を感じているようだった。

神さまでもビビるってか。真の龍神化って、やっぱりすごいな、オーフィス。

俺が内でそう言うと、

『イッセーがおかしいだけ』

というなんともいえない答えが返ってきた。

そ、そうっスか、龍神さま……。

そうしているうちに俺のキャノンと発射口にオーラが溜まった。

俺はアンラ・マンユに告げる。同時にキャノンと発射口から、オーラを放つ！

「アンラ・マンユ、これで終わりだァァァァッ！」

「∞・ブラスターッ！　ロンギヌ

ス・スマッシャァァァァァァァァァァッ！」

『《∞ Blaster!!!!!》』

『《Longinus Smasher!!!!!!!!!!》』

『《D ∞ D!!!

D ∞ DD ∞ D!!!

D ∞ DD ∞ D!!!

D ∞ DD ∞ D!!!!!!!!》』

ディーディーディーディーディーディーディーディーディーディーディーディーディー
ディーディーディーディーディーディーディーディーディーディーディーディーディー
ディーディーディーディーディーディーディーディーディーディーディーディーディー
ディーディーディーディーディーディーディーディーディーディーディーディーディー
ディーディーディーディーディーディーディーディーディーディーディーディーディー

D∞DD∞DD D D D D D D D D D D
D∞DD∞DD D D D D D D D D D D
D∞DD∞DD D D D D D D D D D D
D∞DD∞DD D D D D D D D D D D
D D D D D D D D D D D D D

四門のキャノンと、腹部の発射口から同時に放たれる絶大で極大のオーラの奔流——。

ロンドンの地下に広がる領域の空を覆い尽くすほどの真紅と漆黒のオーラは、アンラ・

マンユを完全に包み込んでいったのだった――。

アンラ・マンユを倒した俺は、ヴァーリのほうに向かう。

そちらでは――。

『『『LLLLLLLLLLLLLLLLLLLLLLLLLLLLLLLLLLLLLLLLLLLLLLLLL《ルルルルルルルルルルルルルルルルルルルルルルルルルルルルルルルルルルルルルルルルルルルルルルルルル》L《ル》!!!!!!!!!!!!!!!!!!』』』

エラー音みたいなものが聞こえ、ヴァーリが白銀と漆黒が混じったルシファーの耀《かがやき》を放っていた。

『『『Satan《サタン》 Compression《コンプレッション》 Divider《デイバイダー》!!!!!!!』』』

究極的なまでの圧縮パワーが展開しており、ハーデスのオーラ攻撃《こうげき》をすべて圧縮してしまい……冥府《めいふ》の神自体をも押し潰《つぶ》そうとしていた！

見ればフェンリルは、ハーデスが使ったであろう強力そうな捕縛《ほばく》の術に捕《と》らわれて動けなくなっていたものの、戦いはヴァーリだけでも接戦となっていた。

野郎《やろう》、なんだかんだ言ってハーデスの野郎との戦いに適応したってことか！

と言っても、ヴァーリ自身も鎧《よろい》が大分壊《こわ》れており、ダメージはかなりのもののようだった。

『Half《ハーフ》 Dimension《ディメンション》!!』

『Half《ハーフ》 Dimension《ディメンション》!!』

『Half《ハーフ》 Dimension《ディメンション》!!』

ヴァーリは複数の飛龍《ワイバーン》による圧縮パワーでハーデスの動きを一時的に止め、そのまま鎧の胸と腹の部分から発射口を開き、俺と同様に最後の決め技に入ろうとしていた。

ヴァーリの胸と腹の発射口に白銀と漆黒のオーラが膨大《ぼうだい》に集《つど》っていく。

神のオーラが薄《うす》れつつあるハーデスが俺に視線を送る。

《……アンラ・マンユが負けたというのか。調子を戻《もど》したか、兵藤一誠。いや、以前以上のオーラだ。やはり、この土壇場で奇跡《きせき》を――》

俺に驚愕《きょうがく》しているハーデスに向けて、ヴァーリが言う。

「この男は冗談《じょうだん》のような存在だぞ？　地獄《じごく》の神が考えたもので覆るほど、弱いタマじゃない。――一万人の裸体《らたい》の美女でも集めたほうが勝てたのではないか？」

そう告げるヴァーリ。

一万人の裸体の美女！　た、確かにそっちのほうが俺、まいってしまうかもしれないな！

そして、ヴァーリは圧縮パワーで体を縛《しば》られているハーデスに向けて、極限までに高めた膨大なオーラを放つ！

『『『LLLLLLLLLLLLLLLLLLLLLLLLLLLLLLLLLLLLLLLLLLLLLLLLLLL《ルルルルルルルルルルルルルルルルルルルルルルルルルルルルルルルルルルルルルルルルルルルルルルルルルルルル》LLLucifer《ルルルシファー》!!!!!!!!!!!!』』』

けたたましい音声が鳴《な》り響《ひび》いたっ！

『『『Satan《サタン》 Lucifer《ルシファー》 Smasher《スマッシャー》!!!!!!!!!!!!!!!』』』

白銀と漆黒が入り交じる絶大で極大《きょくだい》のオーラ砲《ほう》が、発射口より照射されていった――。

オーラの奔流に包み込まれるハーデス――。

ロンドンの地下領域にヴァーリのスマッシャーが放たれた。

俺とヴァーリが立て続けにスマッシャーを撃ったせいか、この広い地下領域が大きく振《しん》動《どう》し、地面に地割れが幾重《いくえ》にも発生し始めていた。

空気も震《ふる》え、この空間自体が大きなダメージを受けたかのように思えた。

ここが崩《くず》れたら、ロンドンが落っこちるのでは!?　などと心配してしまう。

ヴァーリが俺の思慮《しりょ》していることを気づくかのように言う。

「ここが崩れてもロンドンが崩落《ほうらく》するということはない。ロンドンの地下に疑似フィールドを生みだしただけで、大穴が空いたわけではない」

あ、物理的に作った領域じゃないのね。レーティングゲームのフィールドみたいなものか。それなら安心——。

そう思っていたときだ。

ヴァーリが前方に視線を送る。俺もそれを目で追った。

——っ！

……なんと、ヴァーリのスマッシャーを受けたハーデスは、大きなダメージを負いながらもそこに健在であった。

衣服が破れ、骸骨《がいこつ》の体の至るところにヒビが入っているものの、まだ強い神のオーラを放っていた。

眼孔《がんこう》の奥を危険な色で輝《かがや》かせる。

《……まだ、やられぬ》

ヴァーリの砲撃でも仕留めきれないとなると、やはりハーデスはアンラ・マンユよりも強いってことだな。

……全勢力のなかでもトップ10に入るって実力者だから、当然っちゃ当然か。

ハーデスはいまだにオーラを高めに高めていく！

こりゃ、俺とヴァーリで共に戦うしかないな。俺がヴァーリの横に並ぶ。

俺が言う。

「一緒《いっしょ》にやるぞ」

「……時間がないか」

そう、この作戦は時間が限られている。ヴァーリもそれを理解して、了承《りょうしょう》した。

フェンリルも捕縛の術をようやく振《ふ》り払《はら》い、再び飛び出せる態勢となった。

まあ、ヴァーリとフェンリルと戦って、スマッシャーもくらってもまだ健在って時点でハーデスは滅《め》茶《ちゃく》苦茶《ちゃ》な強さだよ。

俺とヴァーリがオーラを高めたときだった。

俺の周囲、あるいは眼下に転移型魔《ま》方陣《ほうじん》が続々と展開し始める。それらは敵のものではなく、味方のものだった！

「間に合ったようね」

「ハーデス神ですね！　あ、ゴッくんが大変なことに！」

「よし、最終決戦だな」

転移型魔方陣から、リアスたち、ルフェイたち、サイラオーグさんたちが集い、さらに――。

「来たぜ、イッセーどん！」

「これはこれは、詰《つ》めどきかな？」

切り札《ジョーカー》ことデュリオと、ストラーダ猊下《げいか》が大勢の天使と教会の戦士を連れて登場だ！

次に曹操《そうそう》たち英雄《えいゆう》派も転移型魔方陣より現れた！

聖槍《せいそう》を肩《かた》にトントンしながら言う。

「大ボスをここまで追《お》い詰めていたか。さすが二天龍《にてんりゅう》だ」

刃狗《スラッシュ・ドッグ》チームも転移してきた。すでに黒い狗《いぬ》形態となっている幾瀬《いくせ》さんが大鎌《おおがま》をくるくると回す。

『あとは共にハーデスを打ち倒《たお》すだけだ』

続々と心強すぎる仲間たちが集まりだした！

地下領域の空を鉄の翼《つばさ》を広げて飛んできたのは——マグナス・ローズさんだった。

「大詰《おおづ》めなのだろう？　俺も微力《びりょく》ながら、加勢する」

こうして、強者と神滅具《ロンギヌス》所有者が、『D×D《ディーディー》』のメンバーが、続々と集う。

——このメンバーなら、絶対にハーデスを倒せる！

ハーデスが自身の眼前に出現した強者の一群を見て言った。

《そうか。これが『D×D《ディーディー》』、これが神をも滅《ほろ》ぼす具現を持つ者たち……》

そう言うハーデスは、手に持つ杖《つえ》に莫大《ばくだい》なオーラを高め、こう告げてくる。

《だが、覚えておくといい。——奇跡にも限界……終わりがある。そのとき、おまえたち

はどうするつもりなのか――》

ハーデスはそこまで言うと、杖からオーラを放ってきた。

それが開戦の狼煙《のろし》となり、俺たちはハーデスに向かって同時にかかる！

俺とヴァーリがオーラを共に放ち、デュリオが十二枚の翼を広げてあらゆる属性攻撃を発生させ、ストラーダ猊下が直したばかりであろうデュランダルⅡ《ツー》から聖なるオーラを飛ばし、曹操が聖槍を携《たずさ》え、幾瀬さんとサイラオーグさんと三人で正面から飛び込んでいき、槍と大鎌と拳《こぶし》を繰《く》り出す。

「――――♪　――――♪」

イングヴィルドが歌い、神器《セイクリッド・ギア》の力で俺とヴァーリの力を底上げしてくれた。

そこにリアスたちの攻撃も加わり、ハーデスは一発、また一発と確実にこちらの攻撃を受けていく。

しだいに自身の力が弱まるなかでも、ハーデスは怯《ひる》むことなく、神のオーラを杖から撃ち続けていく。こちらの仲間にもハーデスのオーラ攻撃を受けてぶっ飛ばされる者、倒れる者が出てしまう。

だが、『D×D《ディーディー》』と協力者の連携《れんけい》攻撃は苛烈《かれつ》となって、ハーデスを押していき、ついには体が大きくよろめいた。

「いくぜ、ヴァーリィ！」

「そちらこそ、遅《おく》れるなよっ！」

俺とヴァーリは一緒に、同時に、ハーデスに向かい、オーラのこもった拳打《けんだ》と蹴《け》りを放つ。ハーデスはいまだ勢いのある神のオーラでそれらを弾《はじ》く。

だが、しだいに俺とヴァーリ、二天龍のラッシュ攻撃は、ハーデスのオーラを突《つ》き破り、顔に、腹に、腕《うで》に、脚《あし》に当たり出す。

同時に撃ち出した俺の真紅《しんく》のオーラ、ヴァーリの白銀のオーラは、漆黒《しっこく》――濡《ぬ》れ羽色《ばいろ》のオーラに包まれ、強大な波動を放ちながら、ハーデスに向かっていく。

ハーデスが転移――テレポートで避《よ》けようとするが、俺たちの混ざり合ったオーラは、意思を持つかのように軌道《きどう》をずらし、冥府《めいふ》の神が回避《かいひ》した先に高速で飛んでいく！

ドォオオオオオオオオオオオンッ！

《ぬおおっ！》

テレポート先に飛んできた二天龍の合体オーラをハーデスは避けられず、まともに受けて、地面に落下していった。

そこに追撃《ついげき》とばかりに、俺とヴァーリが飛び出していき、蹴りの格好となる。

『『D《ディー》D《ディー》D《ディー》D《ディー》D《ディー》D《ディー》D《ディー》D《ディー》D《ディー》D《ディー》D《ディー》D《ディー》D《ディー》D《ディー》D《ディー》D《ディー》D《ディー》D《ディー》

D《ディー》D《ディー》D《ディー》D《ディー》D《ディー》D《ディー》D《ディー》D《ディー》D《ディー》!!!!!!!!!!!!!』』』

『『『L《ル》L《ル》L《ル》L《ル》L《ル》L《ル》L《ル》L《ル》L《ル》L《ル》L《ル》L《ル》L《ル》L《ル》L《ル》L《ル》L《ル》L《ル》L《ル》L《ル》L《ル》L《ル》L《ル》L《ル》L《ル》L《ル》L《ル》L《ル》L《ル》L《ル》L《ル》L《ル》L《ル》L《ル》L《ル》L《ル》L《ル》L《ル》L《ル》L《ル》!!!!!!!!!!!!!』』』

エラー音が重なって鳴り響くなか、俺とヴァーリは足先に莫大なオーラを集め、そのまま並んでハーデスに同時に蹴りを――、

「「いけぇえええええええええええええええええええええええッッ！」」

盛大にぶち込んでやった！

その衝撃《しょうげき》で地面が割れ、そして崩れ、それでも蹴りの勢いは止まらず、地中深くにまでハーデスを沈《しず》めていく！

蹴りを放った俺とヴァーリは――勢いが止まったあとで、ハーデスを確認する。

ハーデスは――オーラが消失しており、体もボロボロとなって、完全に沈黙《ちんもく》していた。

「……勝ったのか？」

俺がそうつぶやくと、ヴァーリが俺の胸にコツンと手の甲《こう》を当てる。

「ああ、俺たちの勝ちだ」

――っ。

……そっか、ようやく……俺たちは『地《じ》獄《ごく》の盟主連合』を、ハーデスを――。

俺もヴァーリの胸にコツンと手の甲を当てた。

「やったな、ライバル」

「ふふ、そうだな、ライバル」

互《たが》いに拳をコツンと合わせた。

俺とヴァーリは沈黙したハーデスをつかみ、地上に飛び出す。

「イッセー！」

リアスの声が聞こえてくる。俺のもとに駆《か》けてくるところだった。他の女の子たちも心配そうな顔のまま、俺のもとに駆けてくる。

俺を囲むようにするリアス、アーシア、朱乃さん、小猫ちゃん、ゼノヴィア、イリナ、レイヴェル、ロスヴァイセさん、黒歌、ルフェイ、エルメンヒルデ。

俺は兜《かぶと》を収納すると、笑顔で言った。

「俺はおっぱいが大好きな『おっぱいドラゴン』だよ」

その瞬間《しゅんかん》、女性陣《じん》が歓喜《かんき》し、

「よかった！　これで大好きなイッセーと子作りできるぞ！　うぅっ！」

「うわぁぁぁんっ！　やっぱり、イッセーくんっていったらこれよねぇぇぇっ！」

などと涙《なみだ》ぐむゼノヴィアやイリナがいた。

リアスとアーシアが飛びついてくる！

「お帰りなさい、イッセー！」

「良かったです！　イッセーさん！」

俺はリアスとアーシアを抱《だ》きしめつつ、未来の嫁《よめ》さんたち、大事な女の子たちに報告する。

「兵藤一誠、ただいま帰還《きかん》しましたってな！」

ハーデスを倒し、おっぱいが大事なことを思いだし、俺はようやく――。

『おーい、相棒』

『ヴァーリ、勝ったようだな』

空を飛んできたのはドライグとアルビオンだった！　あっちも勝利したようだ！

ドライグとアルビオンが俺とヴァーリの前に並び立つ。

おおっ、天龍が四体！　四天龍？　なんてな。

ヴァーリが訊《き》く。

「クロウ・クルワッハは？」

アルビオンが言う。

『事が終わったら、どこかにふらりと消えた』

相変わらずいきなり現れて、いきなり消える奴《やつ》だな。ただ、満足したってことなのかな。

こうして、俺たちは神滅具《ロンギヌス》『深潭の蓋世王冠《アルフェッカ・タイラント》』に関する事件と、『地獄の盟主連合』との戦いを終結することができたのだった――。

# New Life.

神滅具《ロンギヌス》『深潭の蓋世王冠《アルフェッカ・タイラント》』に関する事件と、『地獄の盟主連合』との戦いを終結させてから、一週間ほど経過した。

俺こと兵藤一誠《ひょうどういっせい》は、その日、冥界《めいかい》の首都リリスにある式典用の式場に正装で来ていた。

理由は――。

式場では、悪魔《あくま》と天使のお偉《えら》い方《がた》が集《つど》っており、俺と同じく正装をした『D×D《ディーディー》』のメンバー（主に悪魔と天使）に褒賞《ほうしょう》を授与《じゅよ》させるためだった。

『地獄の盟主連合』を打倒《だとう》したことやレーティングゲームでの活躍《かつやく》などによる褒賞だ。

その褒賞というのは――昇格《しょうかく》である。

アジュカ・ベルゼブブさまが、壇上《だんじょう》に立ち、そこで一人一人に新たな位を告げ、与《あた》えていく。

「リアス・グレモリーを最上級悪魔とする」

そう告げられたリアスは、

「謹《つつし》んでお受け致《いた》します」

と返した。

そう！　リアスが最上級悪魔になることになった！　さらにサイラオーグさん、ソーナ先輩《せんぱい》、シーグヴァイラさんの『若手四王《ルーキーズ・フォー》』全員も壇上に立って、最上級悪魔だと告げられたのだ。

驚《おどろ》くことはこれだけじゃない。

ベルゼブブさまが、壇上に出たゼノヴィアに告げる。

「兵藤一誠眷属《けんぞく》、ゼノヴィア・クァルタを上級悪魔とする」

「謹んでお受け致します」

なんと！　ゼノヴィアも上級悪魔になり、『悪魔の駒《イーヴィル・ピース》』をいただくことに！

しかも上級悪魔になったのは、ゼノヴィアだけじゃない。

アーシア、朱乃さん、小猫《こねこ》ちゃん、木場《きば》、ギャスパー、ロスヴァイセさん、真羅《しんら》先輩、匙《さじ》……さらにさらに黒歌《くろか》も表彰《ひょうしょう》されて、上級悪魔になることに！

一気に仲間たちが上級悪魔となったのだった！　そ、それだけのことをしたってことだよな……。

次に俺とヴァーリが同時に壇上に立たせられる。

……俺、上級悪魔だから、最上級悪魔になるってことだろうな。

では、ヴァーリは？　ヴァーリはすでに最上級悪魔なんだけどな。

訝《いぶか》しげにしている俺だったが、ベルゼブブさまが俺とヴァーリに告げる。

「兵藤一誠と、ヴァーリ・ルシファーの両名を特級悪魔とする！」

――っ！

……と、特級悪魔ぁ？　き、聞いたことのない位だぞ！

リアスたちのほうに振《ふ》り返るが、彼女も驚いているので、生まれながらの悪魔であったリアスでも初めて聞く位なのだと理解する。

授与式を見ていた来聴者《らいちょう》の皆《みな》さんもどよめいていた。それだけ聞いたことのないもののようだ。

ベルゼブブさまがおっしゃる。

「今回、彼らのために新たに定めた位が特級悪魔です。彼らに相応《ふさわ》しいものが現状冥界になかったため、最上級悪魔以上の位として特級悪魔というものを与えようと思います」

これを聞いていた来聴者から、一拍《いっぱく》おいて、盛大な拍手《はくしゅ》が巻き起こる。

――と、特級悪魔！　お、俺が……最上級悪魔以上の！

に、二階級も昇格かよっ！　俺、最上級悪魔を飛び越《こ》えちまった！

ベルゼブブさまが笑《え》みを浮《う》かべて言う。

「受けてくれるかな？」

ヴァーリは、

「受けよう。あったほうが便利なのだろう？」

と応じた。

早っ！　それなら――。

「謹んでお受け致します！」

俺はそう返したのだった！　俺とヴァーリに対して、来聴者から割れんばかりの声援《せいえん》と拍手が送られた。

さらに驚くべきものが告げられる。ベルゼブブさまがおっしゃる。

「そして、『燚誠《いっせい》の赤龍帝《せきりゅうてい》』、『明星《みょうじょう》の白龍皇《はくりゅうこう》』の両名を新たな――超越《ちょうえつ》者として認定する！」

『おおおおおおおおおおおおおおおおおおおおおおおおおおっ！』

その瞬間、来聴者はスタンディングオベーションで大歓声《だいかんせい》を巻き起こした。

なっ、なななななな！　お、俺が超越者ぁぁぁぁぁっ⁉

何が起こっているか理解できない俺だったが……かくして、俺こと兵藤一誠は――特級悪魔であり、超越者となってしまった！

昇格の儀式《ぎしき》が終わってから、次の日、俺たちは兵藤家のリビングで寛《くつろ》いでいた。

ちょうど、ソーナ先輩も顔を出してくれていた。

リビングのテーブルには――新品の『悪魔の駒《イーヴィル・ピース》』が並ぶ。上級悪魔になった仲間のうち、駒を受け取った者の分だ（個人的な理由で受け取らなかった者もいた）。

さらに転生天使にするためのトランプの札もあった。

その札の持ち主は――イリナだ。

「イリナも一緒《いっしょ》に冥界で昇格の授与式なんてな」

俺がそう言う。

イリナは狼狽《うろた》えながら答える。

「とはいえ、私、いきなり最上級天使よ⁉　……何をすればいいのかしら」

そう、テーブルの転生天使用の手札はイリナの物だった。

イリナは転生天使の人材が少ないこともあり、俺と同様、一気に二段階の昇格となった。

いきなり、手札を貰《もら》って、大いに当惑《とうわく》するイリナだった。

そして、俺たちオカ研の仲間で駒を貰ったのは、レイヴェルと、ゼノヴィアと……なんと、ギャスパーだった！

レイヴェルは元々上級悪魔だったので、あらためて貰っただけのことだが、ゼノヴィアとギャスパーは完全に昇格による褒賞での授与だ。

ゼノヴィアが言う。

「私も自分の眷属というものが気になっていたからな。イッセーのもとに属しながら、なんとなく眷属を作りたくなった」

なんとなくかよ！　ゼノヴィアは独立する気はないようで、俺のもとで眷属探《さが》しをしたいとのことだ。

レイヴェルが続く。

「私もそろそろ眷属を作ろうと思います。あ、イッセーさまのもとには今後もいるのでご安心を」

レイヴェルも『地獄《じごく》の盟主連合』との戦いを介《かい》して、思うことがあったようで駒を受け取った。もちろん、今後も俺のマネージャーとしていてくれる。

問題はギャスパーだ。

俺が問う。

「駒を貰うとはね。どうするんだ？」

まさか、ギャスパーが貰うなんてね。朱乃《あけの》さん、小猫ちゃん、木場は、主《あるじ》であるリアスのために働くのが第一として、今回は駒を見送った。

アーシアとロスヴァイセさんも、今回はまだいいと駒を受け取らなかった。

そのなかでのギャスパーが授与だからね。

ギャスパーが言う。

「……ぼ、僕もイッセー先輩やリアスお姉ちゃんのように立派な悪魔として、眷属を作ってみようかなって思ったんです」

そうか。前向きに考えた結果なんだな。勇気を出して駒を受け取ったってことだ。とはいえ、リアスから独立する気はまだないようだが。

俺がギャスパーの肩《かた》に手を置き言う。

「なんか、楽しみになってきた。おまえだけの眷属、探してみろ！」

「は、はい！」

俺の言葉にギャスパーは元気よく返事をするのだった。

というやり取りがあったなかで、兵藤家に仁村留流子《にむらるるこ》さん、ベンニーア、狼男《おおかみおとこ》のルー・ガルーことルガールさんが訪れた。

三人を前にして、ソーナ先輩が俺たちに言う。

「先の話通り、こちらの留流子とベンニーア、ルガールを頼《たの》みます」

そう、シトリー家当主になるソーナ先輩は、一旦《いったん》『D×D《ディーディー》』として前線を引く。

そのなかでこの三名が気がかりになり、俺たちに交渉《こうしょう》してきたのだ。

――預かってほしい、と。

三名も主の意に従っていた。

まず、仁村さんをゼノヴィアに預けるということに。

仁村さんにソーナ先輩が言う。

「留流子。いまだ『D×D《ディーディー》』には前線で戦う者が必要です。あなたはその人材として適材です。私は当面前線には出られませんから、代わりに戦ってください」

仁村さんにゼノヴィアが勇ましい表情で言う。

「安心しろ、留流子。帰りたくなったら、いつでもマスター・ソーナのもとに帰ればいい。そういう枠《わく》でいいと思うぞ」

うなずくソーナ先輩。

「その通り。あなたの枠はいつでも空けておきますから。力が必要になったら、そのときはお願いしますね」

これを聞いて、割とあっさりというか、ノリノリで仁村さんは受け入れて言った。

「わかりました！　仁村留流子！　ゼノヴィア会長のもとでしばらく暴れさせていただきます！」

ゼノヴィアとソーナ先輩が『兵士《ポーン》』としてのトレードをし、仁村さんはゼノヴィアの眷属第一号となった。

次はシトリー眷属の『騎士《ナイト》』ベンニーアだ。

ソーナ先輩がベンニーアに告げる。

「ベンニーア。あなたも私のところよりもイッセーくんのもとで戦ったほうがいいでしょう。何せ、今回の戦いであなたとあなたのお父さまの立ち位置も変わるでしょうから、『D×D《ディーディー》』と冥府《めいふ》の新体制の懸《か》け橋《はし》となってください」

これをベンニーアは敬礼ポーズで受ける。

《了解《りょうかい》ですぜ》

ベンニーアは俺が預かることになった。

俺の『騎士《ナイト》』としてベンニーアを眷属《けんぞく》にする。

俺がソーナ先輩に言う。

「任せてください！　ベンニーアのこと、大事にしますんで！」

次にルガールさんだ。

ソーナ先輩がルガールさんに言う。

「ルガールもリアスをお願いしますね。あなたの力は必ず前線で光ります」

うなずくルガールさん。

「シトリーで色々と教えてもらった。もし力が欲しかったら、いつでもそちらに向かおう」

この言葉に微笑《ほほえ》むソーナ先輩。

「そうですね。あなたも留流子のようにそのときが来たらお願いします」

ルガールさんはリアスが『戦車《ルーク》』として預かることに。

リアスがソーナ先輩に言う。

「ルガールの枠も空けておきなさい。いつでもトレードできるようにね」

「ええ」

うなずくソーナ先輩。

ソーナ先輩から、眷属を預かることに関して、前もってリアスは俺や皆《みな》に言っていた。

『事情が事情だしね。それにソーナなら大事な身内よ。親友の願いなら、受けるわ』

眷属に情愛の深いリアスは今回のソーナ先輩のお願いをふたつ返事で聞き入れたのだ。

ソーナ先輩も彼女たちの位置であった『戦車《ルーク》』『騎士《ナイト》』『兵士《ポーン》』を空けておくという。帰ってくることもできるように――。

こうして、ソーナ先輩は俺、リアス、ゼノヴィアと眷属のトレードをすることになったのだった。

『D×D《ディーディー》』として戦力が少しでも欲しいのは確かだ。特に俺たちグレモリーの関係者は前に出ることが多い。一人でも多く多種多様な手が欲しいのが本音。

シトリーの当主となるソーナ先輩は、今後、領土の政治をしつつ、『D×D《ディーディー》』の後衛としてサポートしてくれるとのこと。

ただし、戦力が足りないときは匙を出張させると言ってくれた。

という仲間内の人事があったなかで、ゼノヴィアが唐突《とうとつ》に挙手する。

「あ、最後に」

訝《いぶか》しげに思いながら俺が問う。

「どうした、ゼノヴィア」

ゼノヴィアが言う。

「そうだ。言うのを忘れていた。黒歌を眷属にすることにした」

『えええええええええええええっ!?』

驚《おどろ》く俺たち！　黒歌がひょっこり現れて、ニッコリと微笑む。

「そうそう。そういうことになったのよ。いつまでも主なしの野良猫《のらねこ》ってわけにもいかないからね。イッセー眷属の系譜《けいふ》に入ることになったわ。あ、正確にはグレモリーの系譜ってことかにゃ？」

ゼノヴィアが続けて言う。

「黒歌は主が死んでいるからな。トレードができない。そのため魔王《まおう》アジュカ・ベルゼブブに頼んで、その辺りを調整してもらった」

「アリなのか？」

俺が問うと、

「アリだった」

ゼノヴィアは堂々とそう答えるだけだ。

……アリなんだ……。まあ、ベルゼブブさま的に問題児を野良のままにしておくよりは、俺たちのもとに正式に預けたほうがいいと踏《ふ》んだとか？

黒歌が小猫ちゃんに報告する。

「白音《しろね》、私、そういうことになったから」

「……ゼノヴィア先輩の眷属というのがある意味で心配ですけど、おめでとうございます。悪魔《あくま》としての今後のことはゼノヴィア先輩と話しながら決めましょう」

小猫ちゃんはそう正直に言っていた。

黒歌も一連の事件で解決に尽力《じんりょく》したことで、褒賞《ほうしょう》として上級悪魔（ただし、『悪魔の駒《イーヴィル・ピース》』は今回授与《じゅよ》されず）になったしな。色々と今後のことを思慮《しりょ》したほうがいい。

──と、ゼノヴィアは黒歌のこと以上に衝撃《しょうげき》的なことを口にしていく。

「それともうひとつ。実はさらに魔王アジュカ・ベルゼブブと交渉して、例の人工超越《ちょうえつ》者であるバルベリスとヴェリネも私の眷属にすることにした。まだちょっと先のことだがな」

『…………』

ゼノヴィアの言っていることが理解できず、俺たちは一瞬《いっしゅん》間の抜《ぬ》けた表情となるが──。

『ええええええええええええええええええええっ!?』

この場にいるほとんどの者が仰天《ぎょうてん》して、驚きの声で叫《さけ》んだ！　黒歌のときよりも驚きは大きい！

ゼノヴィアが平然と言う。

「私の眷属は訳ありの者を入れていこうと思う」

最後の最後でとんでもないことをぶっ込んできたゼノヴィアだった──。

# Promotion.

この度の『地獄事変』による『D×D《ディーディー》』内の褒賞受賞者が発表された。
主に悪魔《あくま》及《およ》び天使の昇格《しょうかく》者の発表である。

『特級悪魔』昇格
兵藤一誠《ひょうどういっせい》
ヴァーリ・ルシファー

『超越者』認定
兵藤一誠
ヴァーリ・ルシファー

『最上級悪魔』昇格

サイラオーグ・バアル
シーグヴァイラ・アガレス
リアス・グレモリー
ソーナ・シトリー　シトリー家現当主

『上級悪魔』昇格
レグルス（『悪魔の駒《イーヴィル・ピース》』授与を辞退）サイラオーグ・バアル眷属『兵士《ポーン》』
アリヴィアン（『悪魔の駒《イーヴィル・ピース》』授与）シーグヴァイラ・アガレス眷属『女王《クイーン》』
姫島朱乃《ひめじまあけの》（『悪魔の駒《イーヴィル・ピース》』授与を辞退）リアス・グレモリー眷属『女王《クイーン》』
木場祐斗《きばゆうと》（『悪魔の駒《イーヴィル・ピース》』授与を辞退）リアス・グレモリー眷属『騎士《ナイト》』
塔城白音《とうじょうしろね》（『悪魔の駒《イーヴィル・ピース》』授与を辞退）リアス・グレモリー眷属『戦車《ルーク》』
ギャスパー・ヴラディ（『悪魔の駒《イーヴィル・ピース》』授与）リアス・グレモリー眷属『僧侶《ビショップ》』
真羅椿姫《しんらつばき》（『悪魔の駒《イーヴィル・ピース》』授与）ソーナ・シトリー眷属『女王《クイーン》』
匙元士郎《さじげんしろう》（『悪魔の駒《イーヴィル・ピース》』授与）ソーナ・シトリー眷属『兵士《ポーン》』
ロスヴァイセ（『悪魔の駒《イーヴィル・ピース》』授与を辞退）兵藤一誠眷属『戦車《ルーク》』
ゼノヴィア・クァルタ（『悪魔の駒《イーヴィル・ピース》』授与）兵藤一誠眷属『騎士《ナイト》』

アーシア・アルジェント（『悪魔の駒《イーヴィル・ピース》』授与を辞退）　兵藤一誠眷属『僧侶《ビショップ》』
塔城黒歌《くろか》（『悪魔の駒《イーヴィル・ピース》』授与されず）　ゼノヴィア・クァルタ眷属『僧侶《ビショップ》』

――その他、上級悪魔の昇格者あり。

『中級悪魔』昇格
由良翼紗《ゆらつばさ》　ソーナ・シトリー眷属『戦車《ルーク》』
巡巴柄《めぐりともえ》　ソーナ・シトリー眷属『騎士《ナイト》』
花戒桃《はなかいもも》　ソーナ・シトリー眷属『僧侶《ビショップ》』
草下憐耶《くさかれや》　ソーナ・シトリー眷属『僧侶《ビショップ》』
ルー・ガルー　リアス・グレモリー眷属《けんぞく》『戦車《ルーク》』
ベンニーア・オルクス　兵藤一誠眷属『騎士《ナイト》』
仁村留流子《にむらるるこ》　ゼノヴィア・クァルタ眷属『兵士《ポーン》』

――その他、中級悪魔の昇格者あり。

『最上級天使』昇格
紫藤《しどう》イリナ（『♠《スペード》』の札を授与）　ミカエルのＡ《エース》

――その他、上級天使及《およ》び中級天使への昇格者あり。

備考
・事例のない新たな位である『特級悪魔』は、実力的にも社会的にも政治的にも影響力《えいきょう》のある者に与《あた》えられるものとされる。
・元々上級悪魔であるレイヴェル・フェニックスに『悪魔の駒《イーヴィル・ピース》』を授与する。『悪魔の駒《イーヴィル・ピース》』授与を辞退したとしても、申請《しんせい》すればいつでも駒を受け取れる。
・サイラオーグ・バアル眷属《けんぞく》及びシーグヴァイラ・アガレス眷属の者たちも中級悪魔及び上級悪魔への昇格者が出ている。――が、貴族出身で元々上級悪魔であった者（クイーシャ・アバドン等）もいる。
・イングヴィルド・レヴィアタンは出自が特殊《とくしゅ》なために扱《あつか》いが難しいが、魔王の血筋ということで少なくとも最上級悪魔クラスの扱いとなる。『悪魔の駒《イーヴィル・ピース》』の授与はされず。
・塔城黒歌は『悪魔の駒《イーヴィル・ピース》』の授与はなし。主殺しに加え、出自にネビロスが関与《かんよ》していることもあり、悪魔政府の上層部の一部がこれを危険視したため、配慮《はいりょ》した形である。
・転生天使は転生悪魔と違《ちが》い、層が薄《うす》いため、活躍《かつやく》がめざましい紫藤イリナは数段飛ばしで最上級天使に昇格となった。

# Gremory's genealogy.

◎最上級悪魔リアス・グレモリー眷属

・王《キング》――リアス・グレモリー
・女王《クイーン》――姫島朱乃《ひめじまあけの》
・戦車《ルーク》――塔城白音《とうじょうしろね》
・戦車《ルーク》――ルー・ガルー
・騎士《ナイト》――木《き》場《ば》祐斗《ゆうと》
・騎士《ナイト》――空席
・僧侶《ビショップ》――ギャスパー・ヴラディ　『変異の駒《ミューテーション・ピース》』
・僧侶《ビショップ》――空席
・兵士《ポーン》×8――兵藤一誠《ひょうどういっせい》

◎リアス・グレモリー眷属の系譜《けいふ》・特級悪魔《あくま》「燚誠《いっせい》の赤龍帝《せきりゅうてい》」兵藤一誠眷属（子世代）

・王《キング》――兵藤一誠
・女王《クイーン》――イングヴィルド・レヴィアタン
・戦車《ルーク》――ロスヴァイセ
・戦車《ルーク》――空席　『変異の駒《ミューテーション・ピース》』
・騎士《ナイト》――ゼノヴィア・クァルタ
・騎士《ナイト》――ベンニーア・オルクス
・僧侶《ビショップ》――アーシア・アルジェント
・僧侶《ビショップ》――レイヴェル・フェニックス
・兵士《ポーン》×8――空席

◎兵藤一誠眷属の系譜・上級悪魔「破壊《はかい》の双聖剣《そうせいけん》」ゼノヴィア・クァルタ眷属（孫世代）

・王《キング》――ゼノヴィア・クァルタ
・女王《クイーン》――ヴェリネ（予定）『変異の駒《ミューテーション・ピース》』（特例）
・戦車《ルーク》×2――バルベリス（予定）『変異の駒《ミューテーション・ピース》』（特例）
・騎士《ナイト》――空席
・騎士《ナイト》――空席
・僧侶《ビショップ》×2――塔城黒歌《くろか》
・兵士《ポーン》――仁村留流子《にむらるるこ》
・兵士《ポーン》×7――空席

備考
・兵藤一誠が持つ未使用の『戦車《ルーク》』は、後天的に『変異の駒《ミューテーション・ピース》』と化した。主の成長に伴《ともな》ったものと推測される。
・ゼノヴィア・クァルタはアジュカ・ベルゼブブと特殊な約定をかわして、自身の駒を『変異の駒《ミューテーション・ピース》』にしてもらい、ヴェリネとバルベリスを眷属化する予定である。そのため、彼女の眷属はレーティングゲームの公式な試合や大会に参加することは（よほどのことがない限り）できない。

Bael.

アジュカ・ベルゼブブは、ホットラインにて、古い悪魔のトップである初代バアルことゼクラム・バアルにこの度の『地《じ》獄《ごく》事変』での決着及び、チーム『D×D《ディーディー》』内部の人事をあらためて伝えた。

「ゼクラムさま、このたびの二天龍《にてんりゅう》による特別階級昇格《しょうかく》と超越《ちょうえつ》者認定の件、ご承諾《しょうだく》いただきまして、まことにありがとうございます」

礼を述べるアジュカの視線の先には、通信用小型魔《ま》方陣《ほうじん》から立体映像として浮《う》かび上がる黒い髪《かみ》の初老男性——ゼクラム。

ゼクラムは言う。

『一部の古い者たちがざわついたようだが、彼らの活躍からすれば不思議な沙《さ》汰《た》ではない。冥界《めいかい》の国民から絶大な支持を得る赤龍帝《せきりゅうてい》と、いまだ崇拝《すうはい》の対象となっているルシファーの血を引く白龍皇《はくりゅうこう》の二名だ、無下になど出来ようはずもあるまい。とはいえ……貴公の思惑《おもわく》が多分に含《ふく》まれていそうだがな』

ゼクラムの皮肉げな言い方にアジュカは特に表情を変えることはない。

ゼクラムは息を吐《は》きながら続ける。

『……ただ、彼らなら、貴族社会《われわれ》を排除《はいじょ》しないだろう。何せ「D×D《ディーディー》」がいままで戦ってきたのは抑圧《よくあつ》、弾圧《だんあつ》され、募《つの》った不満を爆発《ばくはつ》させてテロリストと化した者たちなのだからな。古い悪魔に圧政を敷《し》けば、後にどうなるか誰《だれ》よりも身を以《もっ》て知っている』

『禍の団《カオス・ブリゲード》』——旧魔王《まおう》派、英雄《えいゆう》派、それらに協力した者たち……貴族社会に虐《しいた》げられた冥界の下層悪魔たち——。

アジュカが言う。

「……彼らが悪魔の代表となれば、貴族社会を変革はすれど、忖度《そんたく》はする。確かにそうでしょう。いまのあの二人ならばそこは考慮《こうりょ》するでしょうね。それだけの経験をしましたから」

『貴殿《きでん》自身の経験則にも聞こえるな、アジュカ・アスタロト』

初代バアル、古い思想の権化《ごんげ》に以前の名前を言われ、アジュカは初めて口を薄く笑《え》ませた。

アジュカは言う。

「友人の……サーゼクスと、その意思を継《つ》ぐ者たちがいる限り、俺は何もしません」

『……まあ、それはいい。――アジュカ。近いうちにヴァーリ・ルシファーを次のルシファーにするよう私も動くつもりだ。そちらもそれで相違《そうい》ないだろうか？　現状、魔王が一名というのは何かと不安でな』

ハーデスたち『地獄の盟主連合』のように各勢力の関係性をよしと思わない者たちにとって、テロリスト対策チーム『D×D《ディーディー》』の存在は今回の一件で大きな抑止力《よくしりょく》としての一面をアピールできた。

新たな超越者として、二天龍の二名を認定したのも抑止《よくし》としての効果が見込めるだろう。だが、だからといっていつまでも魔王の座を『ベルゼブブ』以外空席にしてもいられない。

公務自体はアジュカとその眷属だけでも現状回していられるが、政府内のルシファー派などの各派閥《はばつ》の不満も溜《た》まる。

――またベルゼブブ派の功績か、と。

アジュカが言う。

「次の議会で本格的に話し合うつもりです。他の候補についても」

アジュカが候補者のリストとなる立体映像をその場に展開する。

見知った有望な悪魔の若者たちの顔が浮かび上がる。

ゼクラムがそれらを見ながら言う。

『うちのサイラオーグと、ディハウザー、それに真のレヴィアタンの子孫も無視できまい。──して、肝心《かんじん》の赤龍帝は魔王に興味があるのだろうか』

ゼクラムの視線は、特級悪魔に昇格したばかりの若者の映像を捉《とら》えていた。

奇跡《きせき》の体現、冥界で絶大の人気を誇《ほこ》る少年──兵藤一誠《ひょうどういっせい》。

アジュカは答える。

「……大会の行方《ゆくえ》しだい、でしょうか」

『心情的に、か？　勝っても負けても魔王候補は揺《ゆ》るがんと思うが』

「彼にはどうしても越《こ》えたい目標があるようですから」

アジュカは兵藤一誠とヴァーリ・ルシファーを交互《こうご》に視線で追った。

それを見て察したゼクラムは小さく笑む。

『ふっ。青いな』

──と、アジュカは答えたものの、兵藤一誠が魔王になるかは正直なところ、わからない。

アジュカ自身は彼が魔王になってもならなくても、あまり変わらないだろうと感じる。なったとしても、ならなくとも、存在感を示してくれることは揺るがない。

冥界の英雄、伝説になろうとしている奇跡の『おっぱいドラゴン』はすでに悪魔たちのなかで唯一無二《ゆいいつむに》の存在なのだから——。

次に回収——いや、保護……とも違《ちが》う、帰還した悪魔の母リリスについてゼクラムは言う。

『お戻《もど》りになられた我《われ》ら悪魔の母たるリリスさまの件に関しては私たち古い悪魔サイドも研究に全面的に協力しよう。古い文献《ぶんけん》や遺跡《いせき》の調査もすべて許可し、費用も出す』

「ありがとうございます」

アジュカは素直に礼を述べた。

『それと、捕《と》らえたという例の人工超越者である二名は調査と分析《ぶんせき》を進めてもらいたい』

「ええ。ゼノヴィア・クァルタの眷属《けんぞく》にすることに関しては特に異存はないということでよろしいでしょうか?」

そう、褒賞《ほうしょう》として上級悪魔に昇格を果たしたゼノヴィア・クァルタから、個人的に連絡《れんらく》を受け、バルベリスとヴェリネを眷属にしてみたいと相談を受けた。

捕らえた彼らをどうしようか思案していたところでその提案を受けたため、先の例としてオーフィスとその分身体リリスたちと同様にバルベリスとヴェリネも彼らと接触《せっしょく》させたほうが一番適切なのかもしれないとアジュカは思い、ゼノヴィア・クァルタの申し出を限定条件付きで了承《りょうしょう》した。

ゼクラムがそのことについて答える。

『まあ、彼らならば悪くはしないだろう』

この初代バアルが繊細《せんさい》な案件でもこうして許すあたり、兵藤家に住まう者たちの評価と信頼《しんらい》は相当に高いということだ。

「わかりました。それではそのように致《いた》します」

さて、ハーデス側から奪還《だっかん》した悪魔の母リリスと、各種回収した情報とデータに何があるのか――。

残された魔王、アジュカ・ベルゼブブの仕事はいまだ山積みである。

# Next Life…

俺こと兵藤一誠《ひょうどういっせい》は、休日の午後を満喫《まんきつ》……しているようなしていないような感じだった。

俺はちょうどレイヴェルを交えて、ルフェイと魔法使《まほうつか》いの契約《けいやく》について内容を改めているところだった。

レイヴェルが書類を見ながら言う。

「例のない特級悪魔《あくま》昇進《しょうしん》ということで――」

ルフェイも書類を見ながら言う。

「前回と比べて、三段階昇格してますからね。しかも、魔法使いの協会でも特級悪魔についての事項《じこう》はなくて――」

どうやら、俺の特級悪魔について、どう契約を改めればいいか苦慮《くりょ》している様子だった。

俺が言う。

「しかし、特級悪魔といっても、何ができるんだろうな」

レイヴェルが答える。

「少なくとも最上級悪魔よりも上ということですから、かなりの影響力《えいきょうりょく》を与《あた》えられると思いますわ。問題はそれよりも超越者認定です。……いきなり、イッセーさまの株が悪魔のなかでも最上位になってしまわれたので、ルフェイさまに対してどう魔法使いの契約を改めればいいか迷います……」

ルフェイが苦笑する。

「正直、私なんかでは釣《つ》り合えないほど、上の方《かた》になってしまいましたからね」

あー、そういう立ち位置なんだな、俺って……。

実感がまったく湧《わ》かないんだけどな、特級悪魔と超越者って。

最上級悪魔なら色んなヒトに意見が聞けたと思う。たとえば、最上級悪魔のタンニーンのおっさんに在り方を聞けただろうけど……。

特級悪魔は初めての位だから、誰もわからんって返されてしまう。

超越者についても同じ超越者であるベルゼブブさまに訊《き》いたほうが早いって返されたよ。

……まいったな。上級悪魔になったときはかなり実感したというか、感動すら覚えたし、憧《あこが》れのものになれて、舞《ま》い上がったよ。

……今回はわけわからん。俺、誰に相談すればいいんだ？

サポートをしてくれるヒトは多いけど、立場についての悩《なや》みはどうしたらいいのか。

内にいるドライグが言う。

『真の龍神化《りゅうじん》を果たしたおまえがそれだけの――超越者《ちょうえつ》に相応《ふさわ》しい強さと存在感だということなのだろう』

……真の龍神化は果たしたけどさ。特級悪魔と超越者認定は実感ないって。

ちなみに以前のように疑似《ぎじ》ではない龍神化をしてもキツい反動はなくなっていた。ただ、戦闘《せんとう》後に体力がごっそり抜《ぬ》けて、死ぬほどの筋肉痛で苦しんだけど、死に直結する悪影《あくえい》響《きょう》はなくなっていた。

という変化があったけど、俺の魔法使いは――ルフェイがいいってことはわかる。

「――俺はどんな条件でもルフェイと一緒《いっしょ》にいたいよ」

俺が真っ正面から正直な思いを言うと、ルフェイは一瞬《いっしゅん》間の抜けた顔になるが――。

途端《とたん》に顔を真っ赤にして、慌《あわ》てる。

「……い、いきなり、そ、そんなことを言われるなんて……っ！」

レイヴェルが嘆息《たんそく》する。

「イッセーさま、契約の見直し中にルフェイさまを口説かないでくださいな」

わわわ、俺、超恥《ちょうは》ずかしいこと言ったってことだよな！　い、いや、正直に思いを言っただけなんだけど！　確かに口説《くど》いたようなセリフだったかも！

　俺は慌てて言う。

「と、と、ところで、ゴグマゴグはどうなったんだ？」

　情けないときの俺を庇《かば》って半壊《はんかい》してしまったゴグマゴグ。

　ルフェイがどうにか気を取り直して答える。

「ゴッくんは落ち着いてからグリゴリの研究施設《しせつ》に送られるそうです。アガレスの次期当主さまと共に修理及《およ》び改造されると聞いてます」

　……えっ？　シーグヴァイラさんがゴグマゴグを見るの？　……こ、これはとんでもないことになってそうだ。絶対にあのヒト、喜んで改造しちゃうよ！

　ルフェイのその後の説明だと、現在グリゴリ（というか、隔離《かくり》結界領域に行く前のアザゼル先生）が用意していた模倣《もほう》のパーツなどを使って、一応見た目は戻り、機能もある程度使えるようになっているようだ。

　レイヴェルが言う。

「そういえば、いまだ調整中の龍帝丸《りゅうていまる》ですが、本格的に原初の神エロスさまと共にエンジンの解決を行うそうですわ。イッセーさまにも付き合ってほしいと」

　あ！　その件ね！　それはグリゴリからも連絡が来ていた。

原初の神さまであるエロス神が、なんだか、俺のことを見直してくださったから一度会いたいとかって話だ。さて、性と愛を司《つかさど》る神さまはどうなんだか。

でも、これで龍帝丸──「A×A」を本格的に使えるようになるかな。アンラ・マンユやハーデス戦では、俺の不調もあって使えなかったからな……。

──と、ふと俺はとある情報も思いだして、会話に出す。

「そういえば、メレディスって娘《こ》、グリゴリの監視《かんし》下に置かれるようだな」

今回の事件の中核《ちゆうかく》にいたメレディス・オールディントンは、捕らえられたあとにグリゴリの神器《セイクリッド・ギア》研究施設に送られた。イギリス側も彼女の能力を持て余す上に制御《せいぎよ》できないと判断して、三大勢力に委ねた。

かつての同僚《どうりよう》だったルフェイが言う。

「悪い神さまに取り憑《つ》かれていた面もあったとはいえ、彼女がやってしまったことは簡単に許されることではないと思います。でも、面会はできそうなので落ち着いたら、顔を見に行こうと思います」

……ルフェイ的には複雑だろうけど、昔のような関係が再び築けるよう強く願う。

そんな小話も挟《はさ》みつつ、レイヴェルがある程度契約内容をまとめてから言う。

「契約見直しは見通しが立ちそうです。それよりもそろそろお時間では？」

レイヴェルがそう言うので時計を見ると——もうお昼となっていた。

俺とレイヴェル、ルフェイは話を切り上げて、兵藤家の庭に行く。

そこではバーベーキューパーティが行われていた。

新旧オカ研メンバーに兵藤家に住むヒトたちと関係者一同、ヴァーリチーム、シトリー眷属、サイラオーグさんたち、シーグヴァイラさんたち、『刃狗《スラッシュ・ドッグ》』チームの皆《みな》、デュリオたち転生天使、曹操《そうそう》たち英雄《えいゆう》派、ストラーダ猊下《げいか》、ロイガンさん、百鬼《なきり》たち駒王学園《くおうがくえん》の後輩《こうはい》——。

そして、俺の父さんと母さんも！

庭に出ると、リアスが串《くし》にたくさん刺《さ》さった肉をくれる。

「これ、私が焼いたものよ」

「ありがとう」

受け取る俺。あ、スパイシーな味付けでおいしい。

俺は視線を周囲に配らせる。

「あ、それ、自分の肉っス」

《早い者勝ちですぜ》

というリントさんとベンニーアのやり取りや、

「こういうときはソーセージが一番だ」

「私は鉄板で焼く焼きそばが好きです」

ゼノヴィアとイリナとアーシアがそれぞれ好きなものを食べていた。

「おい、ヴァーリ。バーベキューのときもラーメンかよ」

「美猴《びこう》。これはスープと同じだ」

美猴とヴァーリも和気藹々《わきあいあい》と食べていた。

焼けた串をアーサーに渡《わた》すルフェイの姿も。

「はい、お兄さま」

「ありがとう、ルフェイ」

平和な……風景だ。俺たちは激戦をくぐり抜け、またひとつ死線を乗り越《こ》えた。

ようやくハーデスたち『地獄《じごく》の盟主連合』を打ち倒《たお》した。

これで、当分は平穏《へいおん》になれる。……と思いたい。

父さんと母さんが次々と肉や野菜を網《あみ》や鉄板に乗せていく。

父さんと母さんが俺に言う。

「ほら、イッセー、食え食え。今回はグレモリーさんが費用を出してくれたんだから、いっぱい食べておくんだぞ」

「あら、あなた。いつだって、グレモリーさんのお世話になっているでしょう？」

「それはそうだ！」

「「ふふふ」」

笑う俺の両親。つい俺も笑《え》みがこぼれる。

そんな俺にリアスが近づく。俺の横でリアスが言う。

「――平和ね」

「うん」

「これがもっと続くといいと思うけれど、戦いはまだあるわ。――大会、勝ち進みなさい」

そう、俺たちが参加しているレーティングゲーム国際大会「アザゼル杯《カップ》」はまだ進行中なのだ。もうすぐ、俺たち「燚誠《いっせい》の赤龍帝《せきりゅうてい》」チームは王者《チャンピオン》ディハウザー・ベリアルさんのチーム「バベル・ベリアル」と二回戦で当たる。

気は抜けない。ハーデスを倒そうとも俺の夢はまだ続く。

俺も――大会の上を目指す。ヴァーリと上で会おうと約束したのだから――。

リアスがレイヴェルに視線を送る。

「それにそろそろ、レイヴェルのこともきちんと決めておかないといけないわ」

俺もレイヴェルのほうに目を向ける。

友達の小猫《こねこ》ちゃんと共に年相応に笑いながら、バーベキューを楽しんでいた。

「そうだね。俺は――俺を想《おも》ってくれている女の子を全員幸せにしないといけないからな」

俺の問いにリアスは微笑《ほほえ》む。

「それでこそ、私の愛《いと》しいイッセーだわ」

新たな決意を心に秘めながらも俺は、いまはこの平穏を満喫《まんきつ》しようと思った。

ふとルフェイが俺のもとに近づく。

顔を赤く染めて、もじもじしながらもこう告げてきた。

「あ、あの、さっきのお返事ですけど……私も専属魔法使《まほうつか》いとして、あなたの傍《そば》にずっといたいと思います」

それは『俺はどんな条件でもルフェイと一緒にいたいよ』と俺が言ったことへの返事だとわかった。

リアスが苦笑する。

「まだまだ拡大しそうね。あなたの夢は」

そう、俺の戦い《ハーレム》はこれからなのだから――。

『地獄事変』編　了

## あとがき

どうも石踏《いしぶみ》です。真ハイスクールD×Dも四冊め。今回、四百ページを超《こ》えました。

先に宣伝を。『堕天《だてん》の狗神《いぬがみ》 -SLASHDØG-』がコミカライズしております！ 漫画《まんが》を描《えが》かれるのはイラスト担当でもある、きくらげさんです。きくらげさんが描かれるのでそのまんまSLASHDØGなものになっております。漫画版は、月刊コミックアライブにて絶賛連《れん》載《さい》中です。D×Dでもお馴染《なじ》みのアザゼル先生やバラキエル、そしてヴァーリ十三歳バージョンや魔女《まじょ》ヴァルブルガも漫画で展開することでしょう。どうぞ、ご興味のある方はこちらもチェックしてみてください。漫画としても単純に面白《おもしろ》いものになっております。

この漫画版はComicWalkerさんやニコニコ静画さんでも掲載《けいさい》されております。

さて、ついに無印版D×Dの終盤《しゅうばん》から続いていた地獄《じごく》の盟主連合ことハーデスたちと決着。「龍喰者《ドラゴン・イーター》」サマエルを出すかどうか悩《なや》みましたが、ハーデスたちに最後の良心があったということにしておいてください。単純に出すと大変なことになりますからね。

今回を通して、色々とイッセーたちの立場や関係性にも変化が起こりましたが、それらは今後の展開をお待ち頂ければと思います。

飛ばした試合は、補完できそうなものは今後補完します。

ここで謝辞を。みやま零《ぜろ》さま、担当Tさま、体の不調が続くなか、本当にご迷惑《めいわく》をおかけしております。

以前と比べて、２０１９年は刊行の間隔《かんかく》が開いておりまして、まことに申し訳ございませんでした。２０１８年末に体調を崩《くず》して以来、いまだ静養と治療《ちりょう》中でして、２０１９年末にも心臓の病を疑われたり（一応、疑惑《ぎわく》はほぼ解けました）と体の不調が続いておりました。ただ、この体との付き合い方もわかってきたので、２０２０年以降はペースをちょっと戻《もど》して、２０１９年よりも刊行巻数を増やしていこうと思います。

次は SLASHDØG 四巻も同時に出せるよう体調を整えていきたいと思います。

次回、アザゼル杯《カップ》の二回戦め。ついに王者《チャンピオン》ディハウザー・ベリアルのチームとの決戦となります。そして、レイヴェル編となります！　マネージャーから先の存在になれ！

さて、あとがきが終わるというのにページがまだかなりあることにお気づきかと思われます。実はこのあと、本編が続きます。かつてないことがここから起こり出します。どうぞ、覚悟《かくご》を持って、この先をお読みください――。

# Encounter with the unknown.

某日《ぼうじつ》、02:13 AM――。

大西洋上空――。

テロリスト対策チーム『D×D《ディーディー》』によって打倒《だとう》、捕縛《ほばく》されたゾロアスターの悪神――アンラ・マンユと、「オリュンポス三柱《はしら》」の一柱である冥府《めいふ》の神ハーデスの二柱はイギリスから転移され、白龍皇《はくりゅうこう》ヴァーリ・ルシファーが率いるチームに護衛兼《けん》移送が一任された。

このあと、指定された無人島まで赴《おもむ》き、関係者のもとにアンラ・マンユとハーデスを引き渡す予定だ。

二柱は、各勢力のＶＩＰの裁定を受けることとなる。

ニュクス、エレボス、タルタロスのときと同様の処置である。

先の三柱と同様にハーデスたちも封印《ふういん》という名目で厳重な監視付きの軟禁《なんきん》状態となるだろう。

アンラ・マンユ、ハーデスは神々が使う術式により、意識を失い、体をオーラの縄《なわ》で拘《こう》束《そく》されていた。

それをさらに専用の檻《おり》の中にそれぞれ入れて、空を駆《か》けるペガサスに繋《つな》げた。指定の無人島までペガサスが檻を引っ張っていき、ヴァーリたちはそれを護衛する格好となる。

巨大化《きょだいか》したフェンリルが空を駆け、背には黒歌《くろか》と現沙悟浄を乗せる。背中のブースターを噴かして飛んでいるゴグマゴグの背にはアーサーと現猪八戒が乗っていた。

ルフェイは魔法使いらしく箒《ほうき》に跨《また》がり、美猴《びこう》は觔斗雲《きんとうん》の上にあぐらをかいて、宙を飛んでいた。

一時間も空中を移動すれば、無事に引き渡しの場所にまで到着《とうちゃく》するだろう。

神々を護衛する……。

このような状況《じょうきょう》にヴァーリは皮肉げな笑《え》みを見せた。

神と戦うために一時テロ組織『禍の団《カオス・ブリゲード》』にまで身を寄せた自分が、その神の護衛のために動いているのだから。

あの組織で旧魔《ま》王《おう》派に疎《うと》まれ、英雄派と対立し、あげく脱退《だったい》した。その組織は憎《にく》き祖父――リゼヴィムに吸収され、敵対することとなる。

そのような経緯《けいい》をたどっているうちに全勢力参加のレーティングゲーム国際大会が開催《かいさい》され、本願であった神々や強者との戦いが可能となってしまった。

大会の効果は絶大だ。いまある強者の力を邪《よこしま》な考えを持つ者の抑止力《よくしりょく》にするための宣伝、戦争を求める神々や超越《ちょうえつ》的な者たちの戦意、これらを丸ごと叶《かな》えることができる。

帝釈天《たいしゃくてん》、クロウ・クルワッハ、ヴァーリ・ルシファーら強い存在と戦いたい者にとってはこれ以上ない催《もよお》しといえる。

多少ルールが面倒《めんどう》だが、それも誤差の範囲《はんい》だとヴァーリは感じていた。

定期的に開催されるというこの大会を楽しみだと思うようになっているのだから。

何より、あの男──兵藤一誠《ひょうどういっせい》だ。

宿命のライバルたる兵藤一誠と最高の舞台《ぶたい》で、去年の続きが出来るのなら、これ以上ない。本音を言えば、二人だけで決着をつけたほうがらしいのだろうが……仲間たちやライバルたちが見守るなかで二天龍《にてんりゅう》の戦いを見せつけてやりたいという思いも生じていた。

こうなったのも、きっと兵藤一誠やその仲間たちと出会ったのが──。いや、それ以前にも幾瀬《いくせ》鳶雄《とびお》やあのチームと出会ったから──。

…………。

ヴァーリの脳裏《のうり》にやさしい微笑《ほほえ》みを見せる金髪《きんぱつ》の麗《うるわ》しい魔女《まじょ》の姿が思い起こされる。

……姉、か。

……もし、二天龍の戦いをするとき、彼女は観《み》に来てくれるだろうか？

そんなふうに思っていたら、ふいにアザゼルの顔も思いだし、「俺も忘れるな！」と言われたような気がして、ヴァーリはふっと小さく笑みを浮《う》かべた。

二天龍の戦いがあったとき、生で観られなくて一番悔《くや》しがるのは、あの元総督《そうとく》なのだろうなと思うと自然と笑みがこぼれたのだった。

そのようなことを心のなかで思っていたときだった――。

「……あれ、なんだ？」

美猴の訝《いぶか》しむ声が聞こえてきた。

ヴァーリと仲間たちが、そちらに視線を送ると――前方の海上上空が、歪《ゆが》んでいた。景色が歪む……空間に何かが起こっている？　空間に何かが干渉《かんしょう》してきている？

しかし、怪《あや》しげな波動、オーラの類は感じられないが……。

いや、言い知れない、覚えのないプレッシャーは前方の空間の歪みから感じ取れる！

これは経験から、よくないものだと体が、感覚が警告を発していた。

それは仲間たちも同様のようで、全員が一斉《いっせい》に警戒《けいかい》態勢となっていた。

構えを取りだしたヴァーリたちの眼前で空間の歪みがいっそう大きくなり、やがて渦《うず》のようなものが発生し、渦の中央に小さな穴のようなものが生まれた。

その穴は、「バジッ！　バチィッ！」というスパークと音を発生させながら、しだいに大きくなっていく。

十メートルほどに穴が広がった──。

その穴の中から、三メートルほどの細長い人型……と思われる姿の光沢《こうたく》のある体をした何かと、楕円《だえん》形に横に丸みを帯びた物体が出現する。

………何だ、これは。

まったく覚えのないモノの出現にヴァーリもチームの皆《みな》も困惑《こんわく》するしかない。

細長い人型は、体が青紫《あおむらさき》っぽい色であり、腕《うで》らしきものが四本生えており、脚《あし》は……二本だが、足先からジェット噴射《ふんしゃ》をして宙に浮かび続けている。

謎《なぞ》の楕円形の物体は蛍光《けいこう》色の緑色をしており、ただ空中に浮かんでいるだけだ。

人型のほうが、こちらに頭部を向ける。

……顔に口らしきものは見当たらず、目のようなものは……赤く輝《かがや》くものが複数確認できた。その目のようなものは、こちらを捉《とら》えており、何やら怪しい耀《かがや》きを放つ。

空間の歪みの渦から出てきた人型と楕円形の物体を見て、美猴が言う。

「な、なんだ、機械……なのか？」

そう、有機物、生物には到底《とうてい》見えない格好だった。

機械らしい、メカニカルである……というのが現状では一番適切なのかもしれないが、ただ単に機械の物体であるともいえない、どこか生っぽさのようなものも感じられた。

「き、機械を扱《あつか》う新種の神器《セイクリッド・ギア》……とかでしょうか？」

ルフェイがそう言う。

機械を操る新種の神滅具《ロンギヌス》がある以上、その可能性は否定できないが……。

黒歌が顔をしかめながら言う。

「……オーラを……視認できないにゃ。生き物ではないの？」

ヴァーリ、美猴、アーサー、黒歌、ルフェイ、現猪八戒、現沙悟浄は謎の存在にどう対応したらいいかわからないでいたが……。

「ウゥゥゥゥゥウウウウゥゥゥッ！」

伝説の魔物《まもの》たるフェンリルは、前方のモノに対して、牙《きば》を剝《む》き出しで唸《うな》っていた。

ゴグマゴグにも変化があり、目が見たこともない点滅《てんめつ》をしていた。

野性的な本能と、古代兵器《ゴーレム》の反応にヴァーリチームのメンバーは、この状況が桁違《けたちが》いに異様であることは完全に理解していた。

――と、前方の人型と楕円形の物体に動きがあった。

【#$&@?¥－＝$＝%#$?~＊＊#＋¥】

という謎の……音？　音声？　らしきものが聞こえてきた。

すると、人型のほうが楕円形の物体に顔を向ける。

【?&¥@+／=～!%】

人型が楕円形に……話しかけた？　ようにしか感じ取れないが……。

まったく覚えのない音声だ。

悪魔《あくま》に転生しており、すべての言語が理解できる黒歌でも——、

「……何をしゃべっているか、まったくわからないわ」

これは悪魔と人間のハーフであるヴァーリも同様で、謎の物体が何をしゃべっているのか、まるで理解できない。覚えのある言語として聞こえてこないのである。

というよりも、あの楕円形の物体は、ただの塊《かたまり》ではなく、あれで個体なのか……？

ふたつの物体はその後も独特の音声らしきものでやり取りをし始め、

【＼＞=＊え、&#あー、あー、あー、チャ……ネル……は、これ、で、い、いか？】

なんと、こちらにも理解できる声を発した。

それは英語であった。

英語はここにいるメンバー全員が理解できる。

人型のほうもついにはこちらが理解できる言語を発し始めた。

【それで、この星の共通言語は開けているはずだ】

人型が楕円形の物体に向けて、そう言う。

人型が――こちらのペガサスが引っ張っている檻、ハーデスとアンラ・マンユのほうに視線を向けた。

人型は音声を発する。

【神性を有する存在の確認。データ照合……オリュンポス式とゾロアスター式の数値を感知。その周囲に現地の……戦闘《せんとう》種族だと思われる生物……いや、超常《ちょうじょう》生命体を確認。指示を請《こ》う】

これを受けて、楕円形の物体から笑い声が聞こえた。

【ハッハ！　生物《ナマモン》発見だぜ！】

次の瞬間《しゅんかん》だった――。

楕円形の前方の一部分が開いて、砲口《ほうこう》らしきものが現れる。

そこに火が灯《とも》り、力ある何かをチャージしているのがわかった。

そして、それは放たれたッ！

ヴァーリは嫌《いや》な予感を覚えて、瞬時《しゅんじ》に『白龍皇の鎧《ディバイン・ディバイディング・スケイルメイル》』を装着――否《いな》、『白銀の極覇龍《エンピレオ・ジャガーノート・オーバードライブ》』状態となった。

通常の禁手《バランス・ブレイカー》では、対処できない相手だと本能が騒《さわ》いだからだ。

高速で迫《せま》り来る砲撃《ほうげき》を右手で弾《はじ》いていく。

弾いた瞬間、ヴァーリは不思議な感触《かんしょく》に包まれていた。

……オーラや魔《ま》法《ほう》形式、闘《とう》気《き》の類での砲撃ではない。どちらかというと、実弾《じつだん》を弾いた感触であったが……ただの実弾というわけでもないようだ。

これを受けて、砲撃を放ってきた楕円形の物体は笑い声をあげる。

【ズハハハッ！　おい、ベベヴ・ス、見たか!?　俺の——機械生命体《エヴィーズ》の攻撃《こうげき》を凌《しの》ぎやがったぞッ！　とんだ、ナマモノだッ！】

ベベヴ・スと呼ばれた人型が楕円形の物体に言う。

【グヴァルドラッ！　攻撃の指示はまだ出ていないッ！】

人型——ベベヴ・スにグヴァルドラと呼ばれた楕円形の物体はその声を振《ふ》り切り、ボディの複数の箇所《かしょ》が開く。そこからブースターらしき噴出口《ふんしゅつ》が現れた。

ゴォォオオオオオオオオオオオオオオオオオオオオオオオオオオオオオオオオオオオオオオオッッ！

盛大な炎《ほのお》を噴かして、楕円形の物体——グヴァルドラがブースターを点火させて、こちらに高速で飛び出してきたのだ！

【なーに、あの巫女はここにはいねぇってなッ！】

そう音声を発して、グヴァルドラがヴァーリ目掛《めが》けて高速で飛来してくる！

グヴァルドラは、目前にまで迫ったとき、驚《おどろ》くべき変化を見せる。楕円形の端々《はしばし》に亀裂《きれつ》のようなものが生じ、それがスライドしていくとそこから太い四肢《しし》が現れたのだ！

そして、頭部までボディの内部から現れた！

ヴァーリが知っている生物で表すならば――亀《かめ》だ。

頭部には六つの目らしき切れ長の赤い耀き。

グヴァルドラの両腕《りょううで》は脚部《きゃくぶ》よりも太く、前腕部《ぜんわんぶ》が特に巨大《きょだい》だった。まるで盾《たて》のように思える。亀のような……機械、ロボット⁉　生物ではない。少なくともヴァーリが知っている限りの生命体ではない！

亀のようなものに変化したグヴァルドラ。巨大な腕をヴァーリに向けて振り回してきた。

ヴァーリは驚きながらも大振《おおぶ》りの一撃《いちげき》を、余裕《よゆう》をもって避《よ》ける。その瞬間だった。グヴァルドラは、瞬時に四肢と頭部を収納させ、元の楕円形に戻《もど》り――。

ボォォォオオオオオオオッッ！

ボディの各所からバーニアが出現し、盛大に火を噴かしていく！　そのままバーニアの勢いで、楕円形のボディが高速で横回転をし始めて、ヴァーリに突《つ》っ込んできた！

ヴァーリは空中で身を翻《ひるがえ》しながら、高速回転で飛んでくるグヴァルドラを避けるが、執《しっ》拗《よう》なまでに追いかけてくる！　何度も軌道《きどう》を修正して、ヴァーリの動きに順応をし始めてきた！

ヴァーリは手からオーラの弾《たま》を繰《く》り出すが、器用に宙で軌道を変更《へんこう》して、こちらの攻撃を躱《かわ》してくる！

グヴァルドラは、一旦《いったん》後方に下がると、回転を止めて、今度は高速で直進してきた！

ヴァーリは圧縮空間を展開するためにオーラを高める。具象だけに留《とど》まらず、夢、幻すらも圧縮するという秘技──コンプレッション・ディバイダー。

神クラスすらその空間に捕《と》らわれれば、圧倒《あっとう》的な圧力により押しつぶされる。

ヴァーリが前方から向かい来るグヴァルドラに向けて、それを放とうとした。

そのときだった！

グヴァルドラの極太の両腕が再び展開し、姿を現す。その前腕が──ロケット噴射を盛大に噴かして、飛び出してきた！

飛び出してきた両の前腕は、有線式であり、上腕《じょうわん》の繋《つな》ぎ目《め》と繋がっている。前腕はこちらに向かって飛んでくるが、右腕《みぎうで》が途中《とちゅう》で斜《なな》め上に軌道をずらし、左腕《ひだりうで》は斜め下に軌道を変えた！

それぞれで違《ちが》う方向から飛んでくる前腕ふたつと、前方からも突っ込んできているグヴアルドラの本体――。

ヴァーリはまとめて圧縮してやろうと、自身の周囲に力ある力場を発生させようとオーラを解放――。

【だと思ったぜッッ！】

グヴァルドラがそう叫《さけ》ぶと、二方向から飛んできていた有線式の前腕の手、その手のひらに穴が開き、そこから編み目状のエネルギーが放射された！

二方向から放たれた編み目のエネルギーは、光の翼《つばさ》を展開していたヴァーリの体を包み込むように覆《おお》っていく。

その瞬間だった――。

ピガガガガガガガガガガガガガガガガガガガッッ！

鎧を通り越《こ》して、ヴァーリの全身に高圧電流が流れ込んでくる！　この編み目状のエネルギー体は、電流を流すものだった！

「ぐっ！」

予想だにしていなかった攻撃にヴァーリは高圧電流に苦悶《くもん》の声を出す。

「おい、ヴァーリィ！」

「ヴァーリさま！」

リーダーが苦しむ姿に美猴とルフェイが悲鳴をあげる。

さらにそこに前方から高速で突っ込んできたグヴァルドラの本体が体当たりをかましてくる！　鎧の内部にまで響《ひび》く一撃でヴァーリは後方に吹《ふ》っ飛ぶが、編み目状のエネルギー体に捕らわれているため、ある一定の距離《きょり》まで吹っ飛んだあとでバウンドするように今度は前方に体が戻っていく。そこにグヴァルドラは収納していた脚部も出して、ヴァーリに蹴《け》りをかました！

「――がっ！」

あまりの衝撃《しょうげき》に鎧の腹部が完全に破壊《はかい》される！

再び後方に吹っ飛ぶヴァーリだが、編み目状のエネルギー体により、またバウンドして前方に戻って――。

このままでは、何度もバウンドして蹴りを無数にくらってしまう！

ヴァーリはいまだに感電する我が身を無理矢理動かし、編み目状のエネルギー体を放っているふたつの前腕に向けて、莫大《ばくだい》なオーラを撃《う》ち出した！

オーラの砲撃は、正確にふたつの前腕を弾き、編み目状のエネルギー体から解放される。

蹴りを放とうとしていたグヴァルドラから距離を取る。グヴァルドラの蹴りは空《くう》を切った。

ヴァーリは体勢を立て直すため、一旦仲間のもとに戻る。

美猴たち仲間がヴァーリのもとに集《つど》う。

「ヴァーリ、大丈夫《だいじょうぶ》か？」

美猴が心配そうに訊《き》いてくる。

ヴァーリは息を吐《は》きながら言う。

「……ああ、少々油断した」

皆《みな》で前方を見やる。グヴァルドラは射出していた有線式の両腕をもとに戻していた。

六つの目が怪《あや》しく輝《かがや》く。

【ハハッ！　俺の一撃を受け止めやがったぞ！　予想よりもずっとこの星の超常生命体はやるようだぜッ！】

相当はしゃいでいるグヴァルドラに、人型のベベヴ・スは声を荒《あら》らげた。

【グヴァルドラッ！　いい加減にしろッ！】

美猴がグヴァルドラとベベヴ・スに激高しながら訊く。

「なんだ、てめぇらはッ！　いきなり、攻撃してきやがってよ！」

すると、グヴァルドラは高らかに名乗る。

【俺は――剛天将《ごうてんしょう》グヴァルドラッ！　『計都天海《けいとてんかい》』たる天王《スカイ・プライム・ルーラー》ルガティムさまに仕え

る――『五　邪《アトロシティ・ファナティック》』が一角ッッ！　剛天将グヴァルドラだッ！】

『――ッ⁉』

まったく聞き覚えのない名称《めいしょう》を語られ、ヴァーリチームの一行は当惑《とうわく》するしかない。

……『計都天海』？　……天　王《スカイ・プライム・ルーラー》ルガティム……？

……『五　邪《アトロシティ・ファナティック》』、剛天将グヴァルドラ……。

人型も名乗り出す。

【同じく私は、『計都天海』たる天　王《スカイ・プライム・ルーラー》ルガティムさまに仕える――『五　邪《アトロシティ・ファナティック》』、賢天将《けんてんしょう》べベヴ・ス】

この機械めいた者……いや、モノたちは、ヴァーリたちの知らない領域から来たモノ――としか思えなかった。

グヴァルドラがべベヴ・スに訊く。

【さっき、この白銀が使ってきた兵器は、この星の火器類か！】

【いや、おそらく、この星の超常《ちょうじょう》生命体のみが使う異　能《ユニーク・スキル》だろう】

【異　能《ユニーク・スキル》！　未開の地のナマモンらしいじゃねぇかっ！　それなら、べベヴ・スッ！　こいつらが使う攻撃の解析《かいせき》をしやがれッ！　物理的なバリアーじゃ、全部は防ぎきれんからなッ！】

【こうなった以上、出来る限りデータは収集するが……ルガティムさまには報告するからな】

【ハハハッ！　あのお方ならわかってくださるだろうよッ！　やはり、異星とのファーストコンタクトはこうでなくてはなッ！】

奴《やつ》らが楽しく話しているうちに体勢を立て直そうとしたが――。

途端《とたん》にヴァーリの鎧が解けてしまう。

驚愕《きょうがく》するヴァーリであったが、理由も理解してしまった。

――スタミナが尽《つ》きている。

先のレーティングゲーム国際大会での『西遊記』チームとの一戦、そのあとのハーデス、アンラ・マンユとの戦い。満足に休まず、件《くだん》の二柱《はしら》を移送しているなかでの襲撃《しゅうげき》だったため、さすがの希代の天才たるヴァーリでも体力の限界を迎《むか》えていたのだ。

グヴァルドラの攻撃《こうげき》をまともに浴び続けたのも、それが理由でもあるのだろう。

これを察知した美猴は言う。

「おまえは休んでろい。連チャンでクソ強ぇ神クラスと戦いすぎだぜ」

リーダーであるヴァーリを守るように仲間たちが前で構える。

そうこうしているうちにグヴァルドラがブースターを噴かして、再びこちらに突っ込んでくる寸前であった。

【いくぜぇぇぇぇぇ、ナマモンッッ！】

グヴァルドラは、再び頭部と四肢をボディに収納したあと、高速の横回転を始めて、こちら側に飛んでくる！

ルフェイと黒歌が術式――魔方陣《まほうじん》を展開させ、回転して迫《せま》り来るグヴァルドラに向けて放つ。ルフェイはあらゆる属性の魔法《まほう》を、黒歌も同様に多種多様な攻撃用の妖術《ようじゅつ》を撃ち出した。

魔法によって作りだされた雷撃《らいげき》が、氷の槍《やり》が、妖術によって作られた妖怪《ようかい》の火炎《かえん》が、疾風《しっぷう》がグヴァルドラに向けられる。

――が、横に高速回転するグヴァルドラは、その回転の勢いでルフェイと黒歌の攻撃を弾《はじ》いてしまう。

いや、ボディ自体に見たこともない防御障壁《ぼうぎょしょうへき》が発生しており、それによって、魔法使《まほうつか》いと妖怪の術を弾いたようだ。

「――ッッ！　魔法が通じない!?」

この結果にルフェイは驚愕していた。

グヴァルドラに攻撃を繰り出すため、美猴、現猪八戒、現沙悟浄、アーサーも攻撃態勢となり、美猴が如意棒《にょいぼう》を、アーサーがコールブランドを振《ふ》るおうと——。

そのとき、人型のベベヴ・スが動く！

体の肩《かた》、胸部、太ももが開き、そこから無数の——小型ミサイルを放ってきたのである！

「——っ！　ミサイル⁉」

仰天《ぎょうてん》しながらも美猴は如意棒で飛来してくるミサイルをたたき落とす。アーサーも聖王《せいおう》剣《けん》の聖なるオーラで迎撃《げいげき》した。

——大西洋上空で莫大な爆発《ばくはつ》が空一面に巻き起こる！

爆煙《ばくえん》を振り払《はら》いながら、美猴が毒づく。

「つーか、こいつらからオーラが微塵《みじん》も感じらねぇっつーのッ！　魔法力や闘気《とうき》の類も出てねぇし、何なんだ、こいつらはよ！」

黒歌が言う。

「明らかに魔物《まもの》や異形じゃないわ！　アメリカとかロシアが造った対異形の新型兵器とか⁉」

その可能性もないわけではないだろうが、少なくとも眼前の二体は——その類じゃないとヴァーリは思っていた。

機械めいた……生命体、としか思えない。

しかも、この世界……いや、この地球の代物《しろもの》ではないのかもしれないとも思いだしていたのだ。

爆煙が止《や》んだと思った矢先、グヴァルドラが回転しながら美猴とアーサーに襲《おそ》いかかる！

美猴が如意棒で迎えようとするが、グヴァルドラの回転を如意棒で払いきれなかった。

アーサーが聖王剣で斬《き》りかかる！

バジィッ！　という音を立てながら、アーサーの聖なるオーラは弾かれる！

「──っ！　やはり、未知の障壁《しょうへき》……バリアーが張られていますね！」

アーサーはそう感想を述べる。

そうこうしているうちにべべヴ・スの目が怪しく輝き、こう声を発する。

【ある程度、計測が終わった。グヴァルドラ、そちらに転送する。ここにいる大体のものが、光学兵器に弱い。あとは物理的な火器でいけるだろう】

グヴァルドラの六つの目も不気味に輝く。

【ハハハハハハッ！　なら、こいつだッ！】

グヴァルドラがそう言うなり、太い両の前腕《ぜんわん》をこちらに向けた。

前腕の甲《こう》部分が開き、砲口《ほうこう》が出現する。

そこが鳴動し、何かがチャージされて、そして——こちらに放たれた！

それは極大《きょくだい》の光の奔流《ほんりゅう》だった！

光の攻撃は……悪魔《あくま》や妖怪が多いヴァーリチームにとって、弱点に等しい。ヴァーリチームの面々は、極大の光の奔流——ビームの直撃《ちょくげき》を回避《かいひ》しようと散り散りになっていく。

「なんだ⁉　光属性の異能か⁉」

美猴がそう叫《さけ》ぶ。

「……いや、これはビーム兵器のようなものだ」

ヴァーリはそう感想を述べる。

そう、これはビーム兵器に似たものだ。光の魔法や天使の力ではない。完全に異能ではなく、兵器の類であった。

そこに——ベベヴ・スが照準を合わせてきていた！

ベベヴ・スは四本の腕《うで》を前面に持ってくる。すると四本の腕が合体し、一本となって、先端《せんたん》に砲口が生じる！

その砲口から、グヴァルドラ以上に太い光の一撃《いちげき》が放たれた！

ズォォオオオオオオオオオオオッ！

ヴァーリチームはその攻撃も躱《かわ》すために距離《きょり》を取ろうとするが、ベベヴ・スはその場で体の向きを変えて、ビームの軌道《きどう》を修正してきた。

「はあああああああああああああっ！」

アーサーが気合い一閃《いっせん》、聖王剣に莫大なオーラを高めて、正面からベベヴ・スのレーザーを受け止め……一時《いっとき》押されながらも、斜《なな》めに弾いた！

そこにゴグマゴグのパンチがロケット噴射《ふんしゃ》をしながら飛んでいく。

【おほっ！　俺たちみたいな奴もいるじゃねぇか！】

これにグヴァルドラがうれしそうにしていた。

グヴァルドラはゴグマゴグの飛んできた拳《こぶし》を極太《ごくぶと》の前腕で弾き飛ばしてしまう。

さらにフェンリルが――神速で飛び出していき、グヴァルドラを体当たりで吹《ふ》っ飛ばしてしまう！

さすがは最強の魔物だ。相手が未知数でも、余裕《よゆう》で吹っ飛ばしてしまう。

グヴァルドラは大西洋の海に落下していくが――すぐに飛び上がってきてしまった。

グヴァルドラが言う。

【速ェ。なんだ、その生物は？　俺の計測器が間違《まちが》ってないなら、とんでもねぇパワーを持っているな】

未知の相手でも、フェンリルの危険性は十分に察知できるようだった。

グヴァルドラが楽しげに言う。

【──こりゃいい。この星の原住民はゴミみてぇな戦闘力《せんとう》のようだが、超常生命体のほうはそこそこ遊べそうだぜ。本来の目的地のための余興が……これなら我《われ》らがレガルゼーヴァ神のご到着《とうちゃく》まで存外楽しめそうだな】

「レガ……なんだと？」

ヴァーリが訝《いぶか》しげにそう漏《も》らす。

そのとき──。

背後で異変が起こっていた。ペガサスに繋《つな》がれていたハーデスとアンラ・マンユを入れていた檻《おり》が、謎《なぞ》の正方形の結界らしきものに覆《おお》われていたのだ！

結界の端々《はしばし》に小型の……機械みたいなものがあり、それが正方形の結界らしきものを作りだしているようだった。

……こんなものを張られている気配は微塵も感じられなかった──。

べべヴ・スが言う。

【グヴァルドラ！　──任務は完了《かんりょう》した】

べべヴ・スがそう言うと、上空で奇妙《きみょう》な大気のうねりを発生し始める。

ヴァーリたちが見上げると、そこには「バジィ！　バジィッ！」というスパーク音を立ながら、空間に巨大《きよだい》な穴を穿《うが》って、何か……強大な何かが現れようとしていた。

「……なんだよ、ありゃ……」

空間に穴を穿ちながら現れてくるそれを見て、美猴は呆然《ぼうぜん》としていた。

空間に生じた巨大な穴から出現したのは——見たこともない飛行船だった。

黒歌が顔をしかめながら言う。

「……巨大な飛行船。ううん、空飛ぶ戦艦《せんかん》……？　映画とかで出てきそうな……」

黒歌が言うように、それはSF映画に出てきそうな——宇宙船のように見えた。

大きさは八百メートル……いや、一キロにも達しそうなほどに巨大すぎる船——。

「……いや、あんなもの、人間界にも超常《ちょうじょう》の世界にも存在しない」

ヴァーリがそう述べる。

ハーデスとアンラ・マンユを入れた檻が光り輝《かがや》く。

渡《わた》すまいとヴァーリたちはオーラの攻撃を放つものの、正方形の結界にはまったく通じない。

檻は輝きを一層増したあと、光の球となって、高速で巨大な船のほうに飛んでいってしまった——。グヴァルドラとベベヴ・スの二体も光り輝きだす。

グヴァルドラがこう述べる。

【白いのと、その連れども。また会えたら、遊ぼうや】

そう告げたあとで、グヴァルドラとベベヴ・スも光の球となって、巨大な船のほうに高速で飛んでいってしまう。

ハーデスとアンラ・マンユ、グヴァルドラとベベヴ・スを回収したと思われる巨大な船は空間に穿たれた穴に再び潜《もぐ》り込んでしまった。

船が消えると同時に穿たれた穴も消失していく。

——これは、夢か？　それとも冗談《じょうだん》か？

ヴァーリは狐《きつね》につままれたような思いだった。

ただ、確実に得体の知れないものが、この世界に接触《せっしょく》してきたということだけは、ヴァーリチームの全員が理解したのである。

# Unknown threat.

アジュカ・ベルゼブブの周囲は慌《あわ》ただしくなっていた。

理由は——冥府《めいふ》の神ハーデスと、ゾロアスターの悪神たるアンラ・マンユ、先の『地獄《じごく》事変』での主犯格らが、移送中に奪取《だっしゅ》されたからだ。

相手は——正体不明の存在。

アジュカは、隔離《かくり》結界領域でトライヘキサと戦っているアザゼルたちＶＩＰを通信用回線に出るよう計らう。

数時間後にトライヘキサとの戦い（ローテーション）の合間——休息中にようやく連絡《れんらく》が取れ、アジュカは件《くだん》の報告をまずはアザゼルと天使長ミカエルに告げた。

情報と、ハーデス、アンラ・マンユの奪取時の記録映像に接して、アザゼルとミカエルは——青ざめた表情となっていた。

古代ゴーレムたるゴグマゴグに戦闘記録を保存する機能を後付けでつけたのだが……そこに想像を絶する映像が映り込んでいた。

――機械の生命体が、白龍皇《はくりゅうこう》であるヴァーリ・ルシファーと、その仲間たちと交戦したのである。

アザゼルは顔を覆う。

『……なんてこった。これは、いつ捕捉《ほそく》した？』

アジュカが言う。

「つい先ほどのことだそうです。あまりに奇《き》っ怪《かい》なため、上にあげていい情報かどうか、下が混迷していたと聞いています」

アジュカの報告にアザゼルは目を見開く。

『――っ。…………ははっ、そりゃねぇよ。俺たちが知っていたこととまったく違《ちが》うじゃねぇか……っ！』

そう、実は時間を操る能力を進化させた未来のギャスパー・ヴラディが、同じく未来の技術者（未来のアジュカ・ベルゼブブやグリゴリ関係者）と協力して、三十年後の世界より情報がある程度もたらされていたのである。

それは三十年後にこの世界――この星、地球に襲来《しゅうらい》するという『E×E《エヴィー・エトウルデ》』の邪神《じゃしん》メルヴァゾアとその一派の情報だった。

完全に未来を変える（タイムパラドクス）わけにもいかないため、最低限の情報であった。未来のギャスパーたちが接触してきた背景には、そこにもまた機械生命体の過去への干渉《かんしょう》——つまり、現在のこの世界への悪意ある攻撃《こうげき》があったからこそなのだが……。

ただ、そのギャスパーから知らされた情報とは別の状況《じょうきょう》に、いま陥《おちい》ろうとしていたため、アザゼルもアジュカも表情を険しくするしかなかったのである。

アザゼルがアジュカに問う。

『……それで、おまえさんに渡した未来のギャスパーから聞いてまとめた資料、そこから分析《ぶんせき》して、この状況はどこまで解明されている？』

「現在、解析《かいせき》を進めていますが……ご想像の通り、彼らの先遣《せんけん》隊でしょう。どのような手段を用いてここにたどり着いたかはいまだ不明ですが……」

沈痛《ちんつう》な面《おも》持ちとなるアザゼル。言葉もない。

大きな息を吐《は》いたあとで怒《いか》りに満ちた声を発する。

『……まさか、ここまで早いとは……。どうなってやがるんだ……っ！』

アジュカが言う。

「『E×E《エヴィー・エトゥルデ》』の邪神メルヴァゾア及《およ》び主力部隊は予定通り、三十年後に来るのでしょう。ただし——」

『……メルヴァゾア以外は例外もあり得るってことか。俺たちがこっから出られないって状況だってのによ……っ！』

やり場のない怒りを吐くアザゼル。

普段《ふだん》おちゃらけているが、常に冷静なグリゴリ元総督《そうとく》がここまで感情を激高させるのは珍《めずら》しい。それだけ、焦《あせ》っているのだ。

『……困りましたね。これは人間界にも影響《えいきょう》が確実に出そうです』

天使の長たるミカエルも沈痛な表情となっていた。

アジュカがアザゼルに言う。

「現段階では、彼らのことを『Under world's Life form』――『UL《ウル》』と、予定の通りに各勢力に報告するつもりです」

『……相当予定を繰《く》り上げになるがな』

「彼らの本当の種族名である――『機械生命体《エヴィーズ》』を各勢力と……特に『D×D《ディーディー》』にどう伝えるべきか……悩《なや》むところです」

ヴァーリチームに襲《おそ》いかかった機械めいた生命体の正式な名前は『エヴィーズ』。

彼らの言葉で機械生命体を意味する――。

少しずつ冷静さを取り戻《もど》していくアザゼルはふとあごに手をやり、目を細めながら思慮《しりょ》する。

数分後に彼はこう沈黙《ちんもく》を破った。

『………………あの未来からの干渉が、この世界の歴史にズレを生じさせたか。影響が出ないよう、内々に処理と修正をしたつもりだったんだがな。影響を限りなくゼロにさせることは出来るが――』

「やはり、ゼロにはできない、ということでしょうね」

アジュカはそう続けた。

以前にアザゼルが言った、「バタフライ効果」――。

ごく僅《わず》か、蝶《ちょう》の羽ばたき程度の現象が起きても、羽ばたかなかったときに比べると、結果は大きく変わってしまう――。

その答えが、まずはヴァーリチームに襲いかかったのだろう。

アジュカとアザゼルの深刻な話にようやく隔離結界領域にいるVIP、北欧《ほくおう》の元主神オーディン、オリュンポスの元主神ゼウス、主メンバーが集まりだした。

オーディンが訊《き》いてくる。

『どうしたんじゃい、坊主《ぼうず》ども。えらい沈《しず》んでおるようじゃな。今日の話し合いっていうのは最重要かつヤバめということかの？』

アザゼルがオーディンに言う。

『──機械生命体《エヴィーズ》が来たぜ、オーディンのじいさん。こちらが知り得ている情報から、本来は三十年後に接触を果たす予定だったんだが……ズレが生じたようだ』

この情報にオーディンもゼウスも、驚《おどろ》き、顔を見合わせていた。

『待て待て待てぃ。……では、予定よりもずっと早く邪神メルヴァゾアとその配下たちが来るということになるのかの？』

『表は準備も整っておらんはずだ』

オーディンとゼウスがそう言う。

アザゼルは首を横に振《ふ》る。

『いや、メルヴァゾアは来ない。そこだけは本来の歴史通りになるだろう。ただし、代わりに──鬼神が来る』

アジュカが続く。

「……アザゼル前総督の秘匿《ひとく》している情報に、『E×E《エヴィー・エトウルデ》』の邪神メルヴァゾアには、二柱《はしら》の兄妹《きようだい》がいると。兄の『鬼神』レガルゼーヴァ、妹の『魔神《まじん》』セラセルベス──」

『E×E《エヴィー・エトウルデ》』の機械生命体の創造主たる邪神メルヴァゾアには、二柱の兄妹がいた。

それが兄神の『鬼神』と妹神の『魔神』である。

アザゼルが続けて言う。

『ヴァーリたちの目の前に現れた連中は、その「鬼神」の一派だ』

　オーディンが言う。

『この段階だと、表に残してきた若い者たちでは、かなり荷が重いのではなかろうかの』

　ミカエルが答える。

『……ええ、いまの「Ｄ×Ｄ《ディーディー》」を総動員しても勝ち目は……薄《うす》いでしょう。与《あた》えられた情報通りならば、たとえオーフィスがいても……』

　アジュカもうなずく。

「ええ。……『Ｅ×Ｅ《エヴィー・エトウルデ》』の邪神三柱は、単体ですら全盛期のオーフィスよりも遥《はる》かに強いとされます。彼らの前では無限ですら意味がないということですから――。……そう、それができるのが今回訪れるであろう――『覇邪鬼神《インビンシブル・デバステイター》レガルゼーヴァ』です」

　アザゼルが深く息を吐きながら告げた。

『……レガルゼーヴァとその一派が今回の相手になる可能性が非常に高い』

　隔離結界領域に突入《とつにゅう》しているＶＩＰの間で重々しい空気が流れている。

　サーゼクスはまだ領域内での戦いのローテーション的に、この場に来ていないが……いまの話を聞いて、彼はどう感じるだろうか――。

　そのように思慮しているときだった。

アジュカのもとに個人回線での連絡用魔方陣《まほうじん》が展開する。

連絡は彼の『女王《クイーン》』たるファラクからのものだ。ファラク――体内と地獄が繋《つな》がっているとされる巨大《きょだい》な蛇《へび》の王。普段は女性の人間体の格好をしている。

ファラクがアジュカに報告してくる。

《アジュカさま、例の娘《むすめ》が目を覚ましました》

例の娘とは、ハーデスたち『地獄の盟主連合』を打ち倒《たお》したとき、イギリスの地下にあった彼らのアジトで偶然《ぐうぜん》保護した謎《なぞ》の少女だ。

どうやら、人工超越《ちょうえつ》者であるヴェリネが、任務中に保護した少女のようなのだが……。

軽く調査したところ、見たことのない波動とオーラを感知し、詳《くわ》しく観察していたところだった。

それが、目覚めたというのだ。

ファラクが言う。

《記録の映像をご確認ください。……正直、耳を疑うようなことを口にしているのですが……》

普段はアジュカ以上に冷静沈着《ちんちゃく》なファラクがそう言うとは……。

アジュカはアザゼルたちに「席を外します」と一言告げてから、別の部屋で記録された映像を再生させる。

とある施設《しせつ》の診療《しんりょう》室にあるベッドから上半身のみ起こす少女の映像が映った。

少女が、医師に話す。

《私は――『ファディル』で巫女《みこ》をしている者……セファイラ・セラセルベスと申します。こちらの言語で『F×F《ファディル・フェルドラ》』という名前の世界よりまいりました。…………おそらく、私の存在はこの世界の皆《みな》さんを危険に晒《さら》すことになります》

# 終末の予兆

俺こと兵藤一誠《ひょうどういっせい》とリアスは、朝食後に家の屋上に出てきていた。

今朝のテレビで流れていたニュースをリアスと話していた。

「なんか、太平洋でアメリカの巡洋艦《じゅんようかん》が交戦に入った上で沈められたとかニュースで出てきたけど、人間界で何が起こっているのやら……」

そう、アメリカの巡洋艦が、太平洋で攻撃を受けて沈んだというんだ。全チャンネルで大々的に報道されていて、ネットでは世界中で「戦争か！」という物騒《ぶっそう》な論争から、「宇宙からの攻撃だ！」という突拍子《とっぴょうし》もない話題まで出てきている。

何せ、巡洋艦を攻撃したのが——よくわからないというのだ。アメリカが攻撃されて沈《ちん》没《ぼっ》したということだけ発表して、どこの誰《だれ》にやられたかを公表しなかった。それがさらに流言飛語となり、人間界のテレビ、ネットは様々な思いが駆《か》け巡《めぐ》っている。

リアスが難しい表情で言う。

「ヴァーリが出くわしたロボットのような謎の敵と関係あるかもしれないね」

そうだ、そっちも大変なことになってる！

俺たちが倒したはずのハーデスとアンラ・マンユが、ロボット？　サイボーグ？　みたいな連中に奪取《だっしゅ》され、運ばれていったっていうんだ。

移送していたのは実力のあるヴァーリチームだったというのに……。現在、詳しい話を上の方々に報告しているようだが……。

まだ、俺たちや各神話勢力に敵意をまき、人間界を巻き込もうとする輩《やから》がいるんだろうか……？

今度はどこの神話のどの神さまや魔物《まもの》だよ!?

ロボットということは、グリゴリや『禍の団《カオス・ブリゲード》』の技術力が流用された？　あるいは例の世界の裏側で実験を繰り広げているという『ネビロス』か？

「ったく、怖《こわ》くなってきたぜ。ハーデスをようやくぶっ倒したってのによ。――って、オーフィス。どうした？　空を見上げてさ」

俺が屋上の隅《すみ》っこで空を見上げるオーフィスと、リリスの姿を発見した。

じっと怖いぐらい空の一点を見つめ続けている。

――と、そのオーフィスが声をあげる。

「あ」

「どうした、オーフィス？」

俺が訊くと、オーフィスは一言漏《も》らす——。

「グレートレッドが——」

# Life.END　滅《ほろ》びをもたらすモノたち

地球から離《はな》れた位置にある衛星――月、その裏側にて、機械生命体の大型戦艦《せんかん》が駐機《ちゅうき》されていた。

戦艦内のブリッジにて、細長い人型エヴィーズ――『五　邪《アトロシティ・ファナティック》』ベベヴ・スは指先から立体映像を投影《とうえい》させながら言う。

【天　王《スカイ・プライム・ルーラー》ルガティムさま、件《くだん》のモノを捕《と》らえ、現在分析《ぶんせき》をしているところです】

投影された映像は、エヴィーズが捕らえたオリュンポス三柱の一柱であるハーデスと、ゾロアスターの悪神アンラ・マンユである。

二柱は戦艦の研究施設にて、解析《かいせき》、分析をされていた。

ベベヴ・スの視線の先にはブリッジの中央――艦《かん》長席《ちょう》に座る五メートルほどの人型タイプのエヴィーズ。威厳《いげん》と絶大なプレッシャーを放つ、天　王《スカイ・プライム・ルーラー》ルガティム。

ベベヴ・スとグヴァルドラを創りだした存在であり、『計都天海』の一柱。エヴィーズの神の一柱である。

ルガティムが言う。

【この星の神性、調べしだい、本国に送信しておけ。ところで――】

ルガティムの視線――三つの目が『五　邪《アトロシティ・ファナティック》』グヴァルドラに向けられる。

【グヴァルドラ、やってくれたそうだな】

主《あるじ》にそのように言われ、亀《かめ》のような形である機械生命体――グヴァルドラはひれ伏《ふ》しながらも不敵な笑みを見せる。

【申し訳ございません。現地のナマモノを見たせいか、ついセーフティが緩《ゆる》みました】

ルガティムは艦長席の肘《ひじ》掛けで頬杖《ほおづえ》を突《つ》く。

【まあ、よい。『計都天海』たる海　王《シー・プライム・ダイナスト》ドゥルマードのほうも到着《とうちゃく》早々に大分やらかしたようだからな】

ブリッジ中央の投影された映像に映るのは、太平洋でアメリカの巡洋艦を沈めた巨大な海洋生物（百メートル級）――否《いな》、海洋生物のような機械生命体こと『計都天海』の海　王《シー・プライム・ダイナスト》ドゥルマードである。

ドゥルマードは巨大な外部装甲《そうこう》を装着して、暴れ回ったようだ。『計都天海』のルガティム及《およ》びドゥルマードは、核《かく》となる本体をベースにいくつかの外部装甲を持っている。戦いに応じて、それらを装着できた。

　ベベヴ・スが映像を見ながら言う。

【さて、いかが致《いた》しましょう。ルガティムさま】

【ふむ。セラセルベスさまの巫女がこの星に転移したのは間違《まちが》いないだろう。――して、グヴァルドラよ。この星の種族はどうであった？】

　ルガティムに訊《き》かれ、グヴァルドラが告げる。

【はっ、想定外の「F×F《ファディル・フェルドラ》」経由での転移だったとはいえ、先に来て正解だったかと。――この現地の時間にて三十年後に到着予定の本隊に先んじて楽しめますぞ】

【ほう、それは我が主もお喜びになりそうだ。高位精霊神《エトウルデ》陣営《じんえい》がこちらには直接関与《かんよ》することができない今こそが好機とも言えよう】

　ベベヴ・スが興味深いことを言う。

【ルガティムさま。その件なのですが……どうにも、こちらの世界で高位精霊神《エトウルデ》の波動が感知されたようでして……。この星に高位精霊神《エトウルデ》と交信をしている者がいる可能性が高いとのことです】

【……なるほど、高位精霊神《エトウルデ》どもめ】

『E×E《エヴィー・エトウルデ》』でエヴィーズと覇権《はけん》を争っている精霊サイドの神々――高位精霊神《エトウルデ》。

『E×E《エヴィー・エトウルデ》』に住んでいた有機生命体――生物は、すでにエヴィーズサイドがすべて絶滅《ぜつめつ》させたのだが、高位精霊神《エトウルデ》だけは、いまだに滅ぼせず、拮抗《きっこう》状態が長年続いている。

どうやら、その高位精霊神《エトウルデ》がこの星に接触《せっしょく》しているようだった。

べベヴ・スが告げる。

【この星はいまだに神話同士で覇権争いが終わっていないようです。それどころか、同盟関係が築かれつつあるようでして】

【神話同士で潰《つぶ》し合いが起こっていないのか】

その報告にルガティムは少々驚《おどろ》いた。

【すでに二勢力しか存在しない我が本星とは、やはり文化が違《ちが》うようだ。よし、この星の各神話、神性存在と超常《ちょうじょう》生命体のデータが揃《そろ》いしだい、その者たちへのアンチウェポンを作り始めろ】

ルガティムはそう感想を口にしつつ、命令も出した。

ルガティムの命令にべベヴ・スが返す。

【いいのですか？　この星は神話の覇権争いが終わっていないようですが？】

【ならば我ら鬼 神眷属《デバステイタープライム》がこの星の神話を喰《く》らい尽《つ》くせばいいだけのことだ。それを他の我が『五　邪《アトロシテイ・ファナテイツク》』にも告げよ】

堂々たる宣言にグヴァルドラは、

【ズハハッ！　さすが我が主！　そうでなくては面白《おもしろ》くありませんなッ！】

嬉々《きき》として受け入れるのであった。

そのとき、ベベヴ・スのもとに通信が入る。

ベベヴ・スがルガティムに告げた。

【我らが創造神より、ご連絡《れんらく》が。――この星の次元の狭間《はざま》を司《つかさど》るモノを討ち取った、と】


―＊＊＊―


ルガティムがワープホールを開いて配下の者たちと共に到着したのは――地球の次元の狭間と呼ばれる場所であった。

エヴィーズにとって、形容しがたい空模様（万華鏡《まんげきょう》を覗《のぞ》いたような景色）を持つ独特の領域であった。

ルガティム一派が足を踏《ふ》み入れたのは、次元の狭間では珍《めずら》しい足場のある場所であった。いつ、どこから流れてきたかわからない、人間界か冥界《めいかい》か、地面の一部が半径数キロほど広がっていた。

その中央の岩肌《いわはだ》の地で、ひとつの戦いが終わっていた。

ルガティムは巨大《きょだい》な岩に座り込む機械の巨人《きょじん》——いや、エヴィーズのもとに歩み寄り、跪《ひざまず》く。

配下の者たちも同様に跪いた。

さらに次々とエヴィーズの軍団がワープホールを開いてその場所にたどり着き、巨大な岩に座り込むエヴィーズを中心にして、どんどん跪いていく。

『計都天海』の海《シー・プライム・ダイナスト》王 ドゥルマードの一派も到着して、ルガティムたち同様に無言で跪いた。

跪くエヴィーズが、数千……数万を超《こ》えた頃《ころ》、巨大な岩で座り込むエヴィーズが、立ち上がる。

七メートルほどのエヴィーズ。四肢《しし》が太く、ルガティム以上……遥かに超えるプレッシャーを放つ。黒と紫《むらさき》の色合いを基調としたボディ。

両の眼《まなこ》は左右で二つずつ。さらに額にも眼があり、金色に輝《かがや》く——。

そのエヴィーズが、背後を振《ふ》り返りながら言う。

そこには——百メートルほどの赤い色の生物が無残な姿で横たわる。

【なかなか、楽しめたぞ。俺を相手にそこそこに保《も》った】

エヴィーズは視線を横に移す。

そこにあったのは――赤龍神帝《せきりゅうしんてい》グレートレッドの巨大な生首だ。

岩に座っていたエヴィーズの背後にあったのは首のないグレートレッドの体であった。

機械生命体の大軍がひれ伏す絶対の存在の前にあったのは、絶対の赤龍神帝と称《しょう》されたドラゴンの無残な遺体だったのだ。

グレートレッドを殺したのは覇邪鬼神《インビンシブル・デバステイター》レガルゼーヴァ――。

『E×E《エヴィー・エトゥルデ》』の邪神《じゃしん》メルヴァゾアの兄神である。

レガルゼーヴァにとって、グレートレッドは相手にすらならなかった。

レガルゼーヴァは、二柱の眷属《プライム》を創造した。それが『計都天海』天王《スカイ・プライム・ルーラー》ルガティムと海王《シー・プライム・ダイナスト》ドゥルマードである。

その『計都天海』天王《スカイ・プライム・ルーラー》ルガティムと海王《シー・プライム・ダイナスト》ドゥルマードはそれぞれに五体の眷属《プライム》を生みだした。それを『五邪《アトロシティ・ファナティック》』と呼んだ。

そして、無数に存在するのが、後頭部が突き出ていて、目が五つあり、銀色のボディを持つ人型――エヴィーズの兵隊であった。

レガルゼーヴァに跪く天王《スカイ・プライム・ルーラー》ルガティムが、自身の創造主たる存在に報告する。

【レガルゼーヴァ神のお相手がつとまりそうな存在は……このグレートレッドの他に現状で数種報告を受けております】

この報告にルガティムの『五　邪《アトロシティ・ファナティック》』であるべベヴ・スが続く。

【そのなかでも一際《ひときわ》強大なのが、オーフィス——無限とされるものでしょうか】

べベヴ・スは宙高くに映像を投影し、ここに集《つど》う全エヴィーズに見えるようにした。

映像にはオーフィス、ドライグ、アルビオン、クロウ・クルワッハが映し出されていた。

先に送り出しておいた兵隊が得てきた情報からのデータであった。

ルガティムの『五　邪《アトロシティ・ファナティック》』であるグヴァルドラが映像を見ながら言う。

【無限の生物？　力が無限に等しいのか？　それとも存在自体か？　それにこの生物は『F×F《ファディル・フェルドラ》』にも似たようなのがいましたな】

べベヴ・スがクロウ・クルワッハ、ドライグ、アルビオンと次々とパラメーターを表示していく。

【そちらの地球の原住民と似た姿なのがクロウ・クルワッハ。こちらの赤と白の二種は近年になって復活しており、力は他の生物にも継承《けいしょう》されているそうで——現在は悪魔《あくま》種族に憑依《ひょうい》しております。赤龍帝《せきりゅうてい》ドライグ、白龍皇《はくりゅうこう》アルビオン】

ドライグとアルビオンの力を受け継《つ》ぐ兵藤一誠《ひょうどういっせい》とヴァーリ・ルシファーの鎧《よろい》姿も映像に映し出される。

ヴァーリを指さし、グヴァルドラが笑う。

【ズハハッ！　こっちの白いのと戦いましたぞ！　確かに強い！】

ベベヴ・スが目を怪《あや》しく輝かせながら、グレートレッドの遺体を見つつ、あらためて報告する。

【――ドラゴン、という生物だそうです。グヴァルドラが言うように、『F×F《ファディル・フェルドラ》』にも似た生物がいましたが……知性を持ち合わせ、強大な力を有したものはごく僅《わず》かでした。一方で、こちらの星ではこの生物が神性の存在を超えるほどに最強を誇《ほこ》るようです】

【これがこの星の神々よりも強いのか。それとも、こちらの神どもが情けないだけか】

レガルゼーヴァがグレートレッドを一瞥《いちべつ》しながら、そう述べる。

ベベヴ・スがこう返す。

【シヴァ、インドラ、阿修羅《あしゅら》神族、ヴィーザル、アポロン……この星の神にも数値の高い存在もいるようです。それにモンスターという生物のカテゴライズにしましても、フェンリル、テュポーン等々探ればそれなりに】

レガルゼーヴァはドラゴンという生物に興味を持ったようで、ドライグとアルビオンのフォルムに視線を送る。

【メルヴァゾア《アレ》の眷属《プライム》が、配下に新たなフォルムを欲《ほっ》していたか。そのドラゴンというもののデータを送ってやれ】

レガルゼーヴァがそう言うと、通信係のエヴィーズが【ハッ】と応じる。

レガルゼーヴァが足下の岩を拾い、握《にぎ》りつぶす。

【ふむ、ならばメルヴァゾア《弟》が来る前にならしを済ませておこうではないか】

【ならしで滅びるかもしれませぬが】

ルガティムがそう言うが、レガルゼーヴァは不敵にこう応えるだけだ。

【それならば、その程度の星に過ぎなかっただけだ】

レガルゼーヴァはそこまで告げたあとで、視線を奥のほうに向ける。

【それでよいな、参謀《さんぼう》次長……『羅睺七曜《らごうしちよう》』月王《サテライト・プライム・ワイズマン》ハズ・イリュウス】

覇邪鬼神《インビンシブル・デバステイター》の五つの目線の先に存在するのは、幹部クラスとしては一回り小さい、約二メートルほどのエヴィーズであった。

ローブを着ているように見えるが、ローブに見える部分も機械であった。

ハズ・イリュウスと呼ばれたエヴィーズは跪きながら、こう述べる。

【我が主《メルヴァゾア様》にもレガルゼーヴァさまを御側《おそば》でお支えせよと命を受けております。――ですが、メルヴァゾア陣営《こちら》としても権限を行使させて頂くこともあるかと。その際は、ご容赦《ようしゃ》願いたく】

月王《サテライト・プライム・ワイズマン》ハズ・イリュウスはレガルゼーヴァの一派に身を置いているが、本来は邪神メルヴァゾア眷属《プライム》『羅睺七曜《らごうしちよう》』の一柱である。

メルヴァゾアサイドから派遣《はけん》されており、レガルゼーヴァの参謀次長を務めつつ、レガルゼーヴァ一派の動きを主であるメルヴァゾアに報告する役に就《つ》いていた。

レガルゼーヴァはそれを知っておきながらも有能なため、ハズ・イリュウスを傍《そば》に置いている。

【好きにするがいい】

レガルゼーヴァは寛大《かんだい》にハズ・イリュウスの忠言を聞き入れた。

べべヴ・スが、レガルゼーヴァに問う。

【この世界――いえ、この星は「地球《アース》」と呼ばれているようですが、我らはなんと呼称《こしょう》しましょう？】

【この星の最強の生物が、ドラゴンだったな。神はなんと呼ばれる？】

【カミ……ゴッド……またはデウスと呼ばれているようですな】

べべヴ・スがそう答えると、レガルゼーヴァは、こう告げた。

【ならば、この世界を現地の言語に直し――「D×D《ドラゴニック・デウス》」とする】

そう述べたレガルゼーヴァは手を前に突《つ》き出して、宣言した。

【それでは、俺はオーフィスとやらと遊ばせてもらおうか。『覇邪鬼神船団《デバステイター・オーダー》』全軍に告げる。

——「D×D《ドラゴニック・デウス》」制圧の準備に入れ。それと、セラセルベスの巫女《みこ》も一応捜《さが》せ】

【【【【【【【【【ハッ！】】】】】】】】】

ここに集うすべてのエヴィーズが、覇邪鬼神《インビンシブル・デバステイター》の号令に従う。

いったいこれまで、どれほどの世界が、彼らに破壊《はかい》されてきたか——。

いったいこれまで、どれほどの星が、彼らに滅ぼされてきたか——。

地球もそのひとつに過ぎないのだと——。

彼らにとっては特別なことでもない、いつもの侵略《しんりやく》の始まりである。

―＊＊＊―

レガルゼーヴァの宣言が終わったあと、月の裏側に駐機《ちゆうき》する大型戦艦《せんかん》。それは天王《スカイ・プライム・ルーラー》ルガティムの船ではなく、『羅睺七曜《らごうしちよう》』の一柱である月王《サテライト・プライム・ワイズマン》ハズ・イリュウスのものであった。つまり、鬼神レガルゼーヴァ一派の船ではなく、邪神メルヴアゾア一派の船である。

巨大《きよだい》戦艦は地球圏《けん》に四隻《せき》着いており、月の裏側に天王《スカイ・プライム・ルーラー》ルガティムとハズ・イリユウスの船が、地球の深海に海王《シー・プライム・ダイナスト》ドゥルマードの船が駐機している。そして、次元の狭間《はざま》にレガルゼーヴァが乗る旗艦《きかん》が存在していた。

船のブリッジに戻《もど》ったハズ・イリュウス。

ハズ・イリュウスに進言する配下のエヴィーズ。

【ハズさま】

【何だ】

【よろしいのですか？　今回の視察はあくまで交信のあったこの次元及《およ》びあの星の調査です。レガルゼーヴァさまの陣営は、三十年後に到着《とうちゃく》予定の本隊を待つつもりなどありませんぞ】

別の配下も言う。

【何より、レガルゼーヴァさまの陣営のこの度《たび》のお役目は、『F×F《ファディル・フェルドラ》』の完全制圧及び生物の絶滅《ぜつめつ》です。中途半端《ちゅうとはんぱ》にお役目を残したままで他の世界に侵略を始めてしまっては、いくら兄神さまであろうとて本国への示しがつきませぬ】

弟神である邪神《じゃしん》メルヴァゾアサイドは、兄神である鬼神レガルゼーヴァサイドの勝手なやり方に内心で憤慨《ふんがい》していた。

この「D×D《ドラゴニック・デウス》」――地球にたどり着いたのは、たまたま、偶然だ。以前に交信があったとはいえ、この次元への到着は想定外のものだった。

本来は、地球の時間で三十年後にエヴィーズの全軍がたどり着く予定だったのだ。

想定外の地球到着で、まず行わなければならないのは現地での調査と視察、分析《ぶんせき》である。

だが、レガルゼーヴァ側は、分析をしながらも攻《せ》め込むという手段に出た。

荒々《あらあら》しく好戦的な戦闘《せんとう》タイプばかりのレガルゼーヴァ一派らしいやり方だ。それでどれだけ、いままでメルヴァゾアサイドが後処理と損害を被《こうむ》ったか。

レガルゼーヴァとその臣下たちは、新天地で強者相手に暴れられればいいのである。

ハズ・イリュウスが言う。

【わかっている。だからこそ、我が主は私をこの『覇邪鬼神船団《デバステイター・オーダー》』に派遣したのだろう】

月王《サテライト・プライム・ワイズマン》ハズ・イリュウスは、機械生命体の主神たる邪神メルヴァゾアが持つ七柱《はしら》の眷属《プライム》――『羅睺七曜《らごうしちよう》』の第二位である。

実力と権限を同時に持つため、凶暴《きょうぼう》なレガルゼーヴァ一派の仲裁役、諌《いさ》める者として派遣された。

ハズ・イリュウスが言う。

【要は我《われ》らの陣営の本隊が到着するまであの星が保てばいいだけの話だ。たとえ、生物の大規模絶滅が起ころうとな。……あの星の超常《ちょうじょう》生命体で、最も見識の高い存在と接触《せっしょく》する。先に派遣した兵士たちの現地調査から見ても、こちらに宣戦布告をしてきたという

悪魔種族《リゼヴィム・リヴァン・ルシファー》の王子のような浅はかなモノばかりでもないだろうからな】

リゼヴィム・リヴァン・ルシファーの罵詈《ばり》雑言《ぞうごん》を、『E×E《エヴィー・エトウルデ》』のエヴィーズサイドは真剣《しんけん》に受け止めていない。

「D×D《ドラゴニック・デウス》」という世界があることを知ったのは有益であったが、リゼヴィムが明らかな愚者《ぐしゃ》であることを少なくとも邪神メルヴァゾアサイドは理解している。

ハズ・イリュウスの言葉に配下が言う。

【目はつけておりますが……どうやら、短期間にあの星の超常生命体間で幾度《いくど》か争いがあったようで、そのときに有益な識者が消失してしまっているようです】

投影《とうえい》された映像には、天使長ミカエル、堕天使《だてんし》の長アザゼル、悪魔《あくま》種族の魔王《まおう》サーゼクス・ルシファー、北欧《ほくおう》の元主神オーディンなど、VIPクラスの超常的な存在が映し出されていた。

【しかし、僅かながら……数体ほどですが、有益な識者が残ってもいるようです】

配下がそう告げながら、次に映し出したものは同じく悪魔種族の魔王アジュカ・ベルゼブブを始め、北欧の現主神ヴィーザル、オリュンポスの現主神アポロン、魔術師《まじゅつし》協会『灰色の魔術師《グラウ・ツアオベラー》』の理事メフィスト・フェレスなど、現在の各勢力のトップ陣《じん》であった。

それらの情報を眺《なが》めながらハズ・イリュウスは述べる。

【もうひとつ、懸念《けねん》はある。高位精霊神陣営《エトウルデ》最高神の一柱——聖母神チチことチムネ・チパオーツィが接触したという存在……。そのモノも探りたい。……エトゥルデ側が、何をこの星に仕込むつもりなのか。場合によっては、我らエヴィーズの害になるやもしれん】

そう漏《も》らすハズ・イリュウスは、自身の配下であり眷属《プライム》である『四　将《インヴエイド・ファナティック》』に視線を送る。

レガルゼーヴァ眷属《プライム》『計都天海』は五体の強力な眷属《プライム》『五　邪《アトロシティ・ファナティック》』をそれぞれで創りだしているが、彼らと違《ちが》い、メルヴァゾア眷属《プライム》の『羅睺七曜《らごうしちよう》』は四体の強力な眷属《プライム》——『四　将《インヴエイド・ファナティック》』をそれぞれで創りだす。

『計都天海』二柱の実力は地球の強者で比べたとき、グレートレッド級であり、その眷属《プライム》『五　邪《アトロシティ・ファナティック》』は各神話の主神級から魔王クラスである。

『羅睺七曜《らごうしちよう》』七柱の強さは、第一位がグレートレッドを超《こ》える力を持つが、下位は各神話の主神クラスである。その眷属《プライム》である『四　将《インヴエイド・ファナティック》』は魔王クラスから龍王《りゅうおう》クラスの強さであった。

そして、覇邪鬼神《インビンシブル・デバステイター》レガルゼーヴァを含《ふく》む『E×E《エヴィー・エトウルデ》』の邪神三柱は、それらよりも遥《はる》かに強く——。

月　王《サテライト・プライム・ワイズマン》ハズ・イリュウスが、自身の『四　将《インヴエイド・ファナティック》』に命ずる。

【ハズ・イリュウス眷属《プライム》の『四　将《インヴェイド・ファナティック》』に命ずる。レガルゼーヴァ勢力よりも先にあの星の有能な識者と接触せよ。次にセラセルベスさまの巫女も捕《と》らえよ。そして、聖母神と交信したモノも捜し出すのだ】

【【【ハッ】】】

メルヴァゾア眷属《プライム》としてハズ・イリュウスは、現地でのレガルゼーヴァ陣営《じんえい》との政治的な権力争いに身を投じることになる。

そして、地球と——そこに住む超常的な存在たち及び兵藤一誠はそれに巻き込まれることになる。

絶対の絶望が——始まる。

Innovate Clear...　X×X《クロス・タイムズ・キス》

「ダーク……いえ、光也くん。アジュカ・ベルゼブブ側から直々に連絡《れんらく》があったわ」

「……そうか。やはり、この世界で想定外のことが起こっているな。さて、ここからは超常の存在と、神滅具《ロンギヌス》がすべて揃《そろ》わないと絶滅させられる領域に突入《とつにゅう》する」

「どうするの？　まともな相手ではないのでしょう？」

「ああ、『究極の羯磨《テロス・カルマ》』を使ったところで勝てる相手じゃない。だけど、彼らに協力してでも、俺は……俺たちは生き残るしかないさ」

これは三十年後に訪れるとされた機械生命体《エヴィーズ》の襲来《しゅうらい》、その始まりの衝突《しょうとつ》である――。

そして、兵藤一誠《ひょうどういっせい》たちは『E×E《エヴィー・エトゥルデ》』、『F×F《ファディル・フェルドラ》』というまったく未知のモノたちとの接触を余儀《よぎ》なくされる。

これより始まるのは——無敵を誇《ほこ》ったテロリスト対策チーム『D×D《ディーディー》』が崩壊《ほうかい》していく物語である。

富士見ファンタジア文庫

真《しん》ハイスクールD×D 4
決戦《けつせん》留学《りゆうがく》のキングダム
令和2年2月20日　初版発行

著者——石踏一榮《いしぶみいちえい》

発行者——三坂泰二
発　行——株式会社KADOKAWA
〒102-8177
東京都千代田区富士見2-13-3
0570-002-301（ナビダイヤル）
印刷所——暁印刷
製本所——BBC


ISBN978-4-04-073547-4 C0193

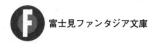

ファンタジア文庫
しかも客は「妹になれば、真島が可愛がってくれるんだよね？」
美少女同級生の初葉!?ぐいぐい甘える彼女の距離は近すぎて──
妹になったら…
今すぐ好きになってくれるよね！
!!
美少女
バイト
お兄ち
Sister